○闲雅小品丛书○

主编 曹亚瑟

芳菲已满襟
——草木小品赏读

舒飞廉 注评

中州古籍出版社
·郑州·

图书在版编目(CIP)数据

芳菲已满襟：草木小品赏读 / 舒飞廉著. —郑州：中州古籍出版社, 2015.1 (2023.6重印)
(闲雅小品丛书)
ISBN 978-7-5348-5067-7

Ⅰ. ①芳… Ⅱ. ①舒… Ⅲ. ①小品文–作品集–中国–当代 Ⅳ. ①I267.3

中国版本图书馆CIP数据核字(2014)第266935号

FANGFEI YI MAN JIN：CAOMU XIAOPIN SHANGDU

芳菲已满襟：草木小品赏读

丛书策划	梁瑞霞
责任编辑	张　雯
责任校对	牛冰岩
装帧设计	知耕书房

出 版 社	中州古籍出版社（地址：郑州市郑东新区祥盛街27号6层 邮编：450016　电话：0371-65723280）
发行单位	河南省新华书店发行集团有限公司
承印单位	郑州市毛庄印刷有限公司
开　　本	890 mm×1240 mm　A5
印　　张	9.125
字　　数	204千字
版　　次	2015年1月第1版
印　　次	2023年6月第4次印刷
定　　价	25.00元

本书如有印装质量问题，请联系出版社调换。

前言

去年十二月，中州曹亚瑟兄联系我编辑这一册《草木小品赏读》，我爽快地答应了下来。之前我印《草木一村》，怀想故乡的植物，希望能进而了解故乡一草一木的前世今生，田野与村巷中的五谷、野草、树木，是不是也如同我们的先辈一样，或土著、或流民，先后扎根在村庄之中？

但我的雄心壮志，很快就被汪洋无边的古代草木典籍打败了。由李约瑟的《中国科学技术史·第六卷·生物学及相关技术》中的《第一分册·植物学》《第五分册·发酵与食品科学》入手，沿着编者解说与索引的清单，进入到浩瀚如海、纷繁复杂、成绩斐然的中国古典植物学文献之中，摆在我面前的，有好几条道路：一是包含在《尔雅》《太平御览》《古今图书集成》等类书中的草木记载，二是研究植物等药用的《神农本草经》《本草纲目》等本草著作，三是《救荒本草》《野菜谱》等研究救荒食用的植物集，四是草木与林园的爱好与实践者编写的《牡丹谱》《梅谱》等植物学专著，五是《南方草木状》《桂海虞衡志》等记载新开辟地区与外来植物的记录，六是《齐民要术》《农政全书》等农书，七是《山海经》《搜神记》《太平广记》等笔记小说中与草木相关的掌故与传说，八是古代文人们关于草木与林园的诗词歌赋。对于我这个植物学的外行来讲，几条道路所交织的草木的迷宫，令我迷惑而彷徨。有可能由其中选出一些具备"文学性"的散文，来邀请当代的读者品鉴，认知古典的而非科学的"草木"，了解古人于草木之间从容自在的生活，进而得以歌以咏志吗？

好难，好难。其时我又在应对我的博士论文，被列维－斯特劳斯的四卷《神话学》折磨得"生死疲劳"，好处是，有一天，我忽然想到，列维－斯特劳斯以结构主义人类学来面对南北美洲的成百上千的繁复的神话，其实与李时珍、吴其濬他们面对成百上千的草木种类并无不同。他通过艰苦的工作，以整体性的原则来观照神话思维，得出一些基本的关系，得以在神话组中"庖丁解牛"，李时珍、吴其濬他们的"草木思维"，又何尝不是如此！

吴其濬的《植物名实图考》是由其同事陆应谷刻印的，陆序中讲："《易》曰：天地变化草木蕃明乎？刚交柔则生根亥，柔交刚而生枝叶，其蔓衍而林立者，皆天地至仁之气所随时而发，不择地而形也。故先王物土之宜，务封殖以宏民用，岂徒入药而已哉！衣则麻桑，食则麦菽，茹则蔬果，材则竹木，安身利用之资，咸取给焉，群天下不可一日无，而植物较他物为特重……"所谓"天地至仁之气"就是整体性的原则啊，而"衣""食""茹""材""药"就是"基本的关系"。基于这些关系，古人与草木有了沟通与了解，互相依存，将他们的存在与草木的"蕃明"如此紧密地交融在一起。

古往今来人将自己的情感投射到草木之上，《诗经》里讲："维桑与梓，必恭敬止。"桑梓是父辈所植，念及父母应有恭敬；"采菊东篱下，悠然见南山"，菊并未隐，却有了隐士的气味，佛陀不三宿于树下，可见就连佛陀如果在树下待的时间太长，也会喜欢这一棵树；张潮说"梅令人高，兰令人幽，菊令人野，莲令人淡，春海棠令人艳，牡丹令人豪，蕉与竹令人韵，秋海棠令人媚，松令人逸，桐令人清，柳令人感"，其实草木无情，哪里知道"高""幽""野""淡"，"艳""豪""韵""媚"，无非都是人的情感在它们身上的映照而已。如果说"衣""食""茹""材""药"是实用的关系的话，那么"高""幽""野""淡"就是审美的关系。实用与审美，加上未曾完全褪尽的神话与巫术色彩，就合成了古人所特有的"草木思维"。

古人于山林、田野、菜圃、林园之中的植物

身上所体现出来的神话、实用与审美的"草木思维",大概就成了这一个选辑的主旨。书名来自唐代诗人刘希夷的一句诗:"朝夕无荣遇,芳菲已满襟。"是因为我们在改变草木的同时,草木也将它们的"木性"与"草性"回馈给了我们。事实上,孔子说:"《诗》可以兴,可以观,可以群,可以怨,迩之事父,远之事君,多识于鸟兽草木之名。"如果不识草木之名的话,我们又凭借什么兴观群怨?

确定了这些之后,事情就变得容易了,草木的迷宫,也因此会成为条条有理的"大观园",就像观察一个房间只需要三四面镜子,了解一个结构,解剖几个典型的事例就明了于心。

除了注意朝代、选材、文体、作者之外,文学性也得到了强调。好在记叙以草木为对象的文章,草木本身的美,就会浸润到文字里,即便是本草如《本草纲目》,植物学专著如《植物名实图考》,都是用优美的文字与谨严的体例写成的,足供我们今天写植物学著作的科学家们参照。

笔者也特别感谢《植物名实图考校释》(中医古籍出版社)的校注者张瑞贤先生,《齐民要术译注》(上海古籍出版社)的译注者缪启愉、缪桂龙先生,《本草纲目》(中国医药科技出版社)的校注者柳长华先生等诸位老师,文章的注释部分,引用了他们的成果,恕未一一指出。选文部分题目,亦为笔者所加。

因为始料未及的工作量与仓促的时间,本书

在选材、注释与赏析方面，可能还存在诸多问题，亦请读者指出，以便再版时予以改正。好在笔者的初衷只是抛砖引玉，读者能在这个小林园里，了解到古典草木之美，进而扔下本书，去阅览那些优雅而深入的草木典籍，在都市之外的田野上展开草木的田野作业，得鱼而忘筌，买珠而还椟，才是作者的本意。

舒飞廉
2013 年 10 月于武汉

目录

卷一　草木春秋

庄　子	匠石之齐	3
屈　原	山鬼	7
司马迁	后稷	10
干　宝	神农	13
	杜兰香	17
	相思树	21
柳宗元	梓人传	24
李公佐	南柯太守传（节选）	30
温庭筠	薛弘机	35
刘崇远	紫花梨	39
慧　忠	青青翠竹	44
王思任	简米仲诏	46

卷二　稻菽桑麻

屈　原	橘颂	51
嵇　含	甘蕉	54
贾思勰	齐民要术序(节选)	59
	种瓜(节选)	63
白居易	荔枝图序	68
庄　绰	油	72
鲁明善	九月	76
王　磐	野菜谱(节选)	79
李时珍	蜀椒(本经下品)(节选)	84
宋应星	彰施	89
郑二阳	烈豆	96
余　飏	芦中吟自序	98
吴其濬	葛	100

卷三　梅兰竹菊

孔　臧	杨柳赋	109
陶渊明	荣木	113
谢　朓	高松赋(奉司徒竟陵王教作)	117
杨　夔	植兰说	122
陆龟蒙	怪松图赞并序	127
欧阳修	洛阳牡丹记(节选)	130
	黄杨树子赋并序	136
苏　轼	文与可画筼筜谷偃竹记	140

	后杞菊赋 …………………………… 145
沈　括	芦苇 ……………………………… 150
陆　游	天彭牡丹谱 ……………………… 153
范成大	范村梅谱 ………………………… 160
刘　基	松风阁记 ………………………… 167
祝允明	爱梅述 …………………………… 169
徐　渭	题青藤道士七十小像 …………… 171
姚希孟	山中嘉树记 ……………………… 173
袁中道	楮亭记 …………………………… 176
高攀龙	荷蓑言序 ………………………… 179
金俊明	纪兰 ……………………………… 181
刘　侗　于奕正	草桥 ……………………… 185
李　渔	海棠 ……………………………… 188
郑　燮	题画兰 …………………………… 193
徐　鼎	梧桐 ……………………………… 195

卷四　四季林园

庾　信	小园赋 …………………………… 201
贾思勰	园篱 ……………………………… 205
	栽树 ……………………………… 208
吴　均	与顾章书 ………………………… 212
王　维	荐福寺光师房花药诗序 ………… 214
李　白	春夜宴从弟桃花园序 …………… 219
李德裕	平泉山居草木记 ………………… 223

欧阳修	伐树记	227
苏 轼	灵璧张氏园亭记	231
	记游定惠院	235
陆 游	东篱记	239
张 镃	赏心乐事并序	241
周 密	赏花	246
黄汝亨	玉版居记	248
陈继儒	芙蓉庄诗序	250
祁彪佳	寓山注(节选)	253
袁宏道	瓶史(节选)	256
陈子壮	泊舟种花溪记	262
张 岱	金乳生草花	264
傅 山	华棚	267
陈淏子	花镜自序	269
沈 复	菜花黄	274

卷一

草木春秋

匠石之齐 　庄　子①

匠石②之齐，至于曲辕，见栎社树③。其大蔽数千牛，絜④之百围，其高临山十仞而后有枝⑤，其可以为舟者，旁十数⑥。观者如市，匠伯不顾，遂行不辍。弟子厌观之，走及匠石，曰："自吾执斧斤以随夫子，未尝见材如此其美也。先生不肯视，行不辍，何邪？"曰："已矣，勿言之矣！散木也。以为舟则沉，以为棺椁则速腐，以为器则速毁，以为门户则液樠⑦，以为柱则蠹。是不材之木也，无所可用，故能若是之寿。"

匠石归，栎社见梦曰："汝将恶乎比予哉？若将比予于文木⑧邪？夫柤梨橘柚果蓏⑨之属，实熟则剥，剥则辱；大枝折，小枝泄。此以其能苦其生者也，故不终其天年而中道夭，自掊击于世俗者⑩也。物莫不若是。且予求无所可用久矣，几死，乃今得之，为予大用。使予也而有用，且得有此大也邪？且也若与予也皆物也，奈何哉其相物也⑪？而几死之散人⑫，又恶知散木！"

匠石觉而诊其梦。弟子曰："趣取无用，则为社何邪⑬？"曰："密！若无言！彼亦直寄焉，以为不知己者诟厉也。不为社者，且几有翦乎！且也彼其所保与众异，而以义喻之，不亦远乎！"⑭

《庄子·内篇·人间世》

【注释】

①庄子（约前369～前286）：姓庄，名周，先秦时期的哲学家

与文学家,宋国蒙(今安徽蒙城)人,道家学说的创始人之一,撰有《庄子》。后世将其与老子并称为"老庄",其哲学思想体系,被称为"老庄哲学"。

②匠石:名叫"石"的工匠。

③栎社树:一棵作为"社树"的栎树。栎,也叫柞树、橡树,山毛榉科。

④絜(xié):拉绳围量,一围周长一尺。

⑤临山十仞而后有枝:高出山岳七十尺才挺生枝干。七尺为仞。

⑥可以为舟者,旁十数:能够用来做数十条船。旁,接近。

⑦以为门户则液樠(mán):用它做门窗,则树脂流溢。

⑧文木:与"散木"对,可用之木。

⑨果蓏(luǒ):在树上谓之"果",在地上谓之"蓏"。泛指果实。

⑩自掊击于世俗者:自身招致世俗的敲打掊击。

⑪奈何哉其相物也:奈何将彼此看作"有用之物"呢?

⑫散人:与"散木"对,无用之人。

⑬趣取无用,则为社何邪:他以"无用"为志趣,为什么要做社树呢?

⑭"密!……不亦远乎!"这段话可译作:唉!你不用讲了!它不过是以做社树为寄托罢了,因此而被不了解它的人指责。如果不做社树,它不知道会被砍伐多少次!它所珍视的东西与一般人不一样,以常理来理解它,可就相去太远了!

【赏读】

由于"小品"的体例所限,与诸君组队古典草木的游览是由《庄子》开始的,这样,《周易》《诗经》中的零珠碎玉固然是难以集萃,其他如《山海经》《管子》等典籍中的篇章也难以摘选。不过"管中窥豹",也能于细节里,了解豹的特征。笔者也会勉力,移动"管",尽可能地引证与分析,以期通过数十篇小文章,令读者有"全豹"之观感。

将"木"精制而成为人类的"器",木匠"石"显然是当日的权威,他代表着世俗的"义",对树木的"有用"与"无用",有着一套严密的评价体系。在他看来,上等的木头,应该用来做船泛诸江河,做棺送亡纳死,做器传诸子孙,做门光宗耀祖,做柱免乎蚁虫。

栎树入梦,让"遂行不辍"的"匠伯"恍然大悟,做神树固然是比做舟船棺材更上等的"用",但是栎树对这是不屑的。栎树高过山岳、寿过千年,它呼吸吐纳于"散木"逍遥而避世的自我世界之中,早已跳出了"用"和"无用"的势利思维,所以,大匠俗,散木神。

贾思勰《齐民要术》中记载有"栎":"《尔雅》曰:'栎,其实梂。'郭璞注云:'有梂为自裹。'孙炎云:'栎实,橡也。'周处《风土记》云:'《史记》曰,舜耕于历山。而始宁、郯二县界上,舜所耕田,在于山下,多柞树。吴越之间名柞为栎,故曰历山。'"可证栎树因产橡子,实为橡树,其丛生在大舜耕田的历山,它的原名,又作柞树。一般的乡下人,对柞与橡是熟悉的,它们野生在田头地角,并不起眼。

吴其濬在《植物名实图考》中谈到"橡实":"橡实,《唐本草》如著录。即橡栗也。曰柞,曰栎,曰序,曰栩,皆异名同物,其实曰皂斗,以染皂。《说文》:栩,柔也,其实皂,一曰样。又样,栩实,《系传》云:今俗书作橡。狙公赋之,鸹鸟集之,山人饥岁拾以为粮。或云:叶之柔可代茗饮,然则染之、食之、饮之、薪之,橡之为用大矣。"

不知道吴状元这个"橡之为用大矣",是不是在驳匠石的栎为散木论。如果是这样的话，栎树君，你如何又脱得了"实熟则剥，剥则辱；大枝折，小枝泄……自掊击于世俗者"的命运呢？我猜那个倒霉的弟子才是真相帝："趣取无用，则为社何邪？"是因为它作为神道树，才免除了斧斤之祸啊。须知有了人类，大地上的草木，也就一概沦为有用与无用的"对象"，哪里有什么"木自体"。

所以，这也不过是一篇庄子用来取喻讲道理的"老栎树的梦"罢了。

山 鬼 屈原

若有人兮山之阿,被薜荔兮带女萝。既含睇兮又宜笑①,子慕予兮善窈窕。乘赤豹兮从文狸②,辛夷车兮结桂旗。被石兰兮带杜衡,折芳馨兮遗所思。

余处幽篁③兮终不见天,路险难兮独后来。表独立兮山之上,云容容兮而在下。杳冥冥兮羌昼晦,东风飘兮神灵雨。留灵修兮憺④忘归,岁既晏兮孰华予。

采三秀⑤兮于山间,石磊磊兮葛蔓蔓,怨公子兮怅忘归,君思我兮不得闲。山中人兮芳杜若,饮石泉兮荫松柏,君思我兮然疑作⑥。

雷填填兮雨冥冥,猿啾啾兮狖⑦夜鸣,风飒飒兮木萧萧,思公子兮徒离忧⑧。

《楚辞》

【注释】

①含睇:美目盼然;宜笑:笑靥如花。

②赤豹:皮毛赤褐的豹;文狸:花纹美丽的狐狸。

③幽篁:竹林深处。

④憺(dàn):心里安定。山鬼追忆与灵修约会的情景,当时心里安定,不愿归去。

⑤三秀:灵芝,据说灵芝草一年开花三次。

⑥然疑作:然,信;疑,不信。恋爱中的人们,疑信相杂,半

信半疑。

⑦狖（yòu）：长尾猿，啼声哀感。
⑧离忧："罹其忧"，我想念你，只是被忧愁所煎熬。

【赏读】

　　这个山鬼，有一点像西王母的青春版。《穆天子传》与《楚辞》相去不远，记载着周穆王西行流沙，与昆仑之丘上的西王母相会的故事。穆王带着心爱的妃子盛姬与大批的随从，一路祭祀山川，打猎作乐，接受狄夷的礼物，最后得以"宾于西王母"，在瑶池饮酒作乐。"西王母为天子谣：'白云在天，山陵自出。道里悠远，山川间之。将子无死，尚能复来。'天子答之曰：'予归东土，和治诸夏。万民平均，吾顾见汝。此及三年，将复而野。'西王母又吟曰：'徂彼西土，爰居其野。虎豹为群，于鹊与处。嘉命不迁，我惟帝女。彼何世民，又将去子。吹笙鼓簧，中心翔翔。世民之子，唯天之望。'"西王母是西方万里流沙之中夷狄的酋长，她"其狀如人，豹尾，虎齿而善啸，蓬发戴胜，是司天之属及五残"。

　　所谓"司天之属及五残"，是指西王母有掌管着冥河往世的山神的身份。显然"乘赤豹兮从文狸"的山鬼，也有掌管满山生灵的任务。与人间的"灵修"相会，促进阴阳的和谐，实则也是女神们另外的责任。西王母的相会朴野而大气，"将子无死，尚能复来"，其心果敢而坚毅。而在山鬼这里，她的爱情就像山中的风雨，离忧，疑作，感时花溅泪，恨别鸟惊心，被延迟与回味，又优雅，又感伤。

　　西王母"虎豹为群，于鹊与处"，体现出来的是"动物性"，山鬼虽则也有赤豹与文狸，但作者显然更强调她的某种"植物性"。山鬼所居的山中，涧泉间松柏繁盛，山石上葛藤蔓蔓。她的住所，修竹如海，蔽日遮天；她的衣饰，是用薜荔与女萝，这令她窈窕的身体若隐若现；她的香车，也为丹桂、辛夷、石兰、杜衡所装饰。

她采集山间的灵芝与泽兰，作为礼物送给心上人。所以，如果说西王母的原型，是由游牧社会里涌现出来的话，山鬼的原型，恐怕是来自亚热带山林里久远的山居部落，在这些部落里，采集植物的任务，是由女人们来承担的。这显然是女仙里面的两个系统，常读《聊斋》的读者知道，幻化成美女的妖怪们，一批是来自于动物，一批是来自于草木，日久成精，搔首踟蹰。

薜荔又称木莲、木馒头、鬼馒头，是攀缘在树上的灌木。女萝又称松萝，有人认为它就是菟丝子。辛夷就是玉兰（木兰）。石兰是附生的兰花。杜衡又名细辛。三秀指的是灵芝。葛可以吃，可以制衣，是大名鼎鼎的藤蔓。杜若大概是良姜花与豆蔻花之类。由作者挑选出来的这些山间草木，有攀缘、附生性，芳香，鲜明，与"松柏"对照，也大概知道他心目中的女性美，与混沌乍现的西王母，是不一样的。

后 稷 司马迁[①]

周后稷，名弃，其母有邰氏女，曰姜原[②]，姜原为帝喾元妃。姜原出野，见巨人迹，心忻然说[③]，欲践之。践之而身动，如孕者。居期而生子，以为不祥，弃之隘巷，马牛过者，皆辟不践。徙置之林中，适会山林多人[④]，迁之，而弃渠中冰上，飞鸟以其翼覆荐之。姜原以为神，遂收养长之。初欲弃之，因名曰弃。

弃为儿时，屹[⑤]如巨人之志。其游戏，好种树麻菽，麻菽美。及为成人，遂好耕农，相地之宜，宜谷者稼穑[⑥]焉。民皆法则之。帝尧闻之，举弃为农师，天下得其利，有功。帝舜曰："弃，黎民始饥，尔后稷播时[⑦]百谷。"封弃于邰，号曰后稷，别姓姬氏。

《史记》

【注释】

①司马迁（前145～前87），字子长，西汉夏阳（今陕西韩城）人，伟大的史学家、文学家，后世尊之为"史圣"。创作有中国第一部纪传体通史《史记》。

②姜原：姜通"羌"。原通"嫄"。

③心忻然说：说，通"悦"。心中欢欣喜悦。

④适会山林多人：恰好山林里许多人在砍树。

⑤屹（yì）：勇壮。

⑥稼穑：种谷，谷种出门，为稼；收谷，新谷返舍，为穑。农事活动的总称。

⑦时：通"莳"，分苗种植。

【赏读】

司马迁的后稷小传，材料多半是由《诗·生民》中来的。《生民》的全文是："厥初生民，时维姜嫄。生民如何？克禋克祀，以弗无子。履帝武敏歆，攸介攸止，载震载夙。载生载育，时维后稷。诞弥厥月，先生如达。不坼不副，无灾无害。以赫厥灵。上帝不宁，不康禋祀，居然生子。诞置之隘巷，牛羊腓字之。诞置之平林，会伐平林。诞置之寒冰，鸟覆翼之。鸟乃去矣，后稷呱矣。实覃实訏，厥声载路。诞实匍匐，克岐克嶷。以就口食。蓺之荏菽，荏菽旆旆。禾役穟穟，麻麦幪幪，瓜瓞唪唪。诞后稷之穑，有相之道。茀厥丰草，种之黄茂。实方实苞，实种实襃。实发实秀，实坚实好。实颖实栗，即有邰家室。诞降嘉种，维秬维秠，维穈维芑。恒之秬秠，是获是亩。恒之穈芑，是任是负。以归肇祀。诞我祀如何？或舂或揄，或簸或蹂。释之叟叟，烝之浮浮。载谋载惟。取萧祭脂，取羝以軷，载燔载烈，以兴嗣岁。卬盛于豆，于豆于登。其香始升，上帝居歆。胡臭亶时。后稷肇祀。庶无罪悔，以迄于今。"

与司马迁的文字相比较，《诗》对后稷的出生与童年，"播时百谷"，有更详尽的描述，喜气洋洋，不回避神话与巫术。诗中践大人迹，"履帝武敏歆"，按闻一多的解释，是在求子的仪礼中，与代表"帝"的"神尸"交合，而得偿所愿。而后稷的被弃，其实也看不出什么不祥，可能只是古代"暴露法"的仪式行为，就像"抓周"似的，来观察孩子的未来。在村巷、平林与寒冰上，后稷显然得到了上天的眷顾，预示他必将成为一个创造奇迹的少年。

从千千万万的植物里，将"百谷"挑选出来，栽种在自己的家园,进行培植,进而将渔猎采摘的生活演变成定居的耕种的生活,这本来就是东亚农耕生活里的巨大的转变。因为有了田地上的收获,人类也通过祭礼,得到了上帝的垂怜,"诞我祀如何?或舂或揄,或簸或蹂。释之叟叟,烝之浮浮。载谋载惟。取萧祭脂,取羝以軷,载燔载烈,以兴嗣岁。卬盛于豆,于豆于登。其香始升,上帝居歆"。诗中的丰收祝福景象,与乡下的春节多么像!后稷也因此为古帝尧舜所赏识,任用为"农师",后代开创西周与东周时代。他这个农师,所实现的技术改进,实则是由旧石器时代向新石器时代转变期间,先民的草木知识涓滴所聚而形成的。

司马迁的文中提到的,有麻与菽,《诗经》中提到的则有荏、菽、麻、麦、瓜、秬、秠、糜、芑等。"播时百谷",意味着要从那些结实的植物里面,将最合适的"良种"挑选出来,然后"相地之宜",挑选合适的土地种植,拔除杂草,顺应天时,方可"是获是亩","是任是负",一方面奉予神来歆享,一方面解除"黎民始饥"的贫乏。

百谷中,进而有"五谷"的说法,一般说来,是指黍、粟、大豆、麦、水稻。而在《诗经》时代,种植比较普遍的植物有黍、稷、水稻(主要在南方)、小麦(也有大麦)、大豆与麻。后稷小时候就熟知麻、菽:麻可用来提取纤维做衣服抵御寒冷,麻籽可以吃,也可以用来榨油;菽是指大豆,当时虽然还没有发明豆腐的制法,炒煮的黄豆,一定是出门远行客的好干粮。农夫批评孔子五谷不分,四体不勤,孰为君子——按这个要求,我们现在都算不上君子了——事实上,就是当代专业的学者,要将黍、粟、稷、粱、秬、秠等分辨清楚,他们都会一身"瀑布汗"。可见当日后稷他们的植物分类学,其实是蛮发达的,先民们对植物的了解,也远远超出了我们的想象。

神 农 干宝①

神农以赭鞭②鞭百草,尽知其平、毒、寒、温③之性,臭味④所生,以播百谷,故天下号神农也。

《搜神记》

【注释】

①干宝:生卒年不详,字令升,东晋学者,新蔡(今河南新蔡)人。著述有《周易注》《五气变化论》《论妖怪》《论山徙》《司徒仪》《周官礼注》《晋记》《干子》《春秋序论》《百志诗》《搜神记》等。

②赭(zhě)鞭:红褐色的鞭子,近乎火苗。

③平、毒、寒、温:草木(药物)有四种不同的气味,依次是寒、平、温、毒,对应《黄帝内经》所云"四气":寒、凉、温、热。寒、凉为阴,温、热为阳。

④臭味:臭,通"嗅"。草木蒸腾出来的气味。

【赏读】

司马迁《史记》中,没有炎帝的本纪,但他在提到神农氏之时说"炎帝欲侵陵诸侯,诸侯咸归轩辕",天下大乱,黄帝在阪泉之野击败炎帝,又在涿鹿之野击败蚩尤,才取代神农氏,成为诸侯的共主。所以神农氏与炎帝,是不是同一个人,还很难讲清楚,但是在神话与民间故事里,这位失败的古帝与勘遍百草的药王,早已经合而为一了。当然,成功的黄帝,在文治武功之外,也被赋予了治疗的使命,他不仅要出任《黄帝内经》的作者,还被请来做服气术、房中术等道家修炼技术的开创者。事实上,黄帝与《神农本草经》的"作者"炎帝一样,这两位古帝不仅整合出了华夏的地理疆域与部族的分布,还在混沌的身体与纷纭的草木中间建立起来规则、联系与秩序,他们其实代表着先民在文明之光展现的时刻,对世界的好奇与探求。

除了用神鞭之外,神农还亲身试药。《淮南子》讲:"神农尝百草滋味,一日而遇七十毒。"《述异记》又记载:"太原神釜冈中,有神农尝药之鼎存焉。成阳山中,有神农鞭药处,一名神农原,亦名药草山。山上有紫阳观,世传神农于此辨百药,中有千年龙脑。"如果说用鞭来解析,是分析与观察的话,那么直接尝药,就是实验与综合。神农生生死死,后来大概也到了武侠小说里常讲的那种百毒不侵的境界了。民间故事里讲,神农的胃都变成了透明体。他低下头,就可以看到那些神奇的草药在他自己的"鼎"里所发生的变化。

神话里,还有炎帝女儿们的故事。其一是"精卫填海",《山海经》里讲:"发鸠之山,其上多柘木。有鸟焉,其状如乌,文首,白喙,赤足,名曰精卫,其名自叫。是炎帝之少女名曰女娃。女娃游于东海,溺而不返,故为精卫,常衔西山之木石以堙于东海。"大海的广大与草木山石的渺小,恰恰形成对照,正如庄子所说,以有涯逐诸无涯。精卫所为,与其父尝药,不都是对蛮荒与混沌的反抗吗?

其二是所谓的"高唐云雨"。《山海经》里记载:"姑媱之山,帝女死焉,其名曰女尸,化为䔄草,其叶胥成,其华黄,其实如兔丘,服之媚于人。"更详尽的故事,来自唐代余知古所撰《渚宫旧事》:"赤帝女曰瑶姬,未行而卒,葬于巫山之阳,故曰巫山之女。楚怀王游于高唐,梦见与神遇。暧乎若云,皎乎若星,将行未止,如浮忽停,详而观之,西施之形。王悦而问之。曰:'我夏帝之季女也,名曰瑶姬,未行而亡,封乎巫山之台。精魂为草,摘而为芝,媚而服焉,则与梦期。所谓巫山之女,高唐之姬。闻君游于高唐,愿荐枕席。'王因幸之。既而言曰:'妾处之瀚,尚莫可言之,今遇君之灵,幸妾之筚。将抚君苗裔,藩乎江汉之间。'王谢之。辞去,曰:'妾在巫山之阳,高邱之岨,旦为朝云,暮为行雨,朝朝暮暮,阳台之下。'王朝视之,如言,乃为立馆,号曰朝云。"与早夭的处女姐妹精卫一样,瑶姬在死后变成了一株"梦草"。

按郭璞对《山海经》的注解,瑶草"叶相重也"(胥成),它的果子如"菟丝",又名"荒夫草",加上它所开为黄花,有媚人与召梦的神力,在此则神话中,应有具体所指,可惜后来的文人骚客为"瑶"所迷,认为是碧玉一般的仙草,瑶草也渐渐成为仙草的泛称。聊抄数例:东方朔《与友人书》中讲:"相期拾瑶草,吞日月之光华,共轻举耳。"李贺《天上谣》诗:"王子吹笙鹅管长,呼龙耕烟种瑶草。"元好问《春风来》诗:"春风来时瑶草芳,绿池珠树宿鸳鸯。"苏轼诗《正月十八日蔡州道上遇雪子由韵二首》诗:"三径瑶草合,一瓶井花温。"也有将茶叶称之为瑶草的,大概是因为久饮茶,安神轻身,也有"通神"的功效。

我倒是觉得,萱草倒是有一点像瑶草,开黄花,叶相重,有解忧与轻身的功效,还能够"宜男",但按《本草纲目》,萱草所结实如"梧桐子",而菟丝子则如"碎黍米",这一点,是不像的。

《太平广记·草木卷》中记有一则《媚草》:"鹤子草,蔓生也,其花曲尘色,浅紫带,叶如柳而短,当夏开花,又呼为绿花绿叶,南人云是媚草。采之曝干,以代面靥,翅尾觜足,无所不具。此草蔓至春生双虫,只食其叶,越女收于妆奁中,养之如蚕。摘其草饲之,虫老不食,而蜕为蝶,赤黄色,妇女收而带之,谓之媚蝶。"之所以为"媚",一是其叶的形状如鹤,可以作"钿"贴在脸上生媚,一是可以养出"媚蝶",这大概也是岭南蛊术中的一种吧。

又有一则《梦草》:"汉武时,异国献梦草,似蒲,昼缩入地,夜若抽萌。怀其草,自知梦之善恶。帝思李夫人,怀之辄梦。"它的用法与瑶草不太一样,瑶草是"媚而服焉,则与梦期",一定要像神农尝药那样,将之吃到胃里去,才能与心上人在梦中相逢,曲尽缱绻,来一番云雨高唐的。

杜兰香 干宝

汉时有杜兰香者,自称南康①人氏。以建业四年春,数诣张傅。傅年十七,望见其车在门外。婢女通言:"阿母所生,遣授配君,可不敬从?"傅,先名改硕,硕呼女前,视,可十六七,说事邈然②久远。有婢子二人,大者萱支,小者松支。钿车青牛,上饮食皆备。作诗曰:"阿母处灵岳③,时游云霄际。众女侍羽仪,不出墉宫④外。飘轮送我来,岂复耻尘秽。从我与福俱,嫌我与祸会。"至其年八月旦,复来,作诗曰:"逍遥云汉间,呼吸发九嶷。流汝不稽路,弱水何不之⑤。"出薯蓣子⑥三枚,大如鸡子⑦,云:"食此,令君不畏风波,辟⑧寒温。"硕食二枚,欲留一,不肯,令硕食尽。言:"本为君作妻,情无旷远,以年命未合,且小乖,大岁东方卯,当还求君⑨。"兰香降时,硕问祷祀何如。香曰:"消魔自可愈疾,淫祀无益。"香以药为消魔。

《搜神记》

【注释】

①南康:古郡名,治所在雩都,即今江西于都。
②邈然:时间久远。
③阿母:西王母;灵岳:西王母所居的昆仑山。
④墉宫:神仙所居的宫殿。
⑤九嶷(yí):南方的苍梧山;弱水:环绕昆仑山的河流。

⑥薯蓣（yù）子：山药。

⑦鸡子：鸡蛋。

⑧辟：通"避"。

⑨"以年命未合……当还求君"：因为年命的缘故，稍有不顺，等到木星移到东方卯的时候，我会来与你相会。大岁，太岁，木星。

【赏读】

西王母在弱水之上、昆仑山中、墉城之内，似乎调教了一批执行"下凡"任务的仙女，作为对人间积善行孝又囊中羞涩的青年男子的奖赏。当然，小伙子长得俊美斯文，读书成绩不错，也有可能得到自天而降的艳福——一种调节凡间"阴阳"之气的办法，有时候，还会将西王母之道带到小伙子们的床上。所以在牛郎织女的故事里，那个划出银河分开热恋中的人儿的王母娘娘，真是被读者误读了一片苦心——在她看来，爱情从来都是短暂的，一旦得以满足，就应去织朝霞，耕田地，无令天下"小乖"。

由大黑牡拉着的贴着金片的香车上走下来的三个女孩，她们的名字，都与草木有关系。杜兰香以"兰"自喻，"兰泽生芳草"，微妙如玉。她的两个使女，一个叫萱支，取萱草解忧之意；一个叫松支，也许是取松柏长青之意吧。她们一起来归属于这个十七八岁的张傅，奉上少女的身体，让他过上神仙的生活。

只是这三个女孩的态度，未免有一些傲娇。松支与萱支首先说明了这只是一次"任务"，要求张傅"敬从"。杜兰香作为女主，当然是矜持许多，她以诗言志，大意是，我原来在神山里过着锦衣玉食的生活，空气污染指数是零，现在降至人间，一定会努力忍受人间的"尘秽"。这两句还是励志，后面就已经是在威胁了：你从我的话，当然是大大的有福，如果不从，就会祸从天降。她掏出由墉宫里带来的山药给张傅吃，张傅这小子当然不太可能一口气吃下三个山药蛋,因此就被新来的娇妻训斥了——这是药,有病就得治!

所以,女仙虽好,多半却是从母系社会的"昆仑山"来的,未免会女权主义炽盛,作为男人,也就只好盯着"大岁东方卯",相信命运与奇迹。《杜兰香》一节,被蒲松龄在《聊斋志异》里发挥了一番,在《云萝公主》等故事里,从女主人公的容光服色,由"圣后府"里接到的命令,往来人间的古怪行为,还有不食人间烟火、不穿人间衣裳的洁癖,等等,一眼就可认出她来自天上。

这个故事里,除了"洁癖","薯蓣"也很亮。现在家庭主妇们爱做的"山药炖鸡",可能就是由这里来的。杜兰香告诫她的男朋友,一些祭礼的仪式不能过分,人可以通过"消魔"来改变自己的身体,改变自己的命运。消魔指的是药,依中医,大部分都是由草木中间挑选出来的"神奇药物","薯蓣"名列杜兰香推荐榜榜首,当场就要人家吃下三枚。

虽然山药在今天被外来的土豆、红薯抢去了风头,连"山药"这个别名,有时候也被南瓜抢走,但它却名副其实是传统的中国的,"薯"字大概最早就是由它而来的。吴其濬《植物名实图考校释》中"薯蓣"条如下:

薯蓣,《本经》上品。即今山药,生怀庆山中者白细坚实,入药用之。种生者根粗。江西、湖南有一种扁阔者,俗呼脚板薯,味淡,其子谓之零余子,野生者结荚作三棱,形如风车。云南有一种,根长尺余,色白而扁,叶圆。《滇本草》谓之牛尾参,盖肖其形。按《物类相感志》谓薯手植如手,锄锹等物植随本物形状,似未可信。然种类实繁。《南宁府志》有大薯、牛脚、篱峒、鹅卵各薯,《琼山县志》有鹿肝、铃蔓薯,《石城县志》有公薯、木头薯,《高要县志》有鸡步薯、胭脂薯,《番禺县志》有扫帚薯,《漳浦县志》有熊掌薯、姜薯、竹根薯。大要皆因形色赋名也。文与可有《谢寄希夷陈先生服唐福山药方诗》,唐福在蜀江之东,其诗曰:壮士臂曰仙人掌。则亦牛尾、脚板之类，盖野生耳。《文昌杂录》载干山药法，风挂、笼烘皆佳。《山家清供》谓以玉延磨筛为汤饼、索饼，取色香味为三绝。《宋史》：王文正公旦病甚，帝手和药并薯蓣粥赐之，今仕宦家不复入食单矣。唯《云仙杂记》载李辅国大畏薯药，或示之，必眼中火出，毛发沥血，其禽兽之肠与人异耶？

吴状元考据之功力，由此段可见。天下山药形形色色，"怀庆山中白细坚实者"，可能就是超市所谓的"铁棍山药"，为入汤的首选。杜兰香的山药大如"鸡卵"，倒也并不稀奇，你看人家《南宁府志》上，记的还有"鹅卵"呢。另外一说，可能杜兰香所赠，并非薯蓣的根茎，而是它结出的果子，也就是吴其濬说的"零余子"。李时珍《本草纲目》讲："（藏器曰）零余子，大者如鸡子，小者如弹丸，在叶下生。晒干功用强于薯蓣。薯蓣有数种，此其一也。（时珍曰）此即山药藤上所结子也。长圆不一，皮黄肉白。煮熟去皮食之，胜于山药，美于芋子。霜后收之。坠落在地者，亦易生根。"所以，杜兰香赠送大如鸡子的"零余子"，可能更合乎情理吧。

《本草纲目》里讲薯蓣也很详备，其大概的功用是："强筋骨，主泄精健忘。大明。益肾气，健脾胃，止泄痢，化痰涎，润皮毛。"至于"零余子"，则主治"补虚损，强腰脚，益肾，食之不饥"。看到这些，大概就会对杜姑娘予情人的礼物，报以会心的微笑吧。

相思树 干 宝

宋康王舍人①韩凭娶妻何氏，美，康王夺之。凭怨，王囚之，论为城旦。妻密遗凭书，缪②其辞曰："其雨淫淫，河大水深，日出当心。"既而王得其书，以示左右，左右莫解其意。臣苏贺对曰："其雨淫淫，言愁且思也。河大水深，不得往来也。日出当心，心有死志也。"

俄而凭乃自杀。其妻乃阴腐其衣③，王与之登台，妻遂自投台，左右揽之，衣不中手而死。遗书于带曰："王利其生，妾利其死，愿以尸骨赐凭合葬。"王怒，弗听，使里人埋之，冢相望也。王曰："尔夫妇相爱不已，若能使冢合，则吾弗阻也。"宿昔之间，便有大梓木，生于二冢之端，旬日而大盈抱，屈体相就，根交于下，枝错于上。又有鸳鸯，雌雄各一，恒栖树上，晨夕不去，交颈悲鸣，音声感人。

宋人哀之，遂号其木曰"相思树"。"相思"之名，起于此也。南人谓此禽即韩凭夫妇之精魂。今睢阳④有韩凭城，其歌谣至今犹存。

《搜神记》

【注释】

①宋康王：或称宋王偃，又称宋献王，春秋战国时宋国第三十五任国君，《史记》称其"东伐齐，取五城。南败楚，拓地三百余

里,西败魏军,取二城,灭滕(今山东省滕州市),有其地"。号称"五千乘之劲宋"。公元前286年,宋国发生内乱,齐举兵灭宋。宋王偃出亡,死在魏国的温邑(今河南省温县)。舍人:门客。

②缪(miù):通"谬",变异,使……不同。

③阴腐其衣:暗自令她的衣服朽坏,为投台自杀作准备。(旁人拉扯挽救,则衣不中手。)

④睢(suī)阳:古地名,在今河南商丘市南。

【赏读】

《搜神记》的作者与他所生活的魏晋时代的人一样,都相信"变化",认为生物以"精魂",是可以在不同的物种之间转变的,为精、为怪、为妖、为神,全凭造化,当然,伦理也发挥很大的作用,比如"孝",往往可以给贫寒的士子带来仙女来访的好运。而这些变化,也传递出某些"信息"与"征兆"。所以干宝又讲:"妖怪者,盖精气之依物者也。气乱于中,物变于外,形神气质,表里之用也。本于五行,通于五事,虽消息升降,化动万端,其于休咎之征,皆可得域而论矣。"

有选文也将此节名之为《韩凭夫妇》,这个故事也是干宝"变化学"的一个很好的例子。痴情的韩凭与美丽的何氏在权贵掌握的俗世无法在一起,终于能够化身而成为树,在来世结成连理,"屈体相就,根交于下,枝错于上",如此亲密而坚定的形象,感动了后来多少痴儿怨女。之所以有此造化,是因为两人有真心,有死志,因而"物变于外",五行的宇宙定理因此发挥作用,让他们得遂心愿。

梓树的运气也不错,在《搜神记》里,它还显现过另外两次神通。一是在《怒特祠》里"秦时,武都故道有怒特祠,祠上生梓树。秦文公二十七年,使人伐之,辄有大风雨。树创随合,经日不断。文公乃益发卒,持斧者至四十人,犹不断。士疲还息,其一人伤足,不能行,卧树下,闻鬼语树神曰:'劳乎攻战?'其一人曰:'何足为劳。'又曰:'秦公将必不休,如之何?'答曰:'秦公其如予何!'又曰:'秦若使三百人被发,以朱丝绕树,赭衣灰坌代汝,汝得不困耶?'神寂无言。明日,病人语所闻。公于是令人皆衣赭,随斫创坌以灰。树断,中有一青牛出,走入丰水中。其后青牛出丰水中,使骑击之,不胜。有骑堕地复上,髻解被发,牛畏之,乃入水,不敢出。故秦自是置旄头骑。"也是一个以老桑树来烹老乌龟的故事,精灵的秘密被泄露出来。"怒特祠"显然祭祀的是牛神,牛神与树神在这个故事里,好像合体了似的,而且,头发、朱丝、红布,好像都是树神所畏惧的,想起现在山中敬香的游客,爱以红线缠古树祈福,这种行为其实还可商榷啊。

另一次是在《船飞》里"吴时,有梓树巨围,叶广丈余,垂柯数亩。吴王伐树作船,使童男女三十人牵挽之。船自飞下水,男女皆溺死。至今潭中时有唱唤督进之音也。"这一棵梓树,到底是愿意被做成船,行走江湖呢,还是愿意垂柯数亩在山林之间呢?我猜它也许更喜欢被做成船吧,你看它往江湖里去时,急不可耐的样子!

古人认为楸、梓树形相同,差不多是同一种树,区别在于楸树不结籽,而梓树结籽,事实上,这是两种不同的树。贾思勰《齐民要术》说:梓树与楸树"车、板、盘、合、乐器,所在任用。以为棺材,胜于松柏"。陆机《诗义疏》说:"楸与梓本同末异,梓名木王植于林,诸木皆内拱,造屋有此木,则群材不震。"可见梓树功用不凡,能打棺材,做木王,它有以上故事中的神性,也就不足为奇了。我们将家乡称之为"乡梓",是先辈灵柩所安、精魂所依之地。"梓"之为木,可托平生。

梓人①传 柳宗元②

裴封叔之第,在光德里。有梓人款其门,愿佣隙宇③而处焉。所职,寻、引④、规、矩、绳、墨,家不居砻斫之器⑤。问其能,曰:"吾善度材,视栋宇之制,高深圆方短长之宜,吾指使而群工役焉。舍我,众莫能就一宇。故食于官府,吾受禄三倍;作于私家,吾收其直太半焉。"他日,入其室,其床阙足而不能理,曰:"将求他工。"余甚笑之,谓其无能而贪禄嗜货者。

其后京兆尹将饰官署,余往过焉。委群材,会群工,或执斧斤,或执刀锯,皆环立。向之梓人左持引,右执杖,而中处焉。量栋宇之任,视木之能举,挥其杖,曰:"斧!"彼执斧者奔而右;顾而指曰:"锯!"彼执锯者趋而左。俄而,斤者斫,刀者削,皆视其色,俟其言,莫敢自断者。其不胜任者,怒而退之,亦莫敢愠焉。画宫于堵,盈尺而曲尽其制,计其毫厘而构大厦,无进退焉。既成,书于上栋曰:"某年、某月、某日、某建。"则其姓字也。凡执用之工不在列。余圜视⑥大骇,然后知其术之工大矣。

继而叹曰:彼将舍其手艺,专其心智,而能知体要者欤!吾闻劳心者役人,劳力者役于人。彼其劳心者欤!能者用而智者谋,彼其智者欤!是足为佐天子,相天下法矣。物莫近乎此也。彼为天下者本于人。其执役者为徒隶,为乡师、里胥;其上为下士;又其上为中士,为上士;又其上为大夫,为卿,为公。离而为六职，判而为百役。外薄四海，有方伯、连率⑦。郡有守，邑有宰，皆有佐政；其下有胥吏，又其下皆有啬夫、版尹⑧以就役焉，犹众工之各有执伎以食力也。

彼佐天子相天下者，举而加焉，指而使焉，条其纲纪而盈缩焉，齐其法制而整顿焉；犹梓人之有规、矩、绳、墨以定制也。择天下之士，使称其职；居天下之人，使安其业。视都知野，视野知国，视国知天下，其远迩细大，可手据其图而究焉，犹梓人画宫于堵，而绩于成也。能者进而由之，使无所德；不能者退而休之，亦莫敢愠。不炫能，不矜名，不亲小劳，不侵众官，日与天下之英才，讨论其大经，犹梓人之善运众工而不伐艺也。夫然后相道得而万国理矣。

相道既得，万国既理，天下举首而望曰："吾相之功也！"后之人循迹而慕曰："彼相之才也！"士或谈殷、周之理者，曰："伊、傅、周、召⑨。"其百执事之勤劳，而不得纪焉；犹梓人自名其功，而执用者不列也。大哉相乎！通是道者，所谓相而已矣。其不知体要者反此；以恪勤为公，以簿书为尊，炫能矜名，亲小劳，侵众官，窃取六职、百役之事，听听于府庭，而遗其大者远者焉，所谓不通是道者也。犹梓人而不知绳墨之曲直，规矩之方圆，寻引之短长，姑夺众工之斧斤刀锯以佐其艺，又不能备其工，以至败绩，用而无所成也，不亦谬欤！

或曰："彼主为室者，傥或发其私智，牵制梓人之虑，夺其世守，而道谋⑩是用。虽不能成功，岂其罪耶？亦在任之而已！"余曰："不然！夫绳墨诚陈，规矩诚设，高者不可抑而下也，狭者不可张而广也。由我则固,不由我则圮。彼将乐去固而就圮也,则卷其术,默其智,悠尔而去。不屈吾道,是诚良梓人耳!其或嗜其货利,忍而不能舍也,丧其制量,屈而不能守也,栋桡屋坏,则曰:'非我罪也!'可乎哉?可乎哉?"

余谓梓人之道类于相,故书而藏之。梓人,盖古之审曲面势者⑪,今谓之"都料匠"云。余所遇者,杨氏,潜其名。

《唐宋八大家文》

【注释】

①梓人:木匠。文中"梓人",特别指"盖古之审曲面势者,今谓之'都料匠'云"。

②柳宗元(773~819):字子厚,河东(今山西省永济市)人。其文与韩愈齐名,世称"韩柳",其文隽永、含蓄,特别是山水游记,别开生面。

③隙宇:空房间。

④寻、引:度量长短的工具,如引八尺,寻十丈。

⑤磨斫之器:用来磨、砍木头的工具,如斧头、锯子等。

⑥圜(huán)视:四顾。

⑦方伯、连率:地方长官。

⑧啬夫、版尹:承担收税等事务的地方乡官。

⑨伊、傅、周、召:指伊尹、傅说、周公、召公。

⑩道谋:与道路之人,如张三、李四商议,事不能成。

⑪盖古之审曲面势者:可能就是古代审察五材曲直形势是否合宜的人。

【赏读】

柳宗元谈种树的文章《种树郭橐驼传》，由种树的办法，讲到了育人与治民的办法，可谓一篇精辟的植树指南，以至于明代印《种树书》，有人就将它的作者署名为"郭橐驼"。这一篇《梓人传》也是如此，由梓人杨构造宅第的神术，最后导向了如何做丞相的讨论。"彼佐天子相天下者，举而加焉，指而使焉，条其纲纪而盈缩焉，齐其法制而整顿焉；犹梓人之有规、矩、绳、墨以定制也。"相道与治木之道，是可以互相借鉴的。但就是不引申到"相道"，这也是一篇谈论古代木匠体系的好文章。

我们在本书开篇的《匠石之齐》里，已领略到了古代大匠的风采。他一眼望去，那些由山岭里伐来的木头，是散木还是神木，是造船做房梁还是做桌子，即能了然于胸，然后召集他的同伴与学徒，寻、引、规、矩、绳、墨、斧、斤、刀、锯，由这一分工细密的团队，将不同的树木加工精制，而成为宫室、房舍、家具等，供人类使用。其中，"梓人"发挥着乐队指挥的核心作用，将特长不同、方向不同的工匠们邀请到一个作坊之中，协调他们的进展，汇合他们的作品，兼容他们的风格，以达成一个整体，"梓人"也因此，成为这个团队的灵魂，得以"自名其功"，将名字写到栋梁之上。我猜他也一定是由工匠成长出来的，其实也精通斧锯与凿枘，不至于"其床阙足而不能理"，这多半是作者的夸张，或者是他委劳于他的学徒的一种"习气"？

将他们的名字，由房梁间取出来，大概就可以得出一个《哲匠录》之类的书，由有巢氏、鲁班，到喻皓、李诫，再到计成、样式雷等师傅，他们在不同的时代，率领工匠们，将山林变为宫室，一方面是代代绵延生长的草木，另一方面是累积起来的"样式"。"木"既然是中国建筑的灵魂，那么这些家伙首先就应是"攻木"

的大师——事实上,"匠"这个字,它的字形,不就活脱脱是一个人攻木生涯的写照吗?

我看《彼得·科恩木工基础》,他在序言里写道:"木工技艺首先是一种人类精神的表达手段,我选择木工为职业,是因为制作过程满足了我的精神需要。我所制作的东西是我的精神和实物之间相互作用产生的物质成果。"讲的就是"道"与"器"的关系。鲁班祖师爷看到,一定会点头吧。这个制作过程的第一步,就是对木材的认知,科恩写道:"木材是特别的,当然,你也可以说它是奇怪的。它是一种来自树木的天然材料。风,阳光,气温,土壤,地理位置,雨水以及周围其他植物的竞争,这些因素中的任何一个或几个不同,都会造成产出的木材在颜色、密度、纹理以及加工特性上的独具一格。当我们将木材制作成家具时,每块木板都会对我们的工具有不同的反应,表现出它们的'个性'。要学习精湛的木工技艺,就应该从了解木材的生物特性和树木生长的神奇过程开始。"所谓"庖丁解牛",也是这样的吧,所以鲁班可以由草叶发明出来锯,匠石可以将树木一眼看上去,心里变出来他想要的家具的样子。

出现在春秋战国时期的《考工记》,收入《周礼》,是先民匠作技术的合集,总论之下,将当日的工艺分成攻木、攻金、攻皮、设色、刮摩(治玉)、抟埴(制陶)六个门类。攻木第一,而且在七千余字的篇幅中,也最长。"攻木之工七……轮、舆、弓、庐、匠、车、梓。"制"轮"被认为是木匠的第一件大事,这个有一点像现在人们对名车的追索吧。《考工记》又讲:"察车之道,欲其朴属而微至。"就是说,车轮要坚固,又要正圆,这样才能在大道上远行。而要达到"朴属""微至","轮人为轮,斩三材必以其时,三材既具,巧者和之"。就是要挑选处在适当时期的适当的木头,来担当制轮的材料。而"三材"是指制作毂(车轴)、辐(辐条)、牙(外轮圈)的三种材料,郑玄的注释里说:"今世毂用杂榆,辐以檀,牙以檀也。"明代宋应星《天工开物》实则是升级版的《考工记》,谈到制车时,他说:"凡车质惟先择长者为轴,短者为毂,其木以槐、枣、檀、榆为上。檀质太久劳则发烧……"可以验证工匠们对"木材的生物特性和树木生长的神奇过程"的了解。

当然,对繁复的草木世界来讲,这是"匠人之眼",着眼于其材、其用,就像农夫与花匠一样,各自窥见草木世界的功用的一部分,因此构成了"文化"的一部分。就是这一部分,要投入人类多少心血与智慧!柳宗元讲梓人之道类于相,治国就像造一栋屋宇,一座园林,一辆车驾。惜乎明世宗朱厚熜一代大匠,在他的木工房里,表现卓异,在朝堂之上的表现却是平平。个中的原因,大概是他一方面没有柳宗元这样的融会与贯通;另外一方面,一入工房深似海,他得到了攻木之乐,花在朝堂上的精力,自然也就少了。

南柯太守传(节选)   李公佐[①]

生感念嗟叹,遂呼二客而语之。惊骇。因与生出外,寻槐下穴。生指曰:"此即梦中所惊入处。"客将谓狐狸木媚[②]之所为祟。遂命仆夫荷斤斧,断拥肿,折查枿[③],寻穴究源。旁可袤丈[④],有大穴,根洞然明朗。可容一榻。上有积土壤,以为城郭台殿之状。有蚁数斛。隐聚其中。中有小台,其色若丹。二大蚁处之,素翼朱首,长可三寸。左右大蚁数十辅之,诸蚁不敢近。此其王矣。即槐安国都也。又穷一穴,直上南枝,可四丈,宛转方中,亦有上城小楼,群蚁亦处其中,即生所领南柯郡也。又一穴,西去二丈,磅礴空圬,嵌窞异状。中有一腐龟,壳大如斗。积雨浸润,小草丛生,繁茂翳荟,掩映振壳,即生所猎灵龟山也。又穷一穴,东去丈余,古根盘屈,若龙虺之状。中有小土壤,高尺余,即生所葬妻盘龙冈之墓也。追想前事,感叹于怀,披阅穷迹,皆符所梦。不欲二客坏之,遽令掩塞如旧。是夕风雨暴发,旦视其穴,遂失群蚁,莫知所去。故先言"国有大恐,都邑迁徙",此其验矣。复念檀萝征伐之事,又请二客访迹于外。宅东一里有古涸涧,侧有大檀树一株,藤萝拥织,上不见日。旁有小穴,亦有群蚁隐聚其间。檀萝之国,岂非此耶?嗟呼!蚁之灵异,犹不可穷,况山藏木伏之大者所变化乎?时生酒徒周弁、田子华并居六合县,不与生过从旬日矣。生遽遣家僮疾往候之。周生暴疾已逝,田子华亦寝疾于床。生感南柯之浮虚,悟人世之倏忽，遂栖心道门，绝弃酒色。后三年，岁在丁丑，亦终于家。时年四十六，将符宿契⑤之限矣。

公佐贞元十八年秋八月，自吴之洛，暂泊淮浦，偶觌淳于生儿楚，询访遗迹，翻覆再三，事皆摭实，辄编录成传，以资好事。虽稽神语怪，事涉非经，而窃位著生⑥，冀将为戒。后之君子，幸以南柯为偶然，无以名位骄于天壤间云。

前华州参军李肇赞曰：贵极禄位，权倾国都，达人视此，蚁聚何殊。

《太平广记》

【注释】

①李公佐：字颛蒙，陇西（今甘肃东南）人。中唐小说家，生卒年不详。作品存有《南柯太守传》《谢小娥传》《庐江冯媪传》《古岳渎经》四篇。

②木媚：树妖。

③拥肿：树身；查枿（niè）：树根。

④袤（mào）丈：一丈多远。

⑤宿契：前定，旧约。

⑥窃位：以裙带关系而得高位；著生：依附权贵为生。

【赏读】

除开《南柯太守传》，还有"一枕黄粱"的邯郸梦，倩女离魂的"牡丹亭"等，无非是我们经由梦境，与"本我"遇合，瞬息千里，了悟一生，空即是色，色即是空，槐穴与蜗角，电光石火寄此身，"蚁聚何殊"，令人感慨。

我倒是觉得，这一篇非凡的唐传奇，主人公固然是吴楚游侠淳于棼，另外的一个主角，恐怕是"清阴数亩"的大古槐。它不仅以"清阴"庇佑了侠客的好梦，而且也潜入梦境里，以它内部的枝穴，创造出了曲折回环的异次元的空间，构成了一个奇异的桃花源。同样的创意，在好莱坞的电影《阿凡达》中，也可以看到。

李渔讲："树之能为阴者，非槐即榆。《诗》云：'于我乎，夏屋渠渠。'此二树者，可以呼为'夏屋'。"说明槐树能够长到极高极大，姿态雄伟，在盛夏撑开绿伞，托蔽乡民，因此，也多被种植在房前宅后。瑰伟身姿之外，槐树还虬曲多节，究其原因，大概是幼苗时期，小槐树顶端的紫芽密集，节间也短，因此容易弯曲多歧。贾思勰在《齐民要术》中提供的种槐法，是让槐苗与麻套种在一起，这样"槐生麻中，不扶则直"，可以得到"亭亭条直，千百若一"的巨槐，这样的槐树，是木匠所爱，却不能作为美妙的"夏屋"梦乡吧。

做梦之外，《周礼》中讲，槐树也被种在三公的居所，"外朝之法，面三槐，三公居焉"。就是说，在这三位德高望重的官员的办公场所，要三面树槐，这样三公们就可以"听讼"树下。有人解释，说"槐"通"怀"，可聚人，可归人，使情归实。除去训诂方面的道理，槐树曲折的枝干也可令当事人意识到事件的复杂与婉曲，它带来的清凉，也可让争论的人们稍稍冷静下来——这真是一个古风穆穆的槐下法庭。

做梦是现实与虚构的交流，听讼乃是与非的判定。《淮南子》还讲："老槐生火。"炼丹术士们则认为："老槐生丹。"火也好，丹也好，好像都由槐树这种"中介"与"交通"的功效引申出来的。它也因此能够通灵，变得神异。在我家乡的故事《董永与七仙女》里，七仙女就是央求老槐树为媒，在树下与董永结为夫妇的。老槐树鸡皮鹤颜，与土地公公好像难分彼此，融为一体。孝感被称为槐荫故里，常用槐树作为行道树，可惜时日稍短，蓬蓬新槐，恐怕还没有到能拿捏男女情欲"火候"的地步。倒是偶尔去北京，可以看到排排大槐树，我喜欢那些小巷里的大槐树，它们在北京这样的地方，大概是想努力发挥出"听讼"的功用吧。郁达夫在他的名作《故都的秋》里写到这些槐树："北国的槐树，也是一种能使人联想起秋来的点缀。像花而又不是花的那一种落蕊，早晨起来，会铺得满地。脚踏上去，声音也没有，气味也没有，只能感出一点点极微细极柔软的触觉。扫街的在树影下一阵扫后，灰土上留下来的一条条扫帚的丝纹，看起来既觉得细腻，又觉得清闲，潜意识下并且还觉得有点儿落寞，古人所说的梧桐一叶而天下知秋的遥想，大约也就在这些深沉的地方。"他写的是槐树的清明凉爽，是秋天的象征。

在《神农本草经》里，槐被列为上品，它被认为是"纯阴"之树——能够取火的纯阴之树，这恐怕也是其作为"媒介"，以"鬼"为偏旁的原因。槐实、槐花、槐胶皆可入药，可攻热毒，对痔疮特别有效。《本草纲目》转述刘禹锡记载的故事："《传信方》着硖州王及郎中槐汤灸痔法甚详。以槐枝浓煎汤先洗痔，便以艾灸其上七壮，以知为度。王及素有痔疾，充西川安抚使判官，乘骡入骆谷，其痔大作，状如胡瓜，热气如火，至驿僵仆。邮吏用此法灸至三五壮，忽觉热气一道入肠中，因大转泻，先血后秽，其痛甚楚。泻后遂失胡瓜所在，登骡而绝矣。""胡瓜"一去，"登骡而绝"，多爽快！非我辈有痔的书生不能解啊。

槐树于书生们的另外一个药用，还在能明目通神。《本草纲目》又引苏颂《本草经》："折嫩房角作汤代茗，主头风，明目补脑。水吞黑子，以变白发。扁鹊明目使发不落法：十月上巳日，取槐子去皮，纳新瓶中，封口二七日。初服一枚，再服二枚，日加一枚。至十日，又从一枚起，终而复始。令人可夜读书，延年益气力，大良。"分明是我辈代替悬梁刺股,以"夜读书"的良药。

一番考据之后,回头来看,《南柯太守传》中,淳于棼声色权变的繁华梦,就是在清凉、通神、明目、治痔疮,又通怀人、使情归实的秋天纯阴之树——槐树之中兴起与结束的。少年游侠"胡瓜"一般的人生热念,就被这一碗"槐汤"大转泻掉了。人生如梦,无非槐聚,但槐树会在故园之中,东南西北地伸展枝叶,繁盛生长,长存斯世,以"九阴真经",修行成神。

薛弘机 温庭筠①

东都渭桥铜驼坊,有隐士薛弘机。营蜗舍渭河之隈,闭户自处,又无妻仆。每秋时,邻树飞叶入庭,亦扫而聚焉,盛以纸囊,逐其强而归之。常于座隅题其词曰:"夫人之计,将徇②前非且不可,执我见不从于众亦不可。人生实难,唯在处中行道耳。"

居一日,残阳西颓,霜风入户,披褐独坐,仰张邴③之余芳。忽有一客造门。仪状瑰古,隆准④庞眉,方口广颡,巍然四皓⑤之比。衣早霞裘,长揖薛弘机曰:"足下性尚幽道,道著嘉肥。仆所居不遥,向慕足下操履,特相诣。"弘机一见相得,切磋今古,遂问姓氏。其人曰:"藏经姓柳。"即便歌吟,清夜将艾。云:"汉兴,叔孙为礼,何得以死丧婚姻而行二载制度?吾所感焉。"歌曰:"寒水停圆沼,秋池满败荷。杜门穷典籍,所得事今多。"弘机好《易》,因问。藏经则曰:"易道深微,未敢学也。且刘氏六说,只明《诗》《书》《礼》《乐》及《春秋》,而亡于《易》。其实五说。是道之难。"弘机甚喜此论。言讫辞去,窣飒有声,弘机望之,隐隐然丈余而没。

后问诸邻,悉无此色。弘机苦思藏经,又不知所。寻月余,又诣弘机。弘机每欲相近,藏经辄退。弘机逼之,微闻朽薪之气,藏经隐。至明年五月又来,乃谓弘机曰:"知音难逢,日月易失,心亲道旷,室迩人遐。吾有一绝相赠,请君记焉。"诗曰:

"谁谓三才贵,余观万化同。心虚嫌蠹食,年老怯狂风。"吟讫,情意搔然⑥,不复从容,出门而西,遂失其踪。

是夜恶风,发屋拔树。明日,魏王池畔有大枯柳,为烈风所拉折。其内不知谁人藏经百余卷,尽烂坏。弘机往收之,多为雨渍断,皆失次第,内唯无《周易》。弘机叹曰:"藏经之谓乎?"建中⑦年事。

《干䐙子》

【注释】

①温庭筠(约 812~866):唐代诗人、词人。本名岐,字飞卿,太原祁(今山西祁县)人。诗与李商隐齐名,时称"温李"。为"花间派"词人,与韦庄齐名,并称"温韦"。后人辑有《温飞卿集》及《金荃集》,又有小说集《干䐙子》传世,部分辑入北宋李昉《太平广记》。

②徇:顺从。

③张邴(bǐng):西汉张良和邴汉的并称,二人先后弃官归隐。

④隆准:鼻梁高耸之貌。

⑤四皓:商山四皓,四位有名的隐士,秦末汉初隐于商山。

⑥搔然:躁动不安的样子。

⑦建中:唐德宗李适年号,780~783 年。

【赏读】

柳树初生的时候,杨柳依依,让人想起腰肢柔软的少女,唐传奇《柳氏传》中的"杨柳枝,芳菲节"如此,蒲松龄《聊斋志异·细柳》中的"细柳"也如此,贤明的后娘"细柳"之所以得名,就是因为"其腰嫖袅可爱"。当柳树长得枝干臃肿,老态毕现,就不再有当时青碧少女的模样了。这时候,在关于柳树的传奇中,它往往被写成一位老书生。

《聊斋志异》中另外一则《柳秀才》,讲蒲松龄的老家山东青兖一带发生蝗灾,这时候柳神托梦于县令,让他去路上恳求骑着"硕腹牝驴子"的女蝗神。蝗神因此生气,将蝗虫转移到柳树之上。这位热爱乡梓,有着自我牺牲精神的柳神"峨冠绿衣,状貌修伟",一副秀才的打扮。吕洞宾当年游仙天下,也喜欢扮演作柳树神,吕祖当然也是出了名的儒生打扮,一如此文中出现的"柳藏经","仪状瑰古,隆准庞眉,方口广颡,巍然四皓之比"。

深夜里,草木之精,化而为人,来同隐士或者远客吟诗作对,遣此寂夜,代替书生女妖热烈的情爱。这样的故事,《西游记》里也有。第六十四回《荆棘岭悟能努力　木仙庵三藏谈诗》里,唐僧师徒离开祭赛国,就有老者化作一道阴风,将三藏抢去会友谈诗。在月明星稀的晚上,圣僧同十八公(松)、孤直公(柏)、凌空子(桧)、拂云叟(竹)等深山之"四操"互相唱和,讲论禅与道,说实在话,正如三藏所言,他们的诗"吐凤喷珠,游夏莫赞",其实都挺不错。只是到后来,"星眼光还彩,蛾眉秀又齐"的杏仙出场,这位"雨润红姿娇且嫩","自知过熟微酸意"的熟女,终于被三藏的丰姿所迷,悄语"趁此良宵,不耍子,待要怎地"的时候,一场谈玄论道的诗会,变成了倚香偎玉的"美人局"。多少高雅的诗会最后都沦丧于荷尔蒙啊,怨不得后来人家二师兄,天明赶到,在荆棘岭,一顿钯,将松柏桧竹深山四操一下毁坏。

老柳树的诗会,却没有以上的喜气洋洋,由"杜门穷典籍"的悲思到"年老怯狂风"的悲叹,都显现出了白首穷经的老秀才畸零的影子,倒是有一点像后来鲁迅小说中的孔乙己,平生皆为书所误。只是孔乙己的书,是偷来的,柳藏经的书,却不知道是哪位弃儒从商的熊孩子塞到树洞里去的。

《诗》《书》《礼》《乐》《春秋》皆有,独独少《易》,是不是暗讽老柳树缺少变通之道呢?无论如何,柳树到老,被毛虫折磨、被风雨磨损、被真菌侵蚀,往往会形成树洞(公园里常有园丁往树洞里浇水泥),所谓秋蝉衰柳,晚境皆凄凉。

紫花梨 刘崇远[①]

清泰[②]中，薄游京辇。曾与卢泳巡官、郑宸博士、僧季雅，及三五知友，夜会于越波隄僧院。是时清秋欲杪，明月方高。句联五字之奇，酒饮八仙之美。柿新红脯，茗酯绿芽。一咏一觞，或醒或醉。

座上因相与征引古今，遂及果实之事。有叙及紫花梨者。众云："真定有之。"雅公独颦蹙[③]而言曰："此微僧先祖之遗恨。"众惊而问之。雅曰："昔武宗[④]皇帝御天下之五载，万国事殷，圣情不怿。忽患心热之疾，名医进药，厥疾罔瘳。遂博诏良能，遐征和、缓[⑤]。时有言青城山邢道士者，妙于方药。帝即召见之。道士以肘后绿囊中青丹两粒，及取梨数枚，绞汁而进之。帝疾寻愈。旬日之内，所赐万金，仍加广济先生之号。

"帝从容问其丹为何物，先生曰：'赤城山顶，有青芝两株。太白南溪，有紫花梨一树。臣之昔岁，曾游二山，偶获两宝，合炼成丹。五十年来，服食殆尽，唯余两粒，幸逢陛下服之。更欲此丹，须求二物也。'经数月，邢先生辞帝归山。后疾复作，再诏邢先生于青城，则不知何适也。帝遂诏示天下，有紫花梨，即时奏上。时恒州[⑥]节度太尉公王达，尚寿春公主，即会昌之女弟。闻真定[⑦]李令，种梨数株，其一紫花梨，即遣寺人[⑧]，就加封检，剪其旁树，匦以朱栏。宝惜纤枝，有同月桂。当花发之时，防蜂蝶之窥耗，每以轻绡纱縠，远加笼罩焉。守树者不胜艰苦。洎及秋实，公主必手选而进之。此达帝庭，十得其六七。帝多食此梨，虽不及邢氏者，亦粗解其烦躁耳。

"是时有李遵来侍御，任恒州记室，作《进梨表》云：'紫花开处，擅美春林。缥蒂悬时，迥光秋景。离离玉润，落落珠圆。甘不待尝，脆难胜口。'表达阙下，公卿见者，多大笑之曰：'常山公何用进残梨于天府也？盖以其表有脆难胜口之字。'明年，武宗崩，公主亦相次逝。此梨自后以为贡赋之常物。县官岁久，亦渐怠于宝守焉。至天祐⑨末焉，赵王为德明之所篡弑。其后县邑公署，多历兵戎。紫花之梨，亦已枯朽。今之真定，无复继种者焉。

"当武宗时，县宰李公，名尚，即雅之祖也，尝以守树不谨，曾风折一枝，降为冀州典午。由是追感而颦蹙也。"

《耳目记》

【注释】

①刘崇远：约940年前后在世，字不详，自号金华子，本河南人，黄巢之乱，徙居江南。出仕南唐为文林郎大理司直。著有《耳目记》等传奇小说，部分辑入北宋李昉《太平广记》。

②清泰：后唐末帝李从珂年号，934～936年。

③颦蹙：皱起眉头。

④武宗：指唐武宗李炎，840～846年在位，年号会昌。

⑤遐征和、缓：四处征求能和缓心疾的高人。

⑥恒州：古地名，辖境相当于今河北省石家庄、正定、灵寿、行唐、井陉、平山、阜平等地。

⑦真定：今河北正定。
⑧寺人：太监。
⑨天祐：唐代最后一位皇帝哀帝李柷的年号，904~907年。

【赏读】

　　一棵梨树的故事，写的却是唐朝经黄巢之乱崩溃，转入残唐五代的大变乱，哀婉而又感伤。"树犹如此，人何以堪！"文人们在乱世寺院的明月夜，咏觞之余，来回味的前朝遗事，有一点像那个南朝驸马徐德言"破镜重圆"的故事，只是眼下破碎的山河，得等到几十年之后，赵匡胤龙兴，以一条铁棍打下四百座军州，才弥缝得起来。

　　唐武宗的心疾，先是惊动了青城山的高道，他以赤城山的青芝与太白山的紫花梨合成的丹药，有一点像《红楼梦》里，薛宝钗得到的"冷香丸"。惜乎宝物有限，神仙潜踪，之后又得真定紫花梨作权宜之计。寿春公主每年秋天，都会亲手挑选梨子给皇帝哥哥，而这棵紫花梨树，也成为当地县令守护的"国宝"，狂风吹折了一根枝条，守树的李尚县令，就遇到了降职的麻烦。惜乎烽烟四起，世易时移，这样的宝树，也枯朽于战祸兵锋之间。故事写得百转千回，令人心折，中间横生一波，讲到"脆难胜口"的典故，又有一点小小的恶趣味，非文章高手是办不到的。

　　至于梨子，《汉武帝内传》中就讲："太上之药，有玄光梨。"《神异经》里又说："东方有树，高百丈，叶长一丈，广六七尺，名曰'梨'。其子径三尺，割之，瓤白如素，食之为地仙，辟谷，可入水火也。"可见"玄光梨"与"神异梨"都是道士们的宝物。但是对普通人来讲，养生家又认为它是"快果"，其性冷利，多食损人，最好是少吃为妙。但医生们却认为梨子有消痰降火，止渴止咳的好处，如果有紫光梨，当然是更好，就是一般的梨子，也是很见效的。《本草纲目》中，李时珍引用了一个故事：

"《类编》云：一士人状若有疾，厌厌无聊，往谒杨吉老诊之。杨曰：君热症已极，气血消铄，此去三年，当以疽死。士人不乐而去。闻茅山有道士医术通神，而不欲自鸣。乃衣仆衣，诣山拜之，愿执薪水之役。道士留置弟子中。久之以实白道士。道士诊之，笑曰：汝便下山，但日日吃好梨一颗。如生梨已尽，则取干者泡汤，食滓饮汁，疾自当平。士人如其戒，经一岁复见吉老。见其颜貌腴泽，脉息和平，惊曰：君必遇异人，不然岂有痊理？士人备告吉老。吉老具衣冠望茅山设拜，自咎其学之未至。"

李时珍对梨树的品种考证也详，一并抄录：

"梨树高二三丈，尖叶光腻有细齿，二月开白花如雪六出。上巳无风则结实必佳。故古语云：上巳有风梨有蠹，中秋无月蚌无胎。贾思勰言：梨核每颗有十余子，种之惟一二子生梨，余皆生杜，此亦一异也。杜，即棠梨也。梨品甚多，必须棠梨、桑树接过者，则结子早而佳。梨有青、黄、红、紫四色。乳梨，即雪梨；鹅梨，即绵梨；消梨，即香水梨也。俱为上品，可以治病。御儿梨，即玉乳梨之讹。或云御儿一作语儿，地名也，在苏州嘉兴县，见《汉书注》。其他青皮、早谷、半斤、沙糜诸梨，皆粗涩不堪，只可蒸煮及切烘为脯尔。一种醋梨，易水煮熟，则甜美不损人也。昔人言梨，皆以常山真定、山阳钜野、梁国睢阳、齐国临淄、巨鹿、弘农、京兆、邺都、洛阳为称。盖好梨多产于北土，南方惟宣城者为胜。故司马迁《史记》云：淮北、荥南、河济之间，千株梨其人与千户侯等也。又魏文帝诏云：真定御梨大如拳，甘如蜜，脆如菱，可以解烦释绪。"

可见真定梨自古有名，是否紫花梨，却要靠运气。李时珍提到的"杜""棠梨"，就是甘棠，野梨，可作梨树接种的砧木。

就是结不出"解烦释绪"的梨子，梨花也很好看啊。"千树万树梨花开","梨花院落溶溶月",梨花在古诗里,与桃李相映发,是寒食清明来到的象征。晚唐诗人李郢有诗:"旧坟新陇哭多时,流世都堪几度悲。乌鸟乱啼人未远,野风吹散白棠梨。"梨子的药性主"消",而白色的梨花又与寒食相继,难道在诗人们的心里面,梨天生就是与惆怅扭结在一起的吗?李郢的这首诗,好像就是写给寿春公主的梨树的。

青青翠竹 慧 忠①

问:"古德曰:'青青翠竹,尽是真如②;郁郁黄花,无非般若③。'有人不许,是邪说;亦有人信,言不可思议。不知若为?"

师曰:"此盖是普贤文殊④大人之境界,非诸凡小而能信受。皆与大乘了义经⑤意合。故《华严经》云:'佛身充满于法界⑥,普现一切群生前,随缘赴感,靡不周而恒处此菩提座。'翠竹既不出法界,岂非法身⑦乎?又《摩诃般若经》曰:'色⑧无边故,般若无边。'黄花既不越于色,岂非般若乎?此深远之言,不省者难为措意。"

《祖堂记》

【注释】

①慧忠(675~775):俗家名冉虎茵,法名释慧忠,世称南阳慧忠国师,谥号大证禅师,诸暨(今浙江省诸暨市)人。是禅宗六祖慧能门下的五大宗匠之一,与荷泽神会共同在北方弘扬六祖禅风。

②真如:佛家指事物的本相与真性。

③般若(bō rě):智慧。梵语的译音,全称为"般若波罗蜜多"。

④普贤文殊:菩萨名。

⑤大乘了义经:大乘之中说理明了的经典。

⑥法界:泛指宇宙万有一切事物。

⑦法身：佛身，真如本体。
⑧色：事物，物质，一切有形有质，会变化的事物。

【赏读】

　　禅宗的公案里讲到，狗也有佛性，既然动物有，那么草木当然也沐浴在佛光之中，是佛性的体现，是真如，有般若，而不仅是青青翠竹、郁郁黄花而已。

　　苏轼在《赤壁赋》里，其实也讲到了这种"佛性"："苏子曰：'客亦知夫水与月乎？逝者如斯，而未尝往也；盈虚者如彼，而卒莫消长也。盖将自其变者而观之，则天地曾不能以一瞬；自其不变者而观之，则物与我皆无尽也，而又何羡乎！且夫天地之间，物各有主，苟非吾之所有，虽一毫而莫取。惟江上之清风，与山间之明月，耳得之而为声，目遇之而成色，取之无禁，用之不竭，是造物者之无尽藏也，而吾与子之所共适。'"清风明月，翠竹黄花，皆是真如与般若啊。

简米仲诏 王思任[1]

越人嚼笋，闽人嚼蔗，渐老渐甜。不想奉崔魏诸公，主何意见，就中少年，新进甚多，今日银艾[2]，明日就想犀玉，邀呵过棋盘街，尚书阁老是个孩子，难有大半世做去[3]？早早回家，有何意趣！打选官图者，不上五六掷，就到太师出局矣，忙些甚么？又做官如游山，一步一步上去，历过艰难，闪跌几次，方知荆棘何以刺人，危险何以惕人[4]，幽奇何以快人，转折何以练人[5]，渐渐登峰造极，方得受用。今一见山麓，就要飞至山顶，山顶之上，又往那走？此皆不明之过也。年兄终日太仆，决不转动，譬之山腰看人，从高跌下者，暴痛绝命，可怜可笑也。若弟又鲇鱼上竹竿，可笑之甚矣。偶发名言，不是妒口也。我两个老人家，终有意思在。

《王季重十种》

【注释】

①王思任（1574~1646）：字季重，号遂东，晚年又号谑庵。山阴（今浙江省绍兴市）人。后为南明礼部侍郎，清兵南下，绝食而死。明末散文家，著有《王季重十种》等。

②新进：新考中的进士；银艾：新晋的进士授以艾草染绿的银印绿绶。

③"尚书阁老"二句，意思是讲尚书阁老需要花大半世的时间才能做到。

④惕人：使人警惕。
⑤练人：使人得以历练。

【赏读】

　　王季重的文章嬉笑怒骂，幽默风趣。山阴晚明名家辈出，让人想到与民国二周兄弟的文字渊源。这一封信，与简米仲讨论做官要慢慢来，以草木来作的四个比喻，很有意思。

　　做官如嚼笋、嚼蔗，由头开始，越到后面，滋味越好，那些想拿起甘蔗，就由后面吃起来的家伙，其实是不知个中三昧。甘蔗有节，做官当然也是一劫连着一劫，所以是慢慢来，比较好。

　　而在此番曲折的山阴道上，也有"荆棘刺人"，荆棘多半用来比喻小人，山路走多了，练成铁脚仙，也就不怕这些荆棘，何况山渐高，荆棘也会稍少。

　　谑庵先生最后的玩笑，是讲简米仲太仆已经到山腰上，所以可以从容看别人爬山，而他自己，却是"鲇鱼上竹竿"，终难得法。这个鲇鱼上竹竿的比喻，也是妙不可言的，后来张岱写《王谑庵先生传》讲："先生初县令，意轻五斗，儿视督邮，偃蹇宦途，三仕三黜。自二十一释褐，七十二考终，通籍五十年，三为县令，一为司李，一为教授，两为臬幕，三为主政，一为兵备使者。直至监国，始简宫詹，晋秩少宗伯，而国事又不可问矣。五十年内，强半林居，乃遂沉湎曲蘖，放浪山水，且以暇日，闭户读书。"这一段话，可证"鲇鱼上竹竿"，正和那些运气好，做官如"闽人嚼蔗"的家伙形成对照。

卷二 稻菽桑麻

橘 颂 屈 原①

后皇嘉树,橘徕服兮②。受命不迁,生南国兮。深固难徙,更壹志③兮。绿叶素荣,纷其可喜兮。曾枝剡棘,圆果抟兮④。青黄杂糅,文章烂兮⑤。精色内白,类任道兮⑥。纷缊宜修,姱而不丑兮⑦。

嗟尔幼志,有以异兮。独立不迁,岂不可喜兮。深固难徙,廓⑧其无求兮。苏世独立,横而不流兮⑨。闭心自慎,终不失过兮。秉德无私,参天地兮。

愿岁并谢⑩,与长友兮。淑离不淫,梗其有理兮⑪。年岁虽少,可师长兮。行比伯夷,置以为像兮。

《楚辞》

【注释】

①屈原(约前340~约前278):先秦伟大的诗人,出生于楚国丹阳(今湖北省秭归县),名平,字原。作品有《离骚》《九章》《九歌》等。

②后皇:后土与皇天,天与地。徕:通"来"。服:习惯。

③壹志:志向专一。壹,专一。

④曾枝:繁枝。剡棘:尖利的刺。抟:通"团",圆圆的。

⑤文章:纹理色彩。烂:明亮。

⑥精色内白:金黄表皮,纯白内瓤。类任道兮:就像抱着大道一样。

⑦纷缊宜修：枝叶繁茂，香气浓郁。姱：美好。不丑：出类拔萃。丑，类。

⑧廓：心胸宽广。

⑨苏世独立：独立于世，保持清醒。横而不流：横立水中，不随波逐流。

⑩愿岁并谢：誓同生死，一起成长。岁，年岁。谢，凋谢。

⑪淑离：美丽，良善。离，通"丽"。淫：过度。梗：正直。理：纹理。

【赏读】

  《楚辞》是诗，也是优美的赋文。屈原多写香草美人，《离骚》《湘君》《湘夫人》《少司命》等篇，皆可选入到此书。"扈江离与辟芷兮，纫秋兰以为佩""朝饮木兰之坠露兮，夕餐秋菊之落英""制芰荷以为衣兮，集芙蓉以为裳""揽茹蕙以掩涕兮，沾余襟之浪浪""何昔日之芳草兮，今直为此萧艾也""览椒兰其若兹兮，又况揭车与江离""蕙肴蒸兮兰藉，奠桂酒兮椒浆""浴兰汤兮沐芳，华采衣兮若英""采芳洲兮杜若，将以遗兮下女""嫋嫋兮秋风，洞庭波兮木叶下""折疏麻兮瑶华，将以遗兮离居""秋兰兮麋芜，罗生兮堂下""暾将出兮东方，照吾槛兮扶桑""乘水车兮荷盖，驾两龙兮骖螭""春兰兮秋菊，长无绝兮终古""播江离与滋菊兮，愿春日以为糗芳""滔滔孟夏兮，草木莽莽""令薛荔以为理兮，惮举趾而缘木""何芳草之早夭兮，微霜降而下戒""悲回风之摇蕙兮，心冤结而内伤""惟佳人之独怀兮，折芳椒以自处""折若木以蔽光兮，随飘风之所仍""谁可与玩斯遗芳兮，长向风而舒情"……这些随手由《楚辞》里摘下来的诗句，让我觉得，忧心忡忡的诗人，其实也得到了丽山秀水、荣荣草木的慰藉，草木有灵，不仅可以起兴而且可以抽思，诗人行走浸润其中，饮露餐英，心旷神怡。惜乎屈子出身贵族世家，又深陷在与楚怀王的恩怨交缠之中，还做不到像陶渊明那样，从容自得，躬耕忘忧，与草木为邻为友。

《橘颂》之不同，在于它是专门写给"后皇嘉树"的一篇小赋，在我的印象里，它是汉语里面，第一篇独立地吟咏植物的作品，橘树何德，与有荣焉。文章本身，也如山岭间的橘树一样，舒展秀丽，刚健清新，高中生们据此纹理，发挥而成文章，肯定可以在高考的作文中得到高分。

绿叶素荣、曾枝圆果，橘树成为"纷缊宜修，姱而不丑"的君子树，由此也可以看出，它是"秉德无私""苏世独立"的作者的自况。但橘树与众不同的地方，其实在于它的"受命不迁"，因为得到日月之光的照耀滋生，得到祖宗之地的给养栽培，所以橘树"服"于故乡，壹志而不变。在屈原，这大概是文化的自觉吧，生于汉夷杂居、湿润温暖、红黄壤频布的"南国"，他心仪的"社树"，已经不是挺立的松柏，而是这又朴素又华贵，同样"岁寒而后知"的橘树？

这样风土的道理，由齐国来到楚国做说客，展现北方稷下文化优越的晏子也是知道的，《晏子春秋》里讲："橘生淮南则为橘，生于淮北则为枳。"《淮南子》又讲："橘柚有乡，橘洞于北徙。"柑橘原产于中国，在《禹贡》中，它就已经是由荆州、扬州上贡给周王的贡品。《史记》中，太史公留下有两段话，一段是苏秦在游说燕文侯时讲："齐必致鱼盐之海，楚必致橘柚之园。"说的是国家创富，齐国可以煮海取盐，而楚国则是开辟大片的橘柚园。一段是《货殖列传》里讲到的："在蜀、汉、江陵千树橘……此其人皆与千户侯等。"

现在坐火车往四川、重庆去，经过鄂西宜昌、十堰等地，还能由车窗外看到山岭间"淑离不淫，梗其有理"的大片的"千户侯"们劳作的橘柚种植园，你就会感叹，一代一代的文人故去，空留诗文词藻，而橘子树，千年以下，绿叶素荣，还"服"于它的故乡。

甘　蕉① 嵇　含②

甘蕉，望之如树，株大者，一围余。叶长一丈，或七八尺，广尺余。华大如酒杯，形色如芙蓉③，著茎末④百余子，子各为房，相连累，甜美，亦可蜜藏。根如芋魁，大者如车毂⑤。实随华，每华一阖，各有六子，先后相次，子不俱生，华不俱落。

一名芭蕉，或曰巴苴。剥其子上皮，色黄白，味似蒲萄，甜而脆，亦疗饥。此蕉有三种，一种，子大如拇指，长而锐，有类羊角，名羊角蕉，味最甘好。一种，子大如鸡卵，有类牛乳，名牛乳蕉，味微减羊角。一种，蕉大如藕，长六七寸，形正方，少甘，最下也。其茎解散如丝，以灰练之，可纺绩为绨绤⑥，谓之蕉葛。虽脆而好，色黄白，不如葛色。交广⑦俱有之。《三辅黄图》⑧曰：汉武帝元鼎六年，破南越，建扶荔宫，以植所得奇草异木，有甘蕉二本。

《南方草木状》

【注释】

①甘蕉：香蕉。香蕉与同属的芭蕉是不同的品种，芭蕉果肉中含种子多，不宜食用。但古人常将甘蕉（香蕉）与芭蕉混同。

②嵇含（262～306）：字君道，自号亳丘子，西晋时期的文学家及植物学家，谯国铚县（今安徽省濉溪县）人，嵇康的侄孙。陈敏作乱时，被荐为广州刺史。刘弘死后，嵇含留领荆州。著有《嵇含集》十卷，已佚。《南方草木状》一书作于永兴元年（304）。

③芙蓉：此处指莲花，香蕉花序裹生在花苞里，微红，似莲。

④茎末：指香蕉花序，香蕉每本可结果一二百个。

⑤车毂（gǔ）：车轮。

⑥绤绤（chī xì）：细的与粗的葛布。

⑦交：交趾；广：广州。

⑧《三辅黄图》：古代历史地理图书，记载秦汉时期关中三辅的城池、宫观、陵庙、明堂、辟雍、郊畤等。作者佚名，成书在南北朝之前。

【赏读】

秦皇汉武开疆拓土，往西打通河西走廊，连接中亚细亚；往南设象郡、交趾等，往通百越，进入热带与亚热带，拓宽的不仅是中华文化存在的空间，也是中原士人的眼界。不同的动植物，出现在首都长安（咸阳），一时间，史书与诗文里，都布满了这种打量世界的"新鲜的眼"，"汉武帝元鼎六年，破南越，建扶荔宫，以植所得奇草异木，有甘蕉二本"，这种设植物园以纪念神圣武功的做法，后来拿破仑他们也干过。记载南方"奇草异木"的书，除《南方草木状》，还有《南越行记》《林邑记》《交州记》《广州记》《南方草物状》《南方异物志》《岭南异物志》等。下一波"奇花异木"的发现，要等到十五世纪的时代，随着美洲的发现，玉米等新锐食物传入中国。

这一批书里，最为有名的，就是竹林七贤之一嵇康的孙子——嵇含所著的《南方草木状》。在序言里，他写道："南越交趾植物，有四畲最为奇，周秦以前无称焉。自汉武帝开拓封疆，搜来珍异，取其尤者充贡。中州之人，或昧其状，乃以所闻诠叙，有裨子弟云尔。"本着令子弟多识草木之名的想法，他记述了所见闻的南方草木共八十种，其中草本的有甘蕉、耶悉茗、茉莉花、豆蔻花、鹤草、水莲、菖蒲、留求子等二十九种,树木有榕、枫香、益智子、桂、桄榔、水松等二十八种,果树有荔枝、椰、橘、柑等十七种,竹类有云丘竹、石林竹、思摩竹等六种,计三卷。这八十种植物,有一些是由嵇含第一次写入到汉语之中,比如榕树:"榕树,南海桂林多植之。叶如木麻,实如冬青,树干拳曲,是不可以为器也。其本棱理而深,是不可以为材也。烧之无焰,是不可以为薪也。以其不材,故能久而无伤。其荫十亩,故人以为息焉。而又枝条既繁,叶又茂细,软条如藤,垂下渐渐及地,藤梢入土,便生根节,或一大株,有根四五处,而横枝及邻树,即连理。南人以为常,不谓之瑞木。"

如果庄子也有嵇含一样行走到热带地区的经历,他会将"以为舟则沉,以为棺椁则速腐,以为器则速毁"的"散木",也安到榕树身上吧。连理树在北方被认为是奇迹,比如韩凭夫妇坟上的相思树梓木,对垂根即生的榕树,当然是司空见惯,然而榕树在南方,其实一样有"社树"的功能。

其他还有如桂树:"桂出合浦,生必以高山之巅,冬夏常青。其类自为林,间无杂树。交趾置桂园,桂有三种:叶如柏叶,皮赤者,为丹桂;叶似柿叶者,为菌桂;其叶似枇杷叶者,为牡桂。《三辅黄图》曰:甘泉宫南有昆明池,池中有灵波殿,以桂为柱,风来自香。"

指甲花:"指甲花,其树高五六尺,枝条柔弱,叶如嫩榆。与耶悉茗、末利花皆雪白,而香不相上下。亦胡人自大秦国移植于南海。而此花极繁细,才如半米粒许。彼人多折置襟袖间,盖资其芬馥尔。一名散沫花。"

槟榔:"槟榔树,高十余丈,皮似青桐,节如桂竹,下本不大,上枝不小,调直亭亭,千万若一。森秀无柯,端顶有叶。叶似甘蕉,条派开破,仰望眇眇,如插丛蕉于竹杪。风至独动,似举羽扇之扫天。叶下系数房,房缀数十实,实大如桃李,天生棘重累其下,所以御卫其实也。味苦涩,剖其皮,鬻其肤,熟如贯之,坚如干枣。以扶留藤古贲灰并食,则滑美下气消谷。出林邑。彼人以为贵,婚族客必先进,若邂逅不设,用相嫌恨。一名宾门药饯。"

椰子:"椰树,叶如栟榈,高六七丈,无枝条。其实大如寒瓜,外有粗皮,次有壳,圆而且坚。剖之有白肤,厚半寸,味似胡桃,而极肥美。有浆,饮之得醉。俗谓之越王头,云昔林邑王与越王有故怨,遣侠客刺得其首,悬之于树,俄化为椰子。林邑王愤之,命剖以为饮器,南人至今效之。当刺时,越王大醉,故其浆犹如酒。"

杨梅:"杨梅,其子如弹丸,正赤。五月中熟,熟时似梅,其味甜酸。陆贾《南越行纪》曰:罗浮山顶有胡杨梅,山桃绕其际,海人时登采拾,止得于上饱啖,不得持下。东方朔《林邑记》曰:林邑山杨梅,其大如杯碗,青时极酸,既红味如崖蜜,以酿酒,号梅香酎。非贵人重客,不得饮之。"

龙眼:"龙眼树,如荔枝,但枝叶稍小。壳青黄色,形圆如弹丸,核如木梡子而不坚。肉白而带浆,其甘如蜜,一朵五六十颗,作穗如莆萄然。荔枝过即龙眼熟,故谓之荔枝奴,言常随其后也。《东观汉记》曰:单于来朝,赐橙、橘、龙眼、荔枝。魏文帝诏群臣曰:南方果之珍异者,有龙眼、荔枝,令岁贡焉。出九真、交趾。"

嵇含的文字既美,状物也周详准确。这些记载,实则也是非常好的散文。你看他记完草木,感慨道:"凡草木之华者,春华者冬秀,夏华者春秀,秋华者夏秀,冬华者秋秀。其华竟岁。故妇女之首,四时未尝无华也。"一派南国风光,奇花与佳人竞秀,一下子就让人想到了越南导演陈英雄的电影《青木瓜的滋味》。

回到本文的主角香蕉(芭蕉),经过了近两千年与北方的交会,它已经挥别了"初恋"时的乍惊乍喜,不再是"甘蕉如饴蜜,甚美，食之四五枚可饱，而余滋味犹在齿牙间"这样帝王宴上的"异物"，而是南方贩往北方的寻常果品，每到南方香蕉上市的旺季，会便宜得出奇。就是在文化上，它也融入了汉语符号的系统，而成为有中国风的意象。才子佳人听雨，除了梧桐更兼细雨之外，蕉窗夜雨，也是不错的选择。据说唐代的草圣张旭，喜欢在芭蕉叶上写字，他的这个爱好，被风雅的李笠翁也学去了，李渔在《闲情偶寄》中讲："幽斋但有隙地，即宜种蕉。蕉能韵人而免于俗，与竹同功，王子猷偏厚此君，未免挂一漏一。蕉之易栽，十倍于竹，一二月即可成荫。坐其下者，男女皆入画图，且能使合榭轩窗尽染碧色，'绿天'之号，洵不诬也。竹可镌诗，蕉可作字，皆文士近身之简牍。乃竹上止可一书，不能削去再刻；蕉叶则随书随换，可以日变数题，尚有时不烦自洗，雨师代拭者，此天授名笺，不当供怀素一人之用。予有题蕉绝句云：'万花题遍示无私，费尽春来笔墨资。独喜芭蕉容我俭，自舒晴叶待题诗。'"就是在《西游记》里，蕉也频频出现：孙悟空常以香蕉大快朵颐；师徒四人路阻火焰山之时，那一把能熄灭掉火焰山的大火的扇子，并非铁打，而是用芭蕉叶制成的。

  其他如桂树、槟榔、椰子、甘蔗、荔枝、杨梅等，亦作如是观。

齐民要术①序（节选） 贾思勰②

盖神农为耒耜，以利天下；尧命四子，敬授民时；舜命后稷，食为政首；禹制土田，万国作乂③；殷周之盛，诗书所述，要在安民，富而教之。

《管子》曰："一农不耕，民有饥者；一女不织，民有寒者。""仓廪实，知礼节；衣食足，知荣辱。"丈人曰："四体不勤，五谷不分，孰为夫子？"传曰："人生在勤，勤则不匮。"古语曰："力能胜贫，谨能胜祸。"盖言勤力可以不贫，谨身可以避祸。故李悝为魏文侯作尽地力之教，国以富强；秦孝公用商君急耕战之赏，倾夺邻国而雄诸侯。

《淮南子》曰："圣人不耻身之贱也，愧道之不行也；不忧命之长短，而忧百姓之穷。是故禹为治水，以身解于阳盱之河；汤由苦旱，以身祷于桑林之祭。""神农憔悴，尧瘦癯，舜黎黑，禹胼胝。由此观之，则圣人之忧劳百姓亦甚矣。故自天子以下，至于庶人，四肢不勤，思虑不用，而事治求赡者，未之闻也。""故田者不强，囷仓不盈；将相不强，功烈不成。"

《仲长子》曰："天为之时，而我不农，谷亦不可得而取之。青春至焉，时雨降焉，始之耕田，终之簠、簋，惰者釜之，勤者钟之。矧夫不为，而尚乎食也哉？"《谯子》曰："朝发而夕异宿，勤则菜盈倾筐。且苟无羽毛，不织不衣④；不能茹草饮水，不耕不食。安可以不自力哉？"

晁错曰："圣王在上，而民不冻不饥者，非能耕而食之，织而衣之，为开其资财之道也。""夫寒之于衣，不待轻暖；饥之于食，不待甘旨。饥寒至身，不顾廉耻。一日不再食则饥，终岁不制衣则寒。夫腹饥不得食，体寒不得衣，慈母不能保其子，君亦安能以有民？" "夫珠、玉、金、银，饥不可食，寒不可衣。……粟、米、布、帛……一日不得而饥寒至。是故明君贵五谷而贱金玉。"刘陶曰："民可百年无货，不可一朝有饥，故食为至急。"陈思王⑤曰："寒者不贪尺玉而思短褐，饥者不愿千金而美一食。千金、尺玉至贵，而不若一食、短褐之恶者，物时有所急也。"诚哉言乎！

神农、仓颉，圣人者也；其于事也，有所不能矣。故赵过始为牛耕，实胜耒耜之利；蔡伦立意造纸，岂方缣、牍之烦？且耿寿昌之常平仓，桑弘羊之均输法，益国利民，不朽之术也。谚曰："智如禹、汤，不如尝更。"是以樊迟请学稼，孔子答曰："吾不如老农。"然则圣贤之智，犹有所未达，而况于凡庸者乎……

《齐民要术》

【注释】

①《齐民要术》：中国现存最早最完整保存下来的古代农学名著，世界农学史上最早最有价值的名著之一。齐民，指平民百姓；要术，谋生的方法。齐民要术即予普通百姓谋生的技艺。北魏高阳太守贾思勰撰，书成于公元六世纪中期，十一万余字，包括农、林、牧、渔、副"大农业"的全部，囊括我国古代农家经营活动的绝大

部分事项,是一部百科全书式的农书。

②贾思勰:《齐民要术》的作者,生活在南北朝的北魏时期,据传为益都(今山东省寿光县)人,曾任高阳太守。他的史迹,多半已经失传了。

③万国作乂(yì):各诸侯国得以安定下来。

④苟无羽毛,不织不衣:人没有羽毛,如果不纺织,就没有衣服穿。

⑤陈思王:即曹植。

【赏读】

这一篇序的功用,是将亘古至北魏,前贤的劝农言说与事迹一一辑录出来。如果我们知道,"北魏高阳太守贾思勰"除了这一篇序与序后的十余万字,在历史上,已经很难见到其踪迹,如同吴承恩、曹雪芹他们一样身世成谜,就会大大地体谅这位"百科全书"的作者,而衷心喜爱他的饶舌。

《齐民要术》共十卷,九十二篇,其实是一部东亚田园生活的指南,这样的生活,它的诗意已在《诗经》、陶渊明的诗里面得以吟咏,它的技术的说明却在此书中永存。这样的总结,如果贾思勰不去做,同类规模的农书,要等到约一千年后,明末徐光启的《农政全书》才有,而且,如果没有《齐民要术》的引领,徐光启也未必作得出来。二十世纪时石声汉、缪启愉两位先生,分别尽毕生的努力,整理《齐民要术》的复杂版本,正本清源,为我们了解北魏时期黄河中下游地区的农业生产状况提供了很大的方便,正是所谓前人植树,后人乘凉。

贾太守一方面有效法前贤劝农立本的决心,另一方面也有"晓示家童"留布后世的决心,所以他"采捃经传,爰及歌谣,询之老成,验之行事,起自耕农",既重视典籍,又有田野亲身付诸的实践的作业,这种方法与态度,其实就是现在人类学学者的态度。由此形成的文本,也"丁宁周至,不尚浮辞",几乎与当日玄谈高蹈的魏晋风流,形成了对照。因为一味的务实,不仅让他避谈盐铁贩运生利,连"花草之流"都捐弃一边,徒有春花,而无秋实,不入他的法眼,这对"草木小品",当然是一个损失。但上天造物,一花一草,都有自己的用处,一无是处的春花,其实也是少的。仔细看去,贾太守笔下的红蓝花、茱萸等田园草木并不少。

"千头木奴"与"千户侯",也是有意思的说法,颇能激励人们在春天的时候,去好好地过植树节。事实上,乡村的生活以树为纪,来丈量世代的演变与一个人的生老病死,而以稼穑来应对春夏秋冬的转变,一长一短,往复循环,人生之道也就道在其中了。

种瓜（节选） 贾思勰

收瓜子法：常岁岁先取"本母子"瓜，截去两头，止取中央子①。（"本母子"者，瓜生数叶，便结子；子复早熟。用中辈瓜子者，蔓长二三尺，然后结子。用后辈子者，蔓长足，然后结子；子亦晚熟。种早子，熟速而瓜小；种晚子，熟迟而瓜大。去两头者：近蒂子，瓜曲而细；近头子，瓜短而喝②。凡瓜，落疏、青黑者为美；黄、白及斑，虽大而恶。若种苦瓜子③，虽烂熟气香，其味犹苦也。）

又收瓜子法：食瓜时，美者收取，即以细糠拌之，日曝向燥，按④而簸之，净而且速也。

良田，小豆底⑤佳；黍底次之。刈讫即耕。频烦转之。

二月上旬种者为上时，三月上旬为中时，四月上旬为下时。五月、六月上旬，可种藏瓜。

凡种法：先以水净淘瓜子，以盐和之。（盐和则不笼死⑥。）先卧锄耧却燥土，（不耧者，坑虽深大，常杂燥土，故瓜不生。）然后掊坑，大如斗口。纳瓜子四枚、大豆三个于堆旁向阳中。（谚曰："种瓜黄台头⑦。"）瓜生数叶，掐去豆。（瓜性弱，苗不独生，故须大豆为之起土。瓜生不去豆，则豆反扇瓜，不得滋茂。但豆断汁出，更成良润；勿拔之，拔之则土虚燥也。）

多锄则饶子，不锄则无实。五谷、蔬菜、果蓏之属，皆如此也。

五六月种晚瓜。

治瓜笼法：旦起，露未解，以杖举瓜蔓，散灰于根下。后一两日，复以土培其根，则迥无虫矣。

又种瓜法：（依法种之，十亩胜一顷。）于良美地中，先种晚禾。（晚禾令地腻。）熟，劁刈取穗，欲令茇⑧长。秋耕之。耕法：弭缚犁耳，起规逆耕。耳弭则禾茇头出而不没矣。至春，起复顺耕，亦弭缚犁耳翻之，还令草头出。耕讫，劳之，令甚平。

种稙谷时种之。种法：使行阵整直，两行微相近，两行外相远，中间通步道，道外还两行相近。如是作次第，经四小道，通一车道。凡一顷地中，须开十字大巷，通两乘车，来去运辇。其瓜，都聚在十字巷中。

瓜生，比至初花，必须三四遍熟锄，勿令有草生。草生，胁瓜无子。锄法：皆起禾茇，令直竖。其瓜蔓本底，皆令土下四厢高，微雨时，得停水。瓜引蔓，皆沿茇上。茇多则瓜多，茇少则瓜少。茇多则蔓广，蔓广则歧多，歧多则饶子。其瓜会是歧头而生；无歧而花者，皆是浪花⑨，终无瓜矣。故令蔓生在茇上，瓜悬在下。

摘瓜法：在步道上引手而取，勿听浪人⑩踏瓜蔓，及翻覆之。（踏则茎破，翻则成细，皆令瓜不茂而蔓早死。）若无茇而种瓜者，地虽美好，正得长苗直引，无多盘歧，故瓜少子。若无茇处，竖干柴亦得。（凡干柴草，不妨滋茂。）凡瓜所以早烂者，皆由脚蹋及摘时不慎，翻动其蔓故也。若以理慎护，及至霜下叶干，子乃尽矣。（但依此法，则不必别种早、晚及中三辈之瓜。）

区种瓜法：六月雨后种菉豆，八月中犁掩杀之；十月又一转，即十月中种瓜。率两步为一区，坑大如盆口，深五寸。以土壅其畔，如菜畦形。坑底必令平正，以足踏之，令其保泽。以瓜子、大豆各十枚，遍布坑中。（瓜子、大豆，两物为双，借其起土故也。）以粪五升覆之。（亦令均平。）又以土一斗，薄散粪上，复以足微蹑之。冬月大雪时，速并力推雪于坑上为大堆。至春草生，瓜亦生，茎叶肥茂，异于常者。且常有润泽，旱亦无害。五月瓜便熟。（其掐豆、锄瓜之法与常同。若瓜子尽生则太概，宜掐去之，一区四根即足矣。）

又法：冬天以瓜子数枚，内热牛粪中，冻即拾聚，置之阴地。量地多少，以足为限。正月地释即耕，逐塌布之。率方一步，下一斗粪，耕土覆之。肥茂早熟，虽不及区种，亦胜凡瓜远矣。（凡生粪粪地无势；多于熟粪，令地小荒矣。）

《齐民要术》

【注释】

① "本母子"瓜：按缪启愉先生解释，瓜，指甜瓜，甜瓜的生理特性是主蔓上不结瓜，支蔓上的雌花才结瓜。主蔓上的分枝叫子蔓，子蔓上的分枝叫孙蔓。最早的瓜是从子蔓上结出来的，所以叫"本母子"瓜。（以区分由孙蔓上结出来的瓜。）止取中央子：就是将"本母子"瓜剖开，留取中间一段发育最为良好的瓜籽作种子。

② 喎（wāi）：歪曲。

③ 苦瓜子：味道发苦的瓜的种子。这些发苦的瓜结出的籽，明年发芽结果，也会苦。

④捋（lǚ）：用手搓揉。

⑤小豆底：种完小豆之后，留有小豆的根茬的田地。黍底亦同。

⑥笼死：俗语瓜菜之病，说法不一，大概指茎叶萎黄。

⑦种瓜黄台头：按缪启愉先生的解释，新旧《唐书》中有"种瓜黄台下，瓜熟子离离"，说的是刨坑时将土堆成堆，堆在北面以挡冬天的北风，而瓜种在土堆之下的向阳面，一方面是风障，另一方面又向阳。

⑧茇（bá）：谷茬。

⑨浪花：不结实的花。

⑩浪人：往来不种瓜的路人。

【赏读】

召平的故事，记载在司马迁《史记·萧相国世家》中，韩信被杀，萧何被奖赏，群臣称贺，只有召平出来称祸，献计给萧何，让封让财，以免大难。这是恩宠之中的避祸法。而他的种瓜故事，是在之前的刘邦项羽打破秦朝的时代，他布衣种瓜于长安城东，这是乱世避祸之法。

时代翻覆，王侯沦为民间布衣，种瓜不难，"瓜美"却不易。要种出"肉青瓤赤，香甜清快"，有"落疏之文"的妙瓜，要有老农的经验、智慧、耐心，还要有一点点诗人的"审美"。这样自冬入夏，田园之中，瓜熟子离离的时节才会来临，此时，将是田园四季中的顶点，满园的瓜果，将夏天推到无边的盛大季节。

而要指挥出这样宏大的田园交响乐，绝非是"浪人"所能为。首先要反复地耕作土地，令地"腻"；然后还要挖坑，使土地成为种入精心选育出来的良种的"黄台"，又避风又向阳；还有大雪前后的粪肥，陪伴瓜苗的豆苗，瓜田中的祭祀，以肉骨头汤反复引走田中的蚂蚁，这些都是瓜果生长不可缺少的要素；还有瓜生时的管理，摘瓜时的小心翼翼……老贾的文字平实生动，不避俚俗，又温文尔雅，如"美瓜"一样清快。就是这样的文字，写出来的这一段种瓜妙诀，云霞满纸，令人目不暇接，令人感同身受于田间劳作，观察并参与植物生长的爱与美。

　　文中已经提到的黄瓜、冬瓜、菜瓜、哈密瓜、西瓜等，也一代一代地传递下来，如今出现在超市与菜场里。我们品尝与食用这些瓜果，它们在田野上的生长，已经与我们没有关系。召平的故事，说明王侯之美，不如种瓜之美；王侯田猎之乐，不如瓜棚之中，放眺南风习习吹着满园将熟未熟的瓜果所体会的田园之乐。这些，大概也是被超市换走了田园的城里人，无从体会得到的。

荔枝图序 白居易[①]

荔枝生巴峡[②]间,树形团团如帷盖[③]。叶如桂,冬青。华如橘,春荣。实如丹,夏熟。朵如葡萄,核如枇杷,壳如红缯,膜如紫绡[④],瓤肉莹白如冰雪,浆液甘酸如醴酪。大略如彼,其实过之。若离本枝,一日而色变,二日而香变,三日而味变,四五日外,色香味尽去矣。元和十五年[⑤]夏,南宾[⑥]守乐天命工吏图而书之,盖为不识者与识而不及一二三日者云。

《白居易集》

【注释】

①白居易(772~846):字乐天,号香山居士,出生于新郑(今属河南),唐代诗人,其诗平易通俗,反映现实。有《白居易集》传世。

②巴峡:唐代的巴州与峡州,即今重庆、宜昌等地。荔枝今日多产于福建、广东。

③帷盖:带有帷帐的伞盖。四周部分叫"帷",上面部分叫"盖"。

④缯(zēng)、绡:丝绸织物。

⑤元和十五年:公元820年。

⑥南宾:今重庆忠县。

【赏读】

唐人对南方作物兴趣盎然,由香山居士的这一篇小文章就看得出来。他老人家去忠州（今重庆忠县）赴任的第二年，就命衙中的工吏，绘制荔枝图，并为之撰写纸上展览的序言，盖当日这种"一骑红尘妃子笑，无人知是荔枝来"的恩物，普及的程度并不高，很多人没有见识过，就是见识过的人，因为荔枝难以保鲜，所以得以品鉴新鲜荔枝的色香味的人，其实是少的。

《齐民要术》中汇集的典籍中关于荔枝的记载有：

《广志》曰："荔支，树高五六丈，如桂树，绿叶蓬蓬，冬夏郁茂。青华朱实，实大如鸡子，核黄黑，似熟莲子，实白如肪，甘而多汁，似安石榴，有甜酢者。夏至日将已时，翕然俱赤，则可食也。一树下子百斛。犍为僰道、南广荔支熟时，百鸟肥。其名之曰'焦核'，小次曰'春花'，次曰'胡偈'，此三种为美。似'鳖卵'，大而酸，以为醯和。率生稻田间。"《异物志》曰："荔支为异，多汁，味甘绝口，又小酸，所以成其味。可饱食，不可使厌。生时，大如鸡子，其肤光泽。皮中食，干则焦小，则肌核不如生时奇。四月始熟也。"

通读下来，就是没有看到荔枝图的人，大概也可想象荔枝的风华了。夏至前后，大概是杨梅上市的时节，荔枝在蓬蓬绿叶间，"翕然俱赤"。有意思的是，如此美丽雅致的果品，它还有"鳖卵"这么一个名头，想来荔枝去壳后的模样，活脱脱就是一枚"王八蛋"吧，当日见"王八蛋"不难，见不及一、二、三日之荔枝却不易。

白居易讲"荔枝生巴峡间"，大家一看，都不会同意，现在我们吃的"妃子笑"之类，都是由广东、福建贩来。但白居易当日就在重庆做官，他怎么会弄错呢?《齐民要术》引《广志》讲："犍为僰道、南广荔支熟时，百鸟肥。"其中的僰道是犍为郡郡治，在今四川省宜宾市；南广，县名，也在今天的四川宜宾。以上，说明在唐代之前，今重庆巴峡一带，是出产荔枝的。

是因为气候，还是其他的原因，令这种南方嘉木（荔枝树作为木材，是上等的良木）退到更南的南方去了呢？吴其濬《植物名实图考》中，关于荔枝的一段，印证了我的猜测。吴其濬讲："吾至滇，阅《元江志》，有荔枝，适粤中门生权牧其地，访之，则曰：邑旧产此果，以诛求为吏民累，并其树刈之，今无矣。……余恍然曰：一骑红尘，诗人刺焉，为民上者，乃以一味之甘，致令草木不得遂其生乎！噫！"这样令"草木不得遂其生"的例子，由荔枝被中原发现的时刻就已经存在了。《三辅黄图》曰："汉武帝元鼎六年，破南越，建扶荔宫。扶荔者，以荔枝得名也。自交趾移植百株于庭，无一生者，连年移植不息。后数岁，偶一株稍茂，然终无华实，帝亦珍惜之。一旦忽萎死，守吏坐诛死者数十，遂不复茂矣。其实则岁贡焉，邮传者疲毙于道，极为生民之患。"就像武则天要百花一起开在初春，汉武帝的梦想是让荔枝生在陕北……

一旦被帝王与权贵青睐，荔枝所带来的，就不仅仅是麻烦，而是"疲毙"的血与泪了。元江与重庆，之所以再无荔枝，大概都是因为"以诛求为吏民累，并其树刈之"的缘故吧。所以种树民将之称为"鳖卵"，倒也名副其实。

白居易谈到"若离本枝，一日而色变，二日而香变，三日而味变，四五日外，色香味尽去矣"，荔枝这种难以保鲜的脾性，是"一骑红尘"的由来，在古代，无非就是邮传的快马，由驿站更替，日夜不息。由川东到长安，翻过秦岭的大山，距离倒也并不远，所以，如此的快马加鞭，三五日，果然是有望赶到长安，由玉环娘娘素手破新"卵"，与君同此欢。这可能也是重庆原产荔枝的一个证据吧。

如果要将当日原产广东、福建的荔枝邮传到长安，恐怕就是跑死千里马，所花的时间，也要在一周开外了。我猜这时候，除了动用"邮传"的驿站系统，恐怕还得启用"冷藏"系统。古代中国水果的贮藏技术，大概有干制、糖渍、窖藏等，但要对付荔枝这样的"女王"，达到"保鲜"，动用"冰室"中的藏冰，可能是唯一的办法。由春秋战国到唐宋，都一直有皇家主持的"冰室"存在，炎炎夏日，皇帝赐冰予王公大臣，此项奖励，可比冬天赐下的腊肉。

所以除了一骑红尘之外，驿路之上，可能还需要建立"冰室"，将冬天的冰块保存到夏天，换马时刻，可能还要补充新的冰块。这样，荔枝才能迅疾地经过我国由南至北的山川，完美地来到汉武帝、杨贵妃们的案几之上。

油 庄绰①

油通四方，可食与燃者，惟胡麻为上，俗呼芝麻。言其性有八拗②，谓雨旸③时则薄收，大旱方大熟，开花向下，结子向上，炒焦压榨，才得生油，膏车则滑，钻针乃涩也。而河东食大麻油，气臭，与苴子④皆堪作雨衣。陕西又食杏仁、红蓝花子、蔓菁子油，亦以作灯。祖珽以蔓菁子熏目，致失明，今不闻为患。山东亦以苍耳子作油，此当治风有益。

江湖少胡麻，多以桐油为灯，但烟浓污物，画像之类尤畏之。沾衣不可洗，以冬瓜涤之乃可去。色清而味甘，误食之，令人吐利⑤。饮酒或茶，皆能荡涤，盖南方酒中多灰尔。尝有妇人误以膏发，粘结如椎，百治不能解，竟髡⑥去之。又有旁毗子油，其根即乌药，村落人家以作膏火，其烟尤臭，故城市罕用。

乌桕子油如脂，可灌烛，广南⑦皆用，处、婺州⑧亦有。颍州⑨亦食鱼油，颇腥气。宣和⑩中，京西大歉，人相食，炼脑为油以食，贩于四方，莫能辨也。

《鸡肋编》

【注释】

①庄绰：字季裕，惠安县（今福建省泉州市）人。生卒年均不详，约北宋末前后在世，有《膏肓腧穴灸法》和《鸡肋编》传世。

②八拗：八个古怪的特点。

③雨旸（yáng）：阴天多雨。

④荏子：白苏的种子。

⑤吐利：呕吐与腹泻。

⑥髡（kūn）：将头发剪掉。

⑦广南：广东、广西等南方。

⑧处、婺州：处州，今浙江丽水；婺州，今浙江金华。

⑨颍州：今安徽阜阳。

⑩宣和：宋徽宗赵佶的年号，1119～1125年。

【赏读】

柴米油盐酱醋茶，这是日常生活中的七件事。油的作用，除了用来烹调，还可以用来照明——电灯的普遍使用，在中国还没有一百年，之前，人们在漫长的黑夜里，如果想要光明的话，就得点起灯烛，灯油何来？

最早的灯油可能是动物的油脂，猪油或者牛油，它们除了能将食物变得更加美味之外，还可以燃烧，这是容易发现的，人们做成火把，将油脂涂浸在火把上，就可以燃烧竟夜。由动物油脂到植物油脂，这一转换是什么时候实现的呢？起码在庄绰的这个短文里，即可知道，人们已经通晓了各种由植物的种子里榨取出油脂的办法。

胡麻就是芝麻，原产于非洲，西汉时由西域传入中原，《汉书》所谓"张骞由外国得胡麻"。古人认为白芝麻比黑芝麻好，传奇里刘阮入天台山遇到仙女，仙女们吃的就是"胡麻饭"。

大麻则原产于中国，又称火麻、黄麻、汉麻、苴麻等。古人种麻，得籽熬油倒是其次，主要是用来沤麻取得纤维做衣裳。

荏是指白苏，《齐民要术》中讲："收子压取油，可以煮饼。荏油色绿可爱，其气香美，煮饼亚胡麻油，而胜麻子脂膏，麻子脂膏，并有腥气。……又可以为烛……荏油性淳，涂帛胜麻油……"意思就是，大麻油与苤子油都可涂在布上做成雨衣。

红蓝花指的是菊科的红花，也是张骞由西域带回来的。现在主要作药用，在古代有两个用途，一是提取红色素作胭脂，二是取籽榨油，"既任车脂，又堪为烛"。

蔓菁、白菜与萝卜，在农书里的提法，始终有一些暧昧，但据信，中世纪之前，蔓菁（大头菜）的地位，要超过现在的白菜，它在秋天长成后，一部分做收成，叶子与根分别可腌制起来，另一部分蔓菁会留在田地里，等到明年春天开花，之后结籽，分别用来做种子或者榨油。它的功能，其实有一点像今天江南到处都有的油菜。

苍耳就是《诗经》里讲的"采采卷耳"的卷耳，《救荒本草》里讲："苍耳叶青白，类粘糊菜叶。秋间结实，比桑葚短小而多刺。嫩苗炸熟，水浸淘拌食，可救饥。其子炒去皮，研为面，可作烧饼食，亦可熬油点灯。"秋天的时候，去田野上散步，粘在裤脚上的带刺的桑葚一般的坚果，多半就是苍耳。

旁毗子的根是乌药，苏颂的说法是："今台州、雷州、衡州皆有之，以天台者为胜。木似茶，高五七尺。叶微圆而尖，面青背白，有纹。四五月开细花，黄白色。六月结实。根有极大者，又似钓樟根。然根有二种：岭南者黑褐色而坚硬，天台者白而虚软，并以八月采。根如车毂纹、形如连珠者佳。"李时珍的说法是："吴、楚山中极多，人以为薪。根、叶皆有香气，但根不甚大，才如芍药尔。嫩子，生青熟紫，核壳极薄。其仁亦香而苦。"种子有一点像樟树籽，倒是并没有能熬油的说法，看来它终因"其烟尤臭"，多半是被淘汰掉了。

桐油的好处，主要还是用来漆器物，漆船，做雨伞。女人们天生爱美，用它来抹头发，当然会惹出大麻烦。

乌桕作油，在南方常见。乌桕子的皮脂，比籽仁出的油还好，宋应星讲："榨出水油清亮无比，贮小盏之中，独根心草燃至天明，盖诸清油所不及者。"推为照明用油中的第一。但乌桕之于江南，最美的还是它的深秋红叶吧，它依依在皖南池陂之上，本身就像一个火炬的样子，令人难以忘怀。

九 月　鲁明善[①]

寒露收茶子、纻麻[②]子。熟时收子晒干，以湿沙拌匀，筐内盛贮。用草盖覆，冻损则不生。候来年二月间依法种之。

栽诸般冬菜。栽时每窠根下须用熟粪，移栽并在寒露前。

刈紫草[③]。子熟即刈之，晒干打子，湿则浥，耙耧要整理。收草宜速，遇雨则损。每一小束茅草束之，当日斩齐。一颠一倒，十层堆垛平地上，以板石压令匾。于屋下阴凉处棚上顿放，勿令烟熏。

收芝麻秆，芝麻秆收入米仓内，则米不蛀，干晒可点火。

收栗，和谷收用，沙缸内盛顿，种时拣大栗埋屋檐下，用糠沙盖石压，至二月移，以芽向下栽之。

收茄种，熟时摘取，擘破[④]，水淘子，取沉者晒令干收之。

收诸色豆秆，冬间可喂牛马，损烂者留以种芋头、山药。

收五谷种，拣择好穗刈之，晒干打下，簸去浮秕，以穰草[⑤]裹收，勿贮器中，亦不得近墙壁湿地，恐浥损。

种油菜，宜肥地种之，以水频浇灌，十月种则无根脚。

腌芥菜，取紫青白芥菜切细，于沸汤内灼过，带汤捞于盆内，与生莴苣同熟油芥花或芝麻白盐，约量拌匀，按于瓮内，熟则搅动按下。待二三日变黄色可食，至春间味不变，十月亦可。

腌藏诸般菜。葱韭、胡荾、冬瓜、茄子、胡萝卜等菜，可依时候腌藏，所用物料宜者为佳，忌生水湿器收贮。

藏姜。宜掘深窖以谷稗糠秕合埋之，则不致冻损。

收鸡种。霜降时收者为良，形小毛浅，脚细短者佳。小鸡出时，宜喂干饭。若喂湿饭则脐生脓而死。烧柳柴，其烟损鸡，大者目盲，小者多死。喂小麦饭则易大，有病灌清油则愈，勿令失其时。

《农桑衣食撮要》

【注释】

①鲁明善（1271～1368）：名铁柱，字明善。元朝维吾尔族农学家。高昌（今新疆吐鲁番）人。所著《农桑衣食撮要》一书，与官颁《农桑辑要》和王祯的《农书》被列为元代三大农书。

②纻（zhù）麻：即大麻，可沤制茎皮纤维制衣。

③紫草：又名紫丹、紫芙、藐、地血、鸦衔草。李时珍《本草纲目》："此草花紫根紫，可以染紫，故名。"

④擘破：掰开。

⑤穰（ráng）草：稻草。

【赏读】

鲁明善是由新疆出来的元代农学家，他曾出任靖州路（治今湖南靖县）、安丰路（治今安徽寿县）等地的达鲁花赤（大概相当于明清的知府），在中部的农耕地区担任地方长官，他写的这部《农桑衣食撮要》，全书有一万多字，二百余条，按月列举农事，包括农作物栽培，家畜、家禽饲养，农产品的加工、贮藏等，清晰简明，是很不错的农事的指南。

与后面张约斋的《赏心乐事》相比较，约斋讲的是一年四季士大夫的"赏心乐事",铁柱先生讲的却是一般农户的耕作生涯。赏心也罢,耕作也罢,主要的对象,无非是草木,前者用来审美,后者用来饱暖。以我自己的看法,这些乡下的农事,因其真淳,总有别样的诗意。

九月是寒露与霜降节,也是颗粒归仓的时候,将诸色种子由田野里搬运回家,挑选晒干,妥善地储存起来,以备寒冬。农夫们丰收的喜悦,在这位达鲁花赤的文字里,都能够体现出来,由耐心生发出来的柔情,令农事成为一种庄严而有意味的仪式,充满细节,这其实也是乡间生活里最有兴味的部分,不可一概以劳作艰难一言蔽之。比如收茄种,将熟过头的老茄子从茄树上摘下,将之瓣开,将绯红色的细小的种子挑出来,聚成一小把,然后以水淘洗,将沉入水底的种子挑选出来,晒干,装进小布袋以待来年播种。在乡下,恐怕也只有老头子老婆婆,久经了农事,才会有这样的耐心。

大规模地腌藏蔬菜,也是很有意思的事情。此文中的办法是,用沸水烫过,然后用此水腌制,这些都是乡村老婆婆口耳相传的秘要,以保持腌藏的蔬菜不腐坏,直到明年的春上。

当然,收藏之外,也有播出的种子,除了文中提到的油菜,恐怕很快就要准备小麦与大麦的播种了,这几样作物,都是要在深秋播入土壤里,经过冬雪的压盖,到明年春夏之交再收割的。

野菜谱(节选) 王　磐[①]

谷不熟曰饥,菜不熟曰馑。饥馑之年,尧汤所不能免,惟在有以济之耳。正德[②]间,江淮迭经水旱,饥民枕藉道路。有司虽有赈发,不能遍济。率皆采摘野菜以充食,赖之活者甚众。但其间形类相似,美恶不同,误食之或至伤生,此野菜谱不可无也。予虽不为世用,济物之心未尝忘,田居朝夕,历览详询,前后仅得六十余种。取其象而图之,俾人人易识,不致误食而伤生。且因其名而为之咏,庶乎因是以流传,非特于吾民有所补济,抑亦可以备观风者之采择焉。此野人之本意也,同志者因其未备而广之,则又幸矣。嘉靖三年[③]春三月高邮王磐识。

白鼓钉。一名蒲公英,四时皆有,唯极寒天,小而可用,采之熟食。白鼓钉,白鼓钉,丰年赛社鼓不停,凶年罢社鼓绝声。鼓绝声,社公恼;白鼓钉,化为草。

猪殃殃[④]。猪食之则病,故名。春采熟食。猪殃殃,胡不祥?猪不食,遗道旁。我拾之,充糇粮[⑤]。

丝荠荠。二三月采,熟食。四月结角不用。丝荠荠,如丝缕。昔为养蚕人,今作挑菜侣。养蚕衣整齐,挑菜衣褴褛。张家姑,李家女,陇头相见泪如雨。

牛塘利。二三月采,熟食;亦可作齑。牛塘利,牛得济。种草有余青,蓄水有余味。年来水草枯,忽变为荒荠。采采疗人饥,更得牛塘利。

浮蔷。入夏,生水中。六七月采,生熟皆可以食。采采浮蔷,涉彼沧浪。无根可托,有茎可尝。野风浩浩,野水茫茫。飘荡不返,若我流亡。

水菜。秋生水田,状类白菜,熟食。水菜生水中,水深不可得。挈筥⑥绕堤行,日暮风波息。水清忽照人,面色如菜色。

看麦娘。随麦生陇上,因名。春采,熟食。看麦娘,来何早! 麦未登,人未饱。何当与尔还厥家,共咽糟糠暂相保。

狗脚迹。生霜降时。采之,熟食。叶如狗印,故名。狗脚迹,何处寻? 狡兔乱走妖狐吟,北风扬沙一尺深。狗脚迹,何处寻?

破破衲。腊月便生,正二月采,熟食。三月老不堪食。破破衲,不堪补。寒且饥,聊作脯。饱暖时,不忘汝。

斜蒿。三四月生。小者一棵俱可用;大者,摘嫩头于汤中略过、晒干,再用汤泡,油盐拌食,白食亦可。斜蒿复斜蒿,采采临春郊;终日不盈把,怅望登东皋;欲进不能进,风日寒潇潇。

江荠。生熟皆可用,花时不可食,但可作齑,腊月生。江荠青青江水绿,江边挑菜女儿哭。爷娘新死兄趁熟,止存我与妹看屋。

燕子不来香。早春采,可熟食,燕来时,则腥臭不堪食,故名。燕子不来香,燕子来时便不香。我愿今年燕不来,常与吾民充糇粮。

猢狲脚印。三月采之,熟食。猢狲脚迹,宜尔泉石。胡不自安? 犯我田宅。遭彼侵凌,畎亩萧瑟。获而烹之,偿我稼穑。

眼子菜。采之熟食。六七月采。生水泽中。青叶背紫色。茎柔滑而细。长可数尺。眼子菜，如张目，年年盼春怀布谷，犹向秋来望时熟。何事频年倦不开，愁看四野波漂屋。……

《农政全书》

【注释】

①王磐（约1470~1530）：字鸿渐。高邮（今江苏省高邮市）人。隐居筑楼于高邮城西僻地，因自号"西楼"。长于散曲，有《王西楼乐府》。

②正德：明武宗朱厚照年号，1506~1521年。

③嘉靖三年：即1524年。

④猪殃殃：又称拉拉藤、锯锯草。

⑤糇（hóu）粮：干粮。

⑥筥（jǔ）：提篮。

【赏读】

王磐的散曲在明代很有名，这位风流才子也因此为他记录下来的六十余种野菜写了一套"野菜散曲"，将民谣与风雅结合在一起，习习春风中，虽然挑菜的人饥肠辘辘，但其遍历田野，指点植物，我们这些后来的读者，隔了数以百年，隔绝了恐怖的饥荒，将之作为作品来读，也觉得清新明快，特别好看。他的这个《野菜谱》被徐光启收入他的《农政全书》里，放在明代宗室周定王朱橚所著《救荒本草》之后，成了《农政全书》的压卷之作。两文都配有图谱，可惜不能复制出来供诸君参看。

明代的野菜谱，除了《野菜谱》《救荒本草》之外，还有潘麟长的《康济谱》、姚可成的《救荒野谱》、钟化民的《救荒图说》、杨东明的《饥民图说》、周履靖的《茹草编》、屠本畯的《野菜笺》、鲍山的《野菜博录》等。有人讲，这是因为明代的灾害很多的原因，我倒是觉得，在化肥、农药、现代的耕作灌溉技术出现之前，乡间的农业为天灾与人祸所控制，其实历朝历代都有。明代的文人们对荒政与野草有兴趣，大概还是学风转换，兴趣移向田野的原因。

汪曾祺很喜欢这一册《野菜谱》，他据此写过《故乡的野菜》，在回忆了几种家乡的他尝过的野菜之后，说："《野菜谱》上图下文。图画的是这种野菜的样子，文则简单地说这种野菜的生长季节，吃法。文后皆系以一诗，一首近似谣曲的小乐府，都是借题发挥。以野菜名起兴，写人民疾苦。……这些诗的感情都很真挚，读之令人酸鼻。我的家乡本是个穷地方，灾荒很多，主要是水灾，家破人亡，卖儿卖女的事是常有的。我小时候就见过。现在水利大有改进，去年那样的特大洪水，也没死一个人，王西楼所写的悲惨景象不复存在了。想到这一点，我为我的家乡感到欣慰。过去，我的家乡人吃野菜主要是为了度荒，现在吃野菜则是为了尝新了。"的确是，随着时代的变迁，这一本救荒的指南，一变而为忆苦思甜的指南，再变恐怕就成了时尚的"野菜馆"里的"菜单"了，我觉得要是在菜单上抄出王西楼的这些小乐府，会很有意思。其中的马齿苋、荠菜、枸杞头、马兰头、蒲公英等，多半被宴席收编，作为凉盘交错在山珍海味里，菜农也将之种在菜圃里，再称野菜，恐怕都有一些勉强了。

说到救荒，曾给崇祯皇帝做过宰相的徐光启，他极力主张的，是种甘薯，他在《农政全书》里讲："薯苗，二三月至七八月，俱可种，但卵有大小耳。卵八九月始生，便可掘食或卖。若未须者，勿顿掘，居土中，日渐大。南土到冬至，北土到霜降，须尽掘之，不则烂败矣。其种宜高地。遇旱灾，可导河汲井灌溉之。在低下水乡,亦有宅地园圃高仰之处,平时作场种蔬者,悉将种薯,亦可救水灾也。若旱年得水,涝年水退,在七月中气后,其田遂不及艺五谷;荞麦可种,又寡收而无益于人。计惟剪藤种薯,易生而多收。至于蝗螟为害,草木无遗,种种灾伤,此为最酷。乃其来如风雨,食尽即去,惟有薯根在地,荐食不及。纵令茎叶皆尽,尚能发生,不妨收入。若蝗信到时,能多并人力,益发土,遍壅其根节枝干,蝗去之后,滋生更易。是虫蝗亦不能为害矣。故农人之家,不可一岁不种。此实杂植中第一品,亦救荒第一义也。"水、旱、蝗灾,是乡土社会最为惧怕的,但红薯都有办法克服。他还称"甘薯十三胜",并作《甘薯疏》反复荐之。拳拳之心,令人感佩老丞相的仁者心肠。

所以救荒的六十余种野菜,其实未必及得上一亩能收数十石的红薯。

蜀椒（本经①下品）（节选） 李时珍②

校正。自木部移入此。

释名。巴椒（《别录》③）、汉椒（《日华》④）、川椒（《纲目》）、南椒（《炮炙论》⑤）、点椒（《唐毅》）⑥。时珍曰：蜀，古国名。汉，水名。今川西成都、广汉、潼川诸处是矣。巴亦国名，又水名。今川东重庆、夔州、顺庆、阆中诸处是矣。川则巴蜀之总称，因岷、沱、黑、白四大水，分东、西、南、北为四川也。

集解。《别录》曰：蜀椒生武都山谷及巴郡。八月采实，阴干。弘景⑦曰：蜀郡北部人家种之。皮肉浓，腹里白，气味浓。江阳、晋康及建平间亦有而细赤，辛而不香，力势不如巴郡者。恭⑧曰：今出金州西城者最佳。颂⑨曰：今归陕及蜀川、陕洛间人家，多作园圃种之。木高四五尺，似茱萸而小，有针刺。叶坚而滑，可煮饮食。四月结子无花，但生于枝叶间，颗如小豆而圆，皮紫赤色，八月采实。时珍曰：蜀椒肉浓皮皱，其子光黑，如人之瞳仁，故谓之椒目。他椒子虽光黑，亦不似之。若土椒，则子无光彩矣。

修治。敩⑩曰：凡使南椒须去目及闭口者，以酒拌湿蒸，从巳至午，放冷密盖，无气后取出，便入瓷器中，勿令伤风也。宗奭⑪曰：凡用秦椒、蜀椒，并微炒使出汗，乘热入竹筒中，以梗捣去里面黄壳，取红用，未尽再捣。或只炒热，隔纸铺地上，以碗覆，待冷碾取红用。

椒红。气味：辛，温，有毒。《别录》曰：大热。多食，令人乏气喘促。口闭者杀人。诜⑫曰：十月食椒，损气伤心，令人多忘。李鹏飞⑬曰：久食，令人失明，伤血脉。之才⑭曰：杏仁为之使，得盐味佳，畏款冬花、防风、附子、雄黄。可收水银。中其毒者，凉水、麻仁浆解之。

主治。邪气咳逆，温中，逐骨节皮肤死肌，寒湿痹痛，下气。久服头不白，轻身增年。（《本经》）除六腑寒冷，伤寒温疟大风汗不出，心腹留饮宿食，肠下痢，泄精，女子字乳余疾，散风邪瘕结，水肿黄疸，鬼疰蛊毒，杀虫、鱼毒。久服开腠理，通血脉，坚齿发，明目，调关节，耐寒暑，可作膏药。（《别录》）治头风下泪，腰脚不遂，虚损留结，破血，下诸石水，治咳嗽，腹内冷痛，除齿痛。（甄权⑮）破症结开胸，治天行时气，产后宿血，壮阳，疗阴汗，暖腰膝，缩小便，止呕逆。（大明）通神去老，益血，利五脏，下乳汁，灭瘢，生毛发。（孟诜）散寒除湿，解郁结，消宿食，通三焦，温脾胃，补右肾命门，杀蛔虫，止泄泻。（时珍）……

《本草纲目》

【注释】

①本经：指《神农本草经》，相传为神农所作，始见于两汉。

②李时珍（1518～1593）：字东璧，号濒湖，晚年自号濒湖山人，湖北蕲州（今湖北省黄冈市蕲春县）人，中国古代伟大的医学

家、药物学家,著有《本草纲目》《濒湖脉学》等。

③《别录》:《名医别录》,汉末医书,作者佚名。

④《日华》:《日华子本草》,五代本草,日华子著。

⑤《炮炙论》:《雷公炮炙论》,南朝刘宋医学家雷敩(xiào)所著医书。

⑥《唐毅》:医书,不详。

⑦弘景:陶弘景,南朝丹阳秣陵(今江苏南京)人,医药家、炼丹家、文学家,作品有《本草经集注》《集金丹黄白方》《二牛图》等。

⑧恭:苏恭,唐代名医,与长孙无忌等人详注《唐本草》。

⑨颂:苏颂,宋代科学家,名医,在药物学方面,增补《开宝本草》,著有《图经本草》。

⑩敩:雷敩,南朝刘宋医学家,撰有《雷公炮炙论》。

⑪宗奭(shì):寇宗奭,宋代名医,撰有《本草衍义》二十卷。

⑫诜(shēn):孟诜,唐代医学家,其著作《食疗本草》是世界上现存最早的食疗专著。

⑬李鹏飞,元代名医,撰写有《三元参赞延寿书》。

⑭之才:徐之才,南北朝时北齐名医。撰有《徐王八代家传效验方》《徐氏家秘方》《徐王方》《药对》。

⑮甄权:南朝至初唐名医,尤擅针灸,撰有《针经钞》三卷,《针方》《脉诀赋》各一卷,《药性论》四卷。

【赏读】

李时珍的《本草纲目》,是被列入人类文明史中最重要的一类典籍的作品。达尔文在他的著作中引用过《本草纲目》,将之称为"1596年出版的中国百科全书"。

之所以是百科全书，是因为《本草纲目》体现出来的那种非凡的结构主义，自然（主要是草木）与人（主要是身体）的关系，成为这个结构的核心。在历时的轴上，由传说中的神农开始至李时珍本人，数千年以来中国医生的实践与理论都被汇集起来，李时珍引用的本草有四十一种，医书有二百七十七种；在共时的轴上，中国的"药物"，以"部"分成十六部，六十类，每一类下面，又有无数种。在历时与共时的轴相交的地方，是李时珍自己的思想、见解、修为与实证，令这个由二三千万字，无数事件与物象整合起来的系统汪洋浩瀚，又条理分明。这样，每一种植物，就可以在这个系统里找到自己的位置，被真正地描绘出来。

这当然是混合着神话、巫术、经验与科学的一种"人类学"的描述，与之前的本草相比，远远地超越了其，就是与后来的以科学出发的《中国植物志》比较，它的这种"百科全书"式的美妙，也是后者无法达到的。我自己看《本草纲目》的时候常常觉得，它就是由一篇一篇优美的散文连缀起来的。

《蜀椒》其实是随手选出来的一个例子。每一种药物在书中出现的时候，李时珍的办法是，出处第一，如蜀椒首先出现的本草是《本草经》；校正第二，他予这种药物的分类学的校正；释名第三，由神话、历史的角度来说明药物被命名的源流；集解第四，集录诸家所述药物的产地、品种、形态、采收等；正误第五，提出诸家所论中有疑义的地方；修治第六，讲药物采集、治备与保存的办法；气味第七，讲药物的药性；主治第八，分列各家所载药物的主治功效；发明第九，辩证药物的药性药理，用药要点，提出自己的见解；附方第十，列出该药物加入的各种验方，与疾病对应（蜀椒的附方太长，故从略）。在一种奇妙的对话的气氛里，每一种植物都经过了这十个环节，而此间的描述与分析也令每一种植物成为一个"符号"，最后在这些"验方"中得以会聚，去调理与改善人的身体。

这其实是非常高明的文章作法,井井有条,具体而微,在"集解"与"发明"的段落,往往会遇到作者神思焕发,妙笔生花,这些细小的与草木的"神会",聚集起来,向上由"纲目"汇成一部大书,其实就为灵秀所钟,夺去了天地的造化。

回到椒本身。我们现在常见的有花椒、胡椒、辣椒。花椒自古皆有,《诗经·唐风·椒聊》中有"椒聊之实,蕃衍盈升",《楚辞·九歌·东皇太一》中有"奠桂酒兮椒浆",都说明秦椒也好,蜀椒也好,秦汉以前,都已经生长在原野之中。陆玑说:"椒树如茱萸,有针刺,叶坚而滑泽。蜀人作茶,吴人作茗,皆合煮其叶以为香。今成皋诸山间有椒,谓之竹叶椒,其树木亦如蜀椒,可著饮食中,又用蒸鸡豚,最佳香。"而胡椒多半也是随着张骞他们的出使,在两汉由西域传来的,《广志》讲:"胡椒出西域。"《酉阳杂俎》:"胡椒,出摩伽陀国,呼为昧履支。其苗蔓生,茎极柔弱,叶长寸半,有细条与叶齐,条上结子,两两相对,其叶晨开暮合,合则裹其子于叶中,子形似汉椒,至辛辣,六月采,今人作胡盘肉食皆用之。"《农政全书》:"胡椒出摩伽陀国,呼为昧履支,今南番诸国及交趾滇南海南诸地,皆有之,已遍中国,为日用之物矣。"而辣椒传入中国,大概与红薯、棉花等作物同时,是哥伦布大航海时代的产物,《植物名实图考》称:"辣椒,处处有之,江西、湖南、黔、蜀种以为蔬,其种尖、圆、大、小不一,有柿子、笔管、朝天诸名,《蔬谱》《本草》皆未晰,惟《花镜》有番椒,即此。《遵义府志》:番椒通呼海椒,一名辣角,每味不离。"

这大概就是我们的食谱中的"三昧真火"的来历,辣椒虽然报到最晚,但它显然以野火燎原之势,占去了风头,"每味不离",而能令鸡豚佳香的花椒,多半是油汪汪地出现在四川重庆人的火锅里,成为一剂醒神的猛料了。

彰 施 宋应星[1]

宋子曰：霄汉之间云霞异色，阎浮[2]之内花叶殊形。天垂象而圣人则之，以五彩彰施于五色[3]，有虞氏岂无所用其心哉？飞禽众而凤则丹，走兽盈而麟则碧，夫林林青衣望阙而拜黄朱也，其义亦犹是矣。君子曰："甘受和，白受采[4]。"世间丝、麻、裘、褐皆具素质，而使殊颜异色得以尚焉，谓造物不劳心者，吾不信也。

大红色：其质红花饼一味，用乌梅水煎出，又用碱水澄数次，或稻稿灰代碱，功用亦同。澄得多次，色则鲜甚。染房讨便宜者，先染芦木打脚[5]。凡红花最忌沉、麝[6]，袍服与衣香共收，旬月之间其色即毁。凡红花染帛之后，若欲退转，但浸湿所染帛，以碱水、稻灰水滴上数十点，其红一毫收转，仍还原质。所收之水藏于绿豆粉内，放出染红，半滴不耗。染家以为秘诀，不以告人。

莲红、桃红色，银红、水红色：以上质亦红花饼一味，浅深分两加减而成，是四色皆非黄茧丝所可为，必用白丝方现。木红色：用苏木煎水，入明矾、棓子。紫色：苏木为地，青矾尚之。赭黄色：制未详。鹅黄色：黄檗煎水染，靛水盖[7]上。金黄色：芦木煎水染，复用麻稿灰淋，碱水漂。茶褐色：莲子壳煎水染，复用青矾水盖。大红官绿色：槐花煎水染，蓝淀盖，浅深皆用明矾。豆绿色：黄檗水染，靛水盖，今用小叶苋蓝煎水盖者，名草豆绿，色甚鲜。油绿色：槐花薄染，青矾盖。天青色：入靛缸浅染，苏木水盖。葡萄青色：入靛缸深染，苏木水深盖。蛋青色：黄蘗水染，然后入靛缸。翠蓝、天蓝二色：俱靛水分深浅。玄色：靛水染深青，芦木、杨梅皮等分煎水盖，又一法，将蓝芽叶水浸，然后下青矾、梧子同浸，令布帛易朽。月白、草白二色：俱靛水微染，今法用苋蓝煎水，半生半熟染。象牙色：芦木煎水薄染，或用黄土。藕褐色：苏木水薄染，入莲子壳、青矾水薄盖。

附：染包头青色：此黑不出蓝靛，用栗壳或莲子壳煎煮一日，漉起，然后入铁砂、皂矾锅内，再煮一宵即成深黑色。附：染毛青布色法。布青初尚芜湖，千百年矣，以其浆碾成青光，边方外国皆贵重之，人情久则生厌。毛青乃出近代，其法取松江美布染成深青，不复浆碾，吹干，用胶水掺豆浆水一过。先蓄好靛，名曰标缸，入内薄染即起。红焰之色隐然，此布一时重用。

凡蓝五种，皆可为淀[8]。茶蓝即菘蓝，插根活。蓼蓝、马蓝、吴蓝等皆撒子生。近又出蓼蓝小叶者，俗名苋蓝，种更佳。凡种茶蓝法，冬月割获，将叶片片削下，入窖造淀。其身斩去上下，近根留数寸。薰干，埋藏土内。春月烧净山土使极肥松，然后用锥锄，其锄勾末向身长八寸许，刺土打斜眼，插入于内，自然活根生叶。其余蓝皆收子撒种畦圃中。暮春生苗，六月采实，七月刈身造淀。

凡造淀，叶者茎多者入窖，少者入桶与缸。水浸七日，其汁自来。每水浆一石下石灰五升，搅冲数十下，淀信即结。水性定时，淀沉于底。近来出产，闽人种山皆茶蓝，其数倍于诸蓝。山中结箬篓，输入舟航。其掠出浮沫晒干者，曰靛花。凡靛入缸必用稻灰水先和，每日手执竹棍搅动，不可计数，其最佳者曰标缸。

红花，场圃撒子种，二月初下种。若太早种者，苗高尺许即生虫如黑蚁，食根立毙。凡种地肥者，苗高二三尺。每路打橛，缚绳横拦，以备狂风拗折。若瘦地，尺五以下者，不必为之。

红花入夏即放绽，花下作梂汇⑨多刺，花出梂上。采花者必侵晨带露摘取。若日高露旰⑩，其花即已结闭成实，不可采矣。其朝阴雨无露，放花较少，旰摘无妨，以无日色故也。红花逐日放绽，经月乃尽。入药用者不必制饼。若入染家用者，必以法成饼然后用，则黄汁净尽，而真红乃现也。其子煎压出油，或以银箔贴扇面，用此油一刷，火上照干，立成金色。

带露摘红花，捣熟以水淘，布袋绞去黄汁。又捣以酸粟或米泔清。又淘，又绞袋去汁，以青蒿覆一宿，捏成薄饼，阴干收贮。染家得法，"我朱孔扬"⑪，所谓猩红也，染纸吉礼用，亦必用制饼，不然全无色。

燕脂⑫：古造法以紫矿⑬染绵者为上，红花汁及山榴花汁者次之。近济宁路但取染残红花滓为之，值甚贱。其滓干者名曰紫粉，丹青家或收用，染家则糟粕弃也。

凡槐树十余年后方生花实。花初试未开者曰槐蕊，绿衣所需，犹红花之成红也。取者张度篾⑭稠其下而承之。以水煮一沸，漉干捏成饼，入染家用。既放之，花色渐入黄，收用者以石灰少许洒拌而藏之。

《天工开物》

【注释】

①宋应星（1587~约1666）：奉新（今属江西）人。万历四十三年（1615）乡试中举，后五次会试进士落第。崇祯七年（1634）任江西分宜教谕，十一年为福建汀州推官，十四年为安徽亳州知州。明亡后归隐乡间。著作有《天工开物》等。

②阎浮：为须弥山四方的四洲之一，即位于南方的南赡部洲。泛指人世。

③天垂象而圣人则之：大自然出现色彩缤纷的景象，圣人们加以模仿，《周易·系辞上》："天垂象，见吉凶，圣人象之，河出图，洛出书，圣人则之。"以五彩彰施于五色：将青黄赤白黑五色染印在衣服上，《尚书·益稷》："帝曰：……予欲宣力四方，汝为……以五采彰施于五色作服，汝明。"

④甘受和，白受采：甘甜可调和诸味，白料能染成五色。采，通"彩"，五色。《礼记·礼器》："君子曰：甘受和，白受采。"

⑤打脚：打底色。

⑥沉：沉香；麝：麝香。皆名贵香料。

⑦盖：套染。

⑧淀：通"靛"，蓝色植物染料，将蓝色植物的叶子发酵，用石灰水处理结块，收集而成。

⑨梂囊：球状花苞。

⑩盰：晒干。

⑪我朱孔扬：见《诗经·豳风·七月》："我朱孔阳，为公子裳。"意为：我用红色的衣料为公子做衣裳。

⑫燕脂：又名燕支、胭脂等，红色颜料，化妆品。张自烈《正字通》："燕脂以红蓝花汁凝脂为之，燕国所出。"

⑬紫矿：紫胶虫的分泌物，鲜红，可为染料。

⑭篗（yú）：筐。

【赏读】

中国的十六世纪，是一个神奇的时代，它的魅力，大概可与之前的宋朝相比美。政治上的一塌糊涂，却让思想、文艺与科技大放异彩。除了王阳明、李贽等人的心学，《金瓶梅》《西游记》《水浒传》《三国演义》的问世之外，李时珍的《本草纲目》、宋应星的《天工开物》、徐光启的《农政全书》，都是浩瀚的科学巨著。与宋人发现草木之美，制谱作记，优游宴乐不同，明末的这几位巨子，他们更强调的是草木的功用，而且，努力将各种草木荟萃起来，纳入到一个条理分明的体系之中。

《天工开物》写于崇祯九年，宋应星正在江西分宜教谕任上。他的前半生极其困顿，进士五试不中，只好将兴趣由四书五经转向三教九流、诸行百作，进行切实的观察、研究与实践，这一转向，果然成就了一位"宋子"。《天工开物》三卷十八章，文字八万六千余字，插图一百二十余幅，各章名目分明是：《乃粒》《乃服》《彰施》《粹精》《作咸》《甘嗜》《陶埏》《冶铸》《舟车》《锤锻》《燔石》《膏液》《杀青》《五金》《佳兵》《丹青》《曲蘖》《珠玉》。除开炼冶炼治器诸章，多半讨论的是草木在衣食住行方面的用途，不仅是当日百业技艺的指南，隐藏在后面的，还有当时的社会风貌、人情风土，而这些技艺、风貌、风土，一直持续到二十世纪中国的工业革命发生之时。现在，当然已经多半成为"非物质文化遗产"，正在飞速消逝之中。

《彰施》一篇，讲述的是织物的染色技术，是开染坊的技术指南，乡下的俗语讲"给点颜色就开染坊"，事实上，将各种质料的衣服，染成各种不同的色彩，"一点颜色"是开不成好染坊的，读过这一篇姹紫嫣红的文章，就知道染坊实际上就是一个神奇的化学实验室，由里面走出来的，多半是一身都沾满了油彩的化学家与艺术家，他们有着精微的手艺，通晓着造物的无数奥秘。

在破译"造物之心"，将来自草木与诸矾的"五彩"与衣裳的"五色"对应起来，建立起"方程式"的同时，宋应星还提出了一个很有意思的问题：为什么要将衣服染成不同的颜色呢？他的答案，一是出自人性："人情久则生厌。"一件衣服，一种颜色，穿的时间太长，失去了新鲜感，心里就会不喜欢，相信在淘宝与商场巡游的女生们，都会特别同意。二是出自神话："飞禽众而凤则丹，走兽盈而麟则碧，夫林林青衣望阙而拜黄朱也，其义亦犹是矣。"模仿鸟兽，作为文化的符号，以建立人间的伦理，讲的是衣裳的"神话"。染坊的生意，正是建立在"人性"与"神话"上，这个道理，在今天，也是说得通的。

蓝、红花、槐树等，自古有种，配以其他苏木、卢木、莲子、黄蘖、青矾、明矾等，其中蓝最为重要——在过去的年代，蓝靛染成的各色青袍，几乎是中国人的标准衣饰。而红花草浸染的红衫，固然为少女们喜爱，也为官家与贵人所钟爱，所谓"我朱孔阳"，《诗经》的时代，就有公子爷出来，穿着鲜艳的红色衣裳了。

《诗经》讲："终朝采蓝，不盈一襜。"采上一天的蓝叶，积淀出来的染料，还不够染好一件麻衫，一则是采蓝辛苦，二则是采蓝的少女有自己的心思，未专心于此。《尔雅》上讲的"大叶冬蓝"，现在归于爵床科的马蓝，其叶制蓝靛，它的根也可供药用，就是大名鼎鼎的板蓝根。其他还有木蓝、冬蓝、槐蓝等，苏颂《唐本草》中的记载是："蓝处处有之，人家蔬圃作畦种。至三月、四月生苗，高三二尺许，叶似水蓼，花红白色，实亦若蓼子而大，黑色。五月、六月采实。但可染碧，不堪作淀，此名蓼蓝，即医方所用者也。别有木蓝，出岭南，不入药。有菘蓝，可为淀，亦名马蓝，《尔雅》所谓马蓝是也。又福州一种马蓝，四时俱有，叶类苦菜，土人连根采服，治败血。江宁一种吴蓝，二月内生，如蒿，叶青花白，亦解热毒。此二种虽不类，而俱有蓝名，且古方多用吴蓝，或恐是此，故并附之。"李时珍《本草纲目》里的记载是："蓝凡五种，各有主治，惟蓝实专取蓼蓝者。蓼蓝：叶如蓼，五六月开花，成穗细小，浅红色，子亦如蓼，岁可三刈，故先王禁之。菘蓝：叶如白菘。马蓝：叶如苦，即郭璞所谓大叶冬蓝，俗中所谓板蓝者。二蓝花子并如蓼蓝。吴蓝：长茎如蒿而花白，吴人种之。木蓝：长茎如决明，高者三四尺，分枝布叶，叶如槐叶，七月开淡红花，结角长寸许，累累如小豆角，其子亦如马蹄决明子而微小，迥与诸蓝不同，而作淀则一也。别有甘蓝，可食，见本条。苏恭以马蓝为木蓝，苏颂以菘蓝为马蓝，宗以蓝实为大叶蓝之实，皆非矣。"总之，蓝可吃，可染，可医，与蔓菁一样，都是有名的"诸葛菜"，其实现在的读者，都很难理解，蓝、蔓菁（大头菜）、葵（冬寒菜）在被"萝卜""白菜"取代之前，在菜圃之中的地位是多么显赫。

  文末提到的"燕脂"，一由红花汁与石榴花汁制成，《齐民要术》上也有详细的说明；二由紫胶虫的分泌物制成，称之为"胡燕脂"。后者较前者高级，所以贾宝玉吃的胭脂，多半是后者。

烈　豆　郑二阳[1]

煮绿豆中往往有煮之不烂者，人皆名为烈豆，亦曰铁豆，其名甚佳。夫以猛火沸汤之中，诸豆尽皆糜烂，而此豆独能坚挺如铁，完好自若，毫不为损，真可谓"入水不濡，入火不焚"[2]者矣。称之曰"烈"，宜哉！

癸酉兰秋[3]，天中潘览德氏，抉我雀罗而来，相与啖菜根，食新豆汤，偶言及此。览德避席逡巡，同忆乙丙之季[4]，区区真不啻一粒之在沸汤也。子曰："快哉，所幸有此粒许耳。"每谓世道，虽大坏极敝时，定有不敝不坏处。正赖却寻常耳目赫奕之外，当自有一辈血性汉在。未可谓一片清明世界，遂欲乘鹤轩而顶猴冠者[5]，糜烂坏尽。行矣览德，珍重自玉。庶令天下人，自此勿复以皮相举肥，徒为有识者窃笑其邾娄莫辨[6]耳。

刘大杰《明人小品选》

【注释】

①郑二阳：生卒不详，明末曾任安庆巡抚，有《益楼集》。

②入水不濡，入火不焚：《庄子·大宗师》："若然者，登高不栗，入水不濡，入火不焚。"庄子认为这是远古"真人"所达到的境界。

③癸酉兰秋：崇祯六年（1633）七月。

④乙丙之季：天启五年（1625）前后，魏忠贤迫害东林党人，制造事端。

⑤鹤轩、猴冠：指那些欺名盗世之辈。鹤轩，春秋时卫懿公好鹤，令鹤乘大夫之车，战争爆发时，将士说："让鹤去打仗吧！"

⑥邾（zhū）娄莫辨：对事实分辨不清。邾娄，春秋时的诸侯国。唐苏鹗《演义》："时人以无分别者为'邾娄不辨'，邾娄小国，微小之人不能分别也。"

【赏读】

绿豆、蚕豆、豌豆，还包括玉米，其中都有这样的狠角色，正应了关汉卿所谓的"铜豌豆"，多半是因为蛋白质过于细密，加热反而令它们更加内缩，而不是像其他的同伴那样很快地膨化与"糜烂"。

这些豆子中的"真人"，被作者借以喻人中的"烈士"，举世浊浊，做一个血性汉子多么难得。

芦中吟自序 余 飏①

融之汪②，有泽国焉。其地产芦，有峰崒崪③而秀起，是为谷城处士之故居。环峰上下，处者百余家，皆编芦为户，借茅为宇。其地有崇丘峻谷，高台曲池，其山有茂篁修竹，奇卉仙葩。其四时，则流莺蟋蟀蟪蛄以动鸣，春华秋实夏莲冬梅之以植称，其果则丹荔旁挺④，为主为奴。其田则可秔可稻，以粢以酒。环屋有十亩之桑，回塘有千头之鱼。其人则修洁庞朴，以耕钓为业，而颇能吟诗道礼，与达者游。处士生于其中，冬一裘，夏一葛，饥一盂饭，渴一壶酒，与老者言依乎慈，与幼者言依乎弟。或曰是谷口之子真，或曰是成都之君平，或曰是柴桑之处士，或曰类辋川之王摩诘，杜墅之杜少陵⑤。处士闻之笑曰："我生长于芦，芦中不可无我。我不可一日而去此芦，则亦芦中人而已矣。"

芦中人尝不饮酒而醉，不病狂而颠，不吊丧不过墓而哭泣悲哀。每晨起则登峰绝顶，席蓬为茵，折梗为笔，烧藁为灰。行而吟，坐而书，或跪而瞻高，或起而望远。或裂裳为帛，睇四路而招之，或折简为信，安八方而问之。哀哭不顾其神之伤，卜誓不顾其龟之厌。声叫半谷，林木皆震，环芦而居者不能听也。芦中人有兄黄石老人者，尝携酒躡其上，助其排云，引其叫天。芦中人不觉声愈高调愈急，时作脊鸰而宛鸠唱也。或曰是屈大夫之骚也，或曰是张平子之愁也，或曰是梁隐居之噫也，或曰是曹子建、王仲宣、张孟阳之哀也⑥。芦中人闻之笑曰:"我芦中人也,寝食于斯,歌咏于斯。我不可一日而去芦,则亦芦中吟而已矣。"

刘大杰《明人小品选》

【注释】

①余飏(yáng):生卒不详,字赓之,号季节,莆田(今福建省莆田市)人。崇祯十年(1637)登进士第,授宣城知县。明末散文家,著有《史论》《识小集》《芦蜡》《莆变纪事》《芦中集》等。

②融:地名,属广西,隋置融州,因融水而得名;汪:水聚集。

③岃崒(lù zú):山峰高耸之貌。

④丹荔旁挺:丹荔,荔枝;旁挺,亦指荔枝。

⑤谷口之子真:汉代隐士郑朴,字子真,谷口人;成都之君平:汉代隐士严遵,字君平,成都人;柴桑之处士:指陶渊明;王摩诘:王维;杜少陵:杜甫。

⑥张平子:东汉张衡,字平子,曾作《四愁诗》;梁隐居:东汉隐士梁鸿,曾作《五噫歌》叹息洛阳宫殿之壮丽;曹植(子建)、王粲(仲宣)、张载(孟阳)都写过《七哀诗》。

【赏读】

在这个"编芦为户,借茅为宇"的桃花源里,这个名叫余飏的书呆子,过着梦想般的隐士的生活,他自比古往今来的隐士,通过他的生活,也焕发出古往今来的诗人们的闲愁。海德格尔讲,人诗意地栖居于大地上,他的理想,其实已经被这个生活在芦苇国里的家伙实践了。

芦苇质朴,坚韧,生命力旺盛,丛生于泽国。余飏兄以人家爱梅兰菊松的劲头来爱芦苇,可谓知音。

葛 吴其濬[1]

葛,《本经》中品。今之织绨绤者。有种生、野生两种。《救荒本草》：花可爍食[2]，根可为粉，其蔓为葛花菜。赣南以根为果，曰葛瓜，宴客必设之。《尔雅翼》。以为食葛名鸡齐，非为绨绤者。盖园圃所种，非野生有毛者。《周诗》咏葛覃，《周官》列掌葛。今则岭南重之，吴越亦少。

无论燕、豫、江西、湖、广皆产葛，凡采葛，夏月葛成，嫩而短者留之；一丈上下者，连根取，谓之头葛，如太长，看近根有白点者不堪用，无白点者可截七八尺，谓之二葛。凡练葛，采后即挽成纲，紧火煮烂熟，指甲剥看，麻白不粘，青即剥下，就流水棰洗净，风干露二宿，尤白。安阴处，忌日色，纺以织。凡洗葛衣，清水揉，梅叶洗渐，夏不脆。或用梅树捣碎，泡汤入瓷盆内洗之，忌用木器，则黑。然岭北女工多事苎，南昌惟西山葛称，赣州则信丰、会昌、安远诸处，皆治葛。有家园种植者，亦有野生者，而葛布多杂蕉丝，乍看鲜亮悦目，入水变色，质亦脆薄。用纯葛丝则韧而耐久，沾汗不污。会昌之精者，擘绩更艰，葛一斤，择丝十两绩之，半年治成一端。会昌、安远有以湖丝配入者，谓之丝葛。

湖南旧时潭州、永州皆贡葛，今惟永州有上供葛。葛生祁阳之白鹤观，太白岭诸高峰。芒种时采，煮以灰而濯之，而曝之白，而擘为丝，纺以为布，如方目纱，制为衫。不可浣，污则洒以水，垢逐水溜无痕也。兴宁县亦莳之。里老云：葛有两种，遍体皆细毛者可绩布，曰毛葛，遍体无毛者曰青葛，不可绩，惟以为束缚，则又毛葛所不逮。又毛葛亦有两种：蔓延于草上者多枝节而易断，成布不耐久，惟缘地而生者，有叶无枝，成布较胜于苎。广西葛以宾州贵县者佳，郁林葛尤珍，明内监教之织为龙凤纹也。粤之葛以增城女葛为上，然不鬻于市，彼中女子，终岁乃成一匹，以衣其夫而已，其重三四两者，未字少女乃能织，已字则不能，故名女儿葛。所谓北有姑绒，南有女葛也。其葛产竹丝溪、百花林二处者良，采必以女。一女主力，日采只得数两，丝缕以缄不以手，细入毫芒，视若无用，卷其一端，可以出入笔管，以银条纱衬之，霏微荡漾，有如蜩蝉之翼。然日晒则绉，水浸则蹙缩，其微弱不可恒服。

惟雷葛之精者细滑而坚，色若象牙，名锦囊葛。裁以为袍，直裰，称大雅矣。故今雷葛盛行天下。雷人善织葛，其葛产高凉、墟洲，而织于雷，为绨为绤者，分村而居，地出葛种不同，故女手良与楛功③异焉。其出博罗者，曰善政葛，出潮阳者，曰凤葛，以丝为纬，亦名黄丝布，出琼山、澄迈、临高、乐会，轻而细名美人葛，出阳春者，曰春葛，然皆不及广之龙江葛坚而有肉，耐风日也。

《诗·正义》云：葛者，妇人之所有事。雷州以之，增城亦然，其治葛无分精粗，女子皆以针丝之干捻成缕，不以水绩，恐其有痕迹也。织工皆东莞人，与寻常织苎麻者不同。织葛者名细工，织成弱如蝉翅，重仅数铢，皆纯葛无丝。其以蚕丝纬之者，浣之则葛自葛，丝自丝，两者不相联属。纯葛则否。葛产绥福都山中，采者日得斤，城中人买而绩之，分上中下三等为布，阳春亦然。其细葛不减增城，亦以纺缉精而葛真云。

雩娄农④曰：葛者，上古之衣也。质重不易轻，吴蚕盛而重者贱矣，质韧不易柔；木棉兴而韧者贱矣；质黄不易白，苎麻繁而黄者贱矣。乃治葛者与丝争轻，与棉争软，与苎争洁。一匹之功，十倍于丝与棉与苎，其直则倍于丝，而五倍棉与苎，于是治葛者，能事毕而技尽矣，而受治者力亦尽矣。褐之寿以世，帛之寿以岁，麻之寿以月，今是葛也，日之焦，风之脆，浣之懈，藏之折，其寿几何？圣人尽物之性，而不尽物之力；因其重与韧与黄，而葛之寿于是次于褐，均于帛，逾于麻。

《植物名实图考》

【注释】

①吴其濬（1789~1847）：字季深，一字瀹斋，别号吉兰，号雩娄农。河南固始（今河南省固始县）人。清嘉庆二十二年状元，著有《植物名实图考》《植物名实图考长编》《滇南矿厂图略》《滇行纪程集》等。《植物名实图考》一书，计三十八卷，其中所收之植物共一千七百一十四种，并有附图一千八百多幅。

②煤（dié）食：油炸食用。

③楛（kǔ）功：粗劣的技艺。

④雩娄农：吴其濬自号。

【赏读】

写过《草木春秋》的汪曾祺老人，还有新近出版《八九十枝花》的散文家沈书枝,都很喜爱吴其濬的这本《植物名实图考》,我也不例外。经过《草木小品赏读》六七十篇文章曲折迂回的探究,尚未厌烦的读者,与我一起来到吴状元的这一本书里,将会是一个非常有意思的收梢。

　　吴其濬生活的年代,大概在清朝的中叶,他出身于河南省固始县的"城关吴"望族,其家族中进士辈出,声名赫赫,他更是青出于蓝,二十八岁,就中了状元,与父亲、长兄,一门三进士,供职于嘉庆帝的朝堂。吴状元政声不错,也以对植物的喜好在朝臣中闻名,在父母亲去世带来的长达八年的丁忧年月中,他在家乡开辟了名叫"东墅"的植物园,"种桃八百株,栽柳三千树",在园中研读草木典籍。道光帝知道他的爱好后,也常向他请教,有一次,就问他"王瓜"到底是什么。他后来回忆:"小臣侍直,曾蒙天语询及王瓜何物,因以所闻见具对。上复问黄瓜始于何时,具以始于前汉,改名原委对。"

　　之后他由京官放出,先后在湖南、浙江、云南、福建、山西等巡抚任上。家乡植物园的耕种、所读的园艺典籍与他在各地的见闻慢慢地融合在一起,令他在宦游之余,开始了《植物名实图考》《植物名实图考长编》这两部大书的编写。他用的是司马光编《资治通鉴》的办法,先整理古往今来的植物学著作,形成目录,汇成《长编》,之后在《长编》的基础上形成《通鉴》。的确,如果说李时珍的《本草纲目》是植物学上的《史记》的话,吴其濬的这一册《图考》就是植物学的《资治通鉴》。这两部书,在吴其濬去世之后,由他的同事山西巡抚陆应谷刻印出来,其中《长编》二十二卷,辑录古代植物学资料八百余种,最为齐全;《图考》三十八卷,记录植物一千七百一十四种,制图一千八百多幅。尤为难得的是,他以稀世之才,游宦天下的见识,倾情于"植物",他的"植物学",已经不是李时珍他们所传承的"本草学",也不是徐光启的

"农学",而是有清儒实践与考证精神的近乎于当代科学的"植物学"。用陆应谷的说法是"包孕万有,独出冠时,为本草特开生面也"。他的两本书,比瑞典科学家林奈的《植物种志》与《植物属志》晚大约一百年。林奈的研究是现代植物学的起点。他们两个人的比较,会是一个非常有趣的题目。

除了分类的精微、收罗的齐全、考证的精审、绘图的精美,我们去看这一册书的时候,也会感染于作者文字的优美,这是现代写植物史志的科学家们殊难做到的,汪、沈两人喜欢此书,多半也因为《图考》是一部才子书。文中写到"女儿葛",说:"粤之葛以增城女葛为上,然不鬻于市,彼中女子,终岁乃成一匹,以衣其夫而已,其重三四两者,未字少女乃能织,已字则不能,故名女儿葛。所谓北有姑绒,南有女葛也。其葛产竹丝溪、百花林二处者良,采必以女。一女主力,日采只得数两,丝缕以缄不以手,细入毫芒,视若无用,卷其一端,可以出入笔管,以银条纱衬之,霏微荡漾,有如蜩蝉之翼。然日晒则绉,水浸则蹙缩,其微弱不可恒服。"叙事之详,描写之美,令人能闻见织葛的女儿香,触到女儿葛的毫芒,"霏微荡漾"四个字,妙不可言。文言之美,会让人想到蒲松龄的《聊斋志异》。

由此篇,也可验证葛是最具中国特色的植物之一。《诗经·周南·葛覃》是《诗经》的第二篇:"葛之覃兮,施于中谷。维叶萋萋,黄鸟于飞。集于灌木,其鸣喈喈。葛之覃兮,施于中谷。维叶莫莫,是刈是濩。为絺为绤,服之无斁。言告师氏,言告言归。薄污我私,薄浣我衣。害浣害否,归宁父母。"少妇采集葛藤,制成夏衣,穿着衣服归宁父母。可见葛衣之始,就浸染着女性的辛劳。《周书》:"葛,小人得其叶以为羹,君子得其材以为絺绤,以为君子朝廷夏服。"其实按照周定王《救荒本草》的说法,葛花、葛根、葛叶都是救荒的好东西。

植物负责着我们的温饱。五谷之外，还有麻、桑（通过蚕）、葛、棉花，来提供纤维，织成衣被，让我们形成礼仪之邦。麻、丝、葛自古就有，棉花宋元方大兴于中土，它们各自的优劣，吴状元已经有了辨析。我倒是觉得，能"与丝争轻，与棉争软，与苎争洁"的女儿葛，在地球变得越来越暖和的今天，可能会以"夏布"而大行其道，可能会有更多的服装设计师，将目光投到"绨绤"上，将它们传统、古雅、清洁、温和的一面发挥出来，形成有名的品牌。

卷三

梅兰竹菊

杨柳赋 孔臧①

嗟兹杨柳,先生后伤。蔚茂炎夏,多阴可凉。伐之原野,树之中塘。溉浸以时,日引月长。巨本洪枝②,条修远扬。夭绕③连枝,猗那④其房。或拳局⑤以逮下土,或擢迹而接穹苍⑥。

绿叶累叠,郁茂翳沉。蒙笼交错,应风悲吟;鸣鹄集聚,百变其音。尔乃观其四布,运其所临。南垂大阳,北被玄阴。西掩梓园,东覆果林。规方冒乎半顷,清室莫与比深。

于是朋友同好,几筵列行。论道饮宴,流川浮觞。肴核纷杂,赋诗断章。令陈厥志,考以先王。赏恭罚慢,事有纪纲。洗觯酌樽,兕觥并扬。饮不至醉,乐不及荒。威仪抑抑,动合典常。退坐分别,其乐难忘。惟万物之自然,固神妙之不如。

意此杨树,依我以生。未丁一纪,我赖以宁。暑不御箑⑦,凄而凉清。内荫我宇,外及有生。物有可贵,云何不铭。乃作斯赋,以叙斯情。

《孔丛子》

【注释】

①孔臧(约前201~前123前后):孔子之后,西汉初年学者。曾任御史大夫。有赋二十余篇,不知真伪。

②巨本洪枝:枝干粗壮。

③夭绕:纤弱之貌。

④猗(yǐ)那:娇美之貌。

⑤拳局:曲折如拳。

⑥攫:提起;穷苍,天空。"攫迹而接穷苍"指杨柳的枝干向天空挺立。

⑦御:戴;篢:遮阳的竹器。

【赏读】

"昔我往矣,杨柳依依;今我来思,雨雪霏霏。"春天到来,杨柳舒眼,又多在河岸水泽,所以灞桥伤别也罢,隋堤游宴也罢,"杨柳岸,晓风残月",此君几乎成了聚会与别离的标志性符号。但何为"杨",何为"柳",又何为"杨柳",却也枉费了文人墨客,打下不少笔墨官司。所谓枝叶向上曰"杨",向下曰"柳",南人称"杨",北人称"柳",种种不一,扑朔迷离。事实上,我觉得"杨柳"有几个层面的意思。

一方面,就像"杨柳""桃李""牛羊"等大概的分类法,"杨柳"是一个庞大的种属,包括各种各样的柳树与杨树,柳树中有垂柳、杞柳等;杨树中有青杨、白杨、枫杨等。

而另一方面,"杨柳"又可以专门指柳树,传奇中有隋炀帝开运河封柳树姓"杨"的故事:"功既毕,上言于帝,决下口,注水入汴梁。帝自洛阳迁驾大渠,诏江淮诸州,造大船五百只。龙舟既成,泛江沿淮而下。到大梁,又别加修饰,砌以七宝金玉之类。于是吴越取民间女年十五六岁者五百人,谓之殿脚女。至于龙舟御楫,即每船用彩缆十条,每条用殿脚女十人,嫩羊十口,令殿脚女与羊相间而行,牵之。时恐盛暑,翰林学士虞世基献计,请用垂柳栽于汴渠两堤上,一则树根四散,鞠护河堤,二则牵舟之人护其阴,三则牵舟之羊食其叶。上大喜,诏民间有柳一株,赏一缣,百姓竞献之,又令亲种,帝自种一株,群臣次第种,方及百姓。时有谣言曰:'天子先栽然后百姓栽。栽毕,帝御笔写赐柳树姓杨,曰杨柳也。'"

这个未必真实的故事，倒是解决了"杨柳"即是"柳树"的问题。

更麻烦的是，在"柳树"（杨柳）里面，又有柳、杨柳（蒲柳）、凭柳、箕柳、山柳、赤柳等分别（见《齐民要术》），"柳树"类下的这种"杨柳"（蒲柳），可能与垂柳不同，它的枝叶是"上扬"的。在此义项之下，杨树与柳树是不同的，正如徐光启所说："杨与柳自是二物，柳枝长脆，叶狭长；杨枝短硬，叶圆阔。"

这种大中小命名的思维模式，倒并不奇怪。比如，我们提到"诗"的时候，它可泛指一切的文艺，还可指分行的"诗歌"，也可指眼下的"现代诗"。英语单词中的"man"，可指"人类"，也可指"男人"，还可指男人中特别具有男子汉气概的一类人。

作了以上的区分，即可知道，孔臧所赋的"杨柳"，即是"柳树"，在他家"南垂大阳，北被玄阴。西掩梓园，东覆果林"的半顷多的柳林里，有"或拳局以逮下土"的垂柳，也有"或擢迹而接穷苍"的杨柳（蒲柳）。孔臧种柳，大概是为了应风聚鸟，贮荫纳凉，与朋友同好在夏日宴饮于柳林之中，他的想法，与"五柳先生"陶渊明差不多，不同的，是陶渊明只种了五棵柳树。

另外一本假托范蠡所著的《陶朱公术》里，陶朱公也主张多种柳树："种柳千树，则足柴。十年以后，髡一树得一载，岁髡二百树，五年一周。"意思是种一千棵柳树作柴烧，十年之后，一棵树砍掉树冠，可装一车，一年砍去二百棵，小富之家的柴薪多半就够了，五年一轮，真是子子孙孙烧火不愁了。相比这一居家过日子的美计，渊明的五棵树，除了乘凉，多半只能折一点枝干下来盘曲成形，做几张椅子。

贾思勰的种柳法，肯定是由范蠡那里学到的："种柳：正月、二月中，取弱柳枝，大如臂，长一尺半，烧下头二三寸，埋之令没，常足水以浇之。必数条俱生，留一根茂者，余悉抉去。别竖一柱以为依主，每一尺以长绳柱拦之。若不拦，必为风所摧，不能自立。一年中，即高一丈余。其旁生枝叶，即抉去，令直耸上。高下任人，取足，便掐去正心，即四散下垂，婀娜可爱。（若不掐心，则枝不四散，或斜或曲，生亦不佳也。）六七月中，取春生少枝种，则长倍疾。（少枝叶青气壮，故长疾也。）杨柳：下田停水之处，不得五谷者，可以种柳。八九月中水尽，燥湿得所时……从五月初，尽七月末，每天雨时，即触雨折取春生少枝、长一尺以上者，插着垄中，二尺一根。数日即生。少枝长疾，三岁成椽。比如余木，虽微脆，亦足堪事。一亩二千一百六十根，三十亩六万四千八百根。根直八钱，合收钱五十一万八千四百文。百树得柴一载，合柴六百四十八载。载直钱一百文，柴合收钱六万四千八百文。都合收钱五十八万三千二百文。岁种三十亩，三年种九十亩；岁卖三十亩，终岁无穷。"多么清晰的算计，算盘哗哗作响！所以在田地相对富足的古代，勤快而有头脑，种柳都能种成一个地主呢！渊明混到乞食的地步，一定是在他的心目中，诗学压倒了经济学。

之所以虞世基献上种柳计，农学家们主张柳树致富，主要的原因，当然是柳树长得快，"一年中，即高一丈余"，这样旺盛的生命力，大概也是被称之为"杨"（阳）的原因吧。与其旺盛的生命力对应的，又是其易折、易弯。坚韧与柔弱，都结合在它身上，阴阳兼备，大概这也是命名作杨柳的原因之一。所以柳树可以象征女性，可以辟邪驱鬼，可以繁殖（观音净瓶中的柳枝），可以赠别，可以游春，可以思乡，入诗入画，成为中国文化里非常鲜明的符号。我自己最喜欢的柳树故事，是唐传奇中的《柳氏传》。柳氏在安史之乱中先出家为尼，后为蕃将沙吒利所劫，终被侠客夺还，以归前夫韩翃。韩翃曾写诗探问："章台柳，章台柳，昔日青青今在否？纵使长条似旧垂，也应攀折他人手。"柳氏答曰："杨柳枝，芳菲节，可恨年年赠离别，一叶随风忽报秋，纵使君来岂堪折。"柳枝虽则娇弱，却并不是风暴可以摧磨的。"意此杨树，依我以生。未丁一纪，我赖以宁。"说的就是这个意思。韩翃遇柳氏如此，终得破镜重圆，运气真好。

荣　木① 陶渊明②

《荣木》，念将老也。日月推迁，已复九夏③，总角闻道，白首无成。

其一：采采④荣木，结根于兹。晨耀其华，夕已丧之。人生若寄，憔悴有时。静言孔念，中心怅而⑤。

其二：采采荣木，于兹托根。繁华朝起，慨暮不存。贞脆⑥由人，祸福无门。匪道曷依？匪善奚敦？

其三：嗟予小子，禀兹固陋。徂年⑦既流，业不增旧。志彼不舍，安此日富⑧。我之怀矣，怛焉⑨内疚！

其四：先师遗训，余岂之坠？四十无闻，斯不足畏⑩。脂⑪我名车，策⑫我名骥。千里虽遥，孰敢不至！

《陶渊明集》

【注释】

①荣木：指木槿。《礼记·月令》讲："仲夏之月，木槿荣。"其花朝开暮落。此文中，荣木也可泛指夏日繁盛的草木。

②陶渊明（365～427）：一名潜，字元亮，自号五柳先生，去世后友人私谥其为"靖节先生"。浔阳柴桑（今江西省九江市）人。我国伟大的诗人，生活在东晋与南朝的宋代，曾出任彭泽令等，后归隐田园，有《陶渊明集》。清人沈德潜评其诗："清远闲放，是其本色，而其中自有一段渊深朴茂，不可几及处。唐人王、储、韦、柳诸公，学焉而得其性之所近。"

③九夏：入夏共九十日，故名九夏。

④采采：植物繁盛之貌。《诗经·秦风·蒹葭》："蒹葭采采，白露未已。"

⑤言：语气助词，无义；孔：非常；怅：愁怅；而：语气助词，无义。

⑥贞脆：坚强与脆弱。

⑦徂（cú）年：往年。

⑧日富：《诗经·小雅·小宛》："彼昏不知，壹醉日富。"郑玄笺："童昏无知之人饮酒一醉，自谓日益富，夸淫自恣，以财骄人。"后以"日富"比喻醉酒。

⑨怛（dá）焉：忧惧惶恐之貌。

⑩《论语·子罕》中孔子有言："四十五十而无闻焉，斯亦不足畏也已。"

⑪脂：作动词，给车涂上润滑的油脂。

⑫策：鞭策。此句指时不我待，当努力求道。

【赏读】

渊明除了任州祭酒、彭泽令、建威参军等短暂的出仕，一生的绝大部分时光，都生活在家乡的林园、菜圃与稼穑之中，躬耕陇亩，安贫乐道，与草木为伍。他曾作《五柳先生传》以自况："先生不知何许人也，亦不详其姓字，宅边有五柳树，因以为号焉。闲静少言，不慕荣利。好读书，不求甚解；每有会意，便欣然忘食。性嗜酒，家贫不能常得。亲旧知其如此，或置酒而招之；造饮辄尽，期在必醉。既醉而退，曾不吝情去留。环堵萧然，不蔽风日；短褐穿结，箪瓢屡空，晏如也。常著文章自娱，颇示己志。忘怀得失，以此自终。赞曰：黔娄之妻有言，不戚戚于贫贱，不汲汲于富贵。其言兹若人之俦乎？衔觞赋诗，以乐其志，无怀氏之民欤？葛天氏之

高松赋（奉司徒竟陵王教作①） 谢　朓②

阅品物于幽记，访丛育于秘经③，巡氿林之弥望④，识斯松之最灵。提于岩以群茂，临于水而宗生⑤；岂榆柳之比性，指冥椿⑥而等龄；若夫修干垂阴，乔柯飞颖⑦，望肃肃而既闲，即微微而方静；怀风音而送声，当月路而留影。即芊眠⑧于广隰，亦迢递于孤岭；集九仙之羽仪，栖五凤之光景⑨。

固松木之为选，贯山川而自永。尔乃青春受谢⑩，云物含明，江皋绿草，暧然已平。纷弱叶而凝照，竞新藻而抽英；陵翠山而如剪，施悬萝而共轻。至于星回穷纪⑪，沙雁相飞，同云映其无色，阳光沉而减晖。卷风飙之欻吸⑫，积霰雪之岩霏；岂凋贞于岁暮⑬，不受令于霜威。

若乃体同器制，质兼上才，夏书称其岱畎⑭，周篇咏其徂来⑮。乃屈己以弘用，构大庄于云台；幸为玩于君子，留神心而顾怀。君王乃徙宴兰室，解佩明椒，搴幽兰于夕阴，咏耸干于琴朝⑯。陵高丘以致思，御风景而逍遥；夷戴冕之隆贵⑰，怀汾阳之寂寥。

邈道胜于千祀⑱，蕴神理而自超。夫江海之为大，实涓浍之所归，瞻衡恒⑲之峻极，不让壤于尘微。嗟孤陋之无取，幸闻道于清徽；理弱羽于九万⑳，愧不能兮奋飞。

《谢宣城集》

【注释】

①竟陵王：指南朝齐武帝次子萧子良。诸侯之言曰教。

②谢朓（tiǎo）（464~499）：字玄晖，祖籍陈郡阳夏（今河南省太康县），南朝诗人，与谢灵运合称大小谢，文风清绮，独步一代，有《谢宣城集》。

③品物、丛育：指众多的物类；幽记、秘经：指深僻的典籍。

④巡：巡视；汜：广远；弥望：广远。巡汜林之弥望：意指巡视深茂广远的树林，始觉松树最为灵异。

⑤挺：生长，长出；宗生：同类聚生。

⑥冥椿：树木名，能长寿。《庄子·逍遥游》："楚之南有冥灵者，以五百岁为春，五百岁为秋。上古有大椿者，以八千岁为春，八千岁为秋。"

⑦乔：树高而曲曰乔；颖：松针。

⑧芊眠：光色鲜明。

⑨光景：光影。

⑩青春受谢：春天来到。

⑪星回穷纪：冬天来到。

⑫欻（xū）吸：风疾之貌。

⑬《论语·子罕》："岁寒，然后知松柏之后凋也。"贞：贞正。

⑭《禹贡》："海岱维青州……岱畎丝、松、怪石……"

⑮《诗经·鲁颂》："徂来之松。"两句指松树的功用，在远古已见诸典籍。

⑯琴朝：以琴瑟娱乐的早晨。

⑰夷黻冕之隆贵：去掉华贵的冠服，怀想隐者的生活。

⑱邈道胜于千祀：邈然隐修千年。祀，年。

⑲衡恒：南岳衡山与北岳恒山。

⑳九万：指鹏鸟。《庄子·逍遥游》："鹏之徙南冥也，水击三千里，抟扶摇而上者九万里。"理弱羽于九万：大意是，我对比高松，自觉形秽，就像雀鸟对着鹏鸟梳理羽毛，羞愧于不能像鹏鸟一样奋飞。

【赏读】

李白有诗"解道澄江静如练，令人长忆谢玄晖""蓬莱文章建安骨，中间小谢又清发"。他想念的"清发"的"小谢"，就是这位谢朓同学。小谢的诗好，"日出众鸟散，山冥孤猿吟""云中识归舟，云中辨江树""大江日夜流，客心悲未央""风动万年枝，日华承露掌""余霞散成绮，澄江散如练""朔风吹冷雨，萧条江上来"等名句直开盛唐。他的赋文也很不错。东晋之后，宋、齐、梁、陈更替，一方面是政治上的血雨腥风，刀光剑影，谢朓三十五岁，就死于阴冷的宫廷缠斗之中；另一方面，却是在"南朝四百八十寺"，佛教输入之后兴发的文化的兴隆，在奢华的行宫里，沈约、谢朓等诗人正在将奇妙的格律赋予乐府诗，将之变成千年以来定型的格律诗。

这一首赋，也是宫掖宴饮的产物。此时王谢之后，已有"旧时王谢堂前燕，飞入寻常百姓家"的兆头，谢朓作为谢安、谢玄的高、曾孙辈，他的母亲，也是齐高帝萧道成的女儿，出身清华而高贵，他本人，却是在家族祸事频发之后，"理弱羽于九万"，唯有在诗文里，回应谢灵运他们的遗响了。竟陵王是当日齐武帝的次子，在这一次雅集里，他定下的题目是《高松赋》，当日留传下来除小谢的大作之外，还有沈约与王俭的两篇。主人萧子良那篇赋如何，不得而知，这三篇中，当选小谢为头筹。他的文字清绮明密，如同朝霞一般，好像青松之样貌，也特别适合以对偶的赋体来展现，"乔柯飞颖，望肃肃而既闲，即微微而方静"，松树的体态与阵阵的松涛，由字里行间，由赋句的舒卷、音韵的协调中，都可隐隐感受得到。谢朓不仅依托松树的金枝玉叶起兴用典，周旋备至，显现了才华，还进一步写到了松树的"灵"，将之与自己的志向比兴。其姿可"集九仙之羽仪，栖五凤之光景"，其性"岂渭贞于岁暮，不受令于霜威"，其用"构大庄于云台"，其德"蕴神理而自超"，赋松于此，神完气足，沈约、王俭的作品与之相比，显然是打了一回酱油。

其他类似的书，记载松树最详尽的，大概是《本草纲目》，李时珍引王安石《字说》："松柏为百木之长，松犹公也，柏犹伯也。故松从公，柏从白。"拗相公的这个说法倒是挺有道理的。李时珍又说："松树磊落修耸多节，其皮粗厚有鳞形，其叶后凋。二三月抽蕤生花，长四五寸，采其花蕊为松黄。结实状如猪心，叠成鳞砌，秋老则子长鳞裂。然叶有二针、三针、五针之别。三针者为栝子松，五针者为松子松。其子大如柏子，惟辽海及云南者，子大如巴豆可食，谓之海松子，详见果部。孙思邈云：松脂以衡山者为良。衡山东五百里，满谷所出者，与天下不同。苏轼云：镇定松脂亦良。《抱朴子》云：凡老松皮内自然聚脂为第一，胜于凿取及煮成者。其根下有伤处，不见日月者为阴脂，尤佳。老松余气结为茯苓。千年松脂化为琥珀。《玉策记》云：千年松树四边枝起，上杪不长如偃盖。其精化为青牛、青羊、青犬、青人、伏龟，其寿皆千岁。"

所以对于一般的乡农而言，松树的好处可能在于"积薪"，因为有油脂，特别合灶易燃，点火把照明走夜路也很好；对"匠石"这样的大宗师来说，他们会盯着松树的树干，以起屋与造船；对孔子与小谢这样的思想家与诗人来说，会予松树以哲思与美。但是在葛洪与李时珍这些术士与医生的眼里，松树就是至上的长寿之药。李时珍的兴趣，很快就转向了松籽与松脂，特别是予松脂，他在继续外丹术士们自古以来的狂热兴趣："松叶、松实，服饵所须；松节、松心,耐久不朽。松脂则又树之津液精华也,在土不朽;流脂日久,变为琥珀,宜其可以辟谷延龄。葛洪《抱朴子》云:上党赵瞿病癞历年,垂死,其家弃之,送置山穴中。瞿怨泣经月,有仙人见而哀之,以一囊药与之。瞿服百余日,其疮都愈,颜色丰悦,肌肤玉泽。仙人再过之,瞿谢活命之恩,乞求其方。仙人曰:此是松脂,山中便多。此物汝炼服之,可以长生不死。瞿乃归家长服,身体转轻,气力百倍,登危涉险,终日不困。年百余岁,齿不坠,发不白。夜卧忽见屋间有光,大如镜,久而一室尽明如昼。又见面上有采女一人,戏于口鼻之间。后入抱犊山成地仙。于时人闻瞿服此脂,皆竞服之,车运驴负,积之盈室。不过一月,未觉大益,皆辄止焉。志之不坚如此。张杲《医说》有服松丹之法。"长期吃松脂之乐,可比美女在侧,惜乎我等庶民,定力与耐心总是不够,大概吃几天松脂之后,就不免被茹蔬与肉食所诱,从而断送了美好的修行,走不上"地仙"之路,就像屡次减肥失败的女子,变不成美人,惜哉。

李时珍还收集了相关的药方:"服食辟谷《千金方》用松脂十斤,以桑薪灰汁一石,煮五七沸,滤出,冷水中凝,复煮之,凡十遍乃白,细研为散。每服一二钱,粥饮调下,日三服。服至十两以上,不饥,饥再服之。一年以后,夜视目明。久服,延年益寿……"不知道以时珍兄的决心,是否进补到了"即见西王母"的地步,以上这些药方,起码说明,松树"集九仙之羽仪,栖五凤之光景",它们有"通灵"的能力,是自古至今,中国那些了不起的诗人、隐士与术士们的良友,在郁郁松风与阵阵松涛里,结庐比邻,说不定,就能找到一条神仙路?

植兰说　杨夔①

或植兰荃，鄙不遄茂②，乃法圃师汲秽以溉③。而兰净荃洁，非类乎众莽④。苗既骤悴，根亦旋腐。噫！贞⑤哉兰荃欤！迟发舒守其元和⑥，虽瘠而茂也。假杂壤⑦乱其天真，虽沃而毙也。

守贞介而择禄者，其兰荃乎？乐淫乱而偷位者，其杂莽乎？受莽之伪爵者，孰若龚胜⑧之不仕耶？食述之僭禄者，孰若管宁⑨之不位耶？呜呼！业圃者以秽为主，而后见龚管之正。

《全唐文》

【注释】

①杨夔：字、生卒年不详，约唐昭宗光化末（约900）前后在世，自号"弘农子"，弘农（今河南省灵宝市）人。善诗文，与杜荀鹤、郑谷等为友，以《冗书》留名。

②鄙：轻视；遄茂：兰花生长得不快。

③法：效法；圃师：花匠；汲秽以溉：用粪水浇灌。

④莽：野草。

⑤贞：贞洁，有操守。

⑥元和：精气。兰花发芽迟，能保守精气，虽然土质贫瘠，也能长得茂盛。

⑦杂壤：杂秽的土壤。

⑧龚胜：东汉末年隐士，王莽篡位，征为上卿，不就，绝食死。

⑨管宁：三国魏人，曾谢绝辽东太守公孙康与魏明帝为官之邀。上文"食述之僭禄者"中的"述"指公孙述，为公孙康之误。

【赏读】

在屈原的《离骚》里，兰荃是与"众莽"对立的，分别象征着君子与小人。"兰芷变而不芳兮，荃蕙化而为茅。何昔日之芳草兮，今直为此萧艾也？"可见这些香草美人，在"淫乱偷位"的粪壤与群党里，其实有两条路，一是"骤悴"，二是"变化"，与周敦颐赞叹的荷花，走的是完全不同的路线："水陆草木之花，可爱者甚蕃。晋陶渊明独爱菊；自李唐以来，世人甚爱牡丹；予独爱莲之出淤泥而不染，濯清涟而不妖，中通外直，不蔓不枝，香远益清，亭亭净植，可远观而不可亵玩焉。予谓菊，花之隐逸者也；牡丹，花之富贵者也；莲，花之君子也。噫！菊之爱，陶之后鲜有闻；莲之爱，同予者何人？牡丹之爱，宜乎众矣！"

濂溪先生将莲花当作君子，屈原大人一定不会同意，他在《渔父》一章里，面对渔父"沧浪之水清兮，可以濯吾缨。沧浪之水浊兮，可以濯吾足"的劝诫，他的回应是："新沐者必弹冠，新浴者必振衣。安能以自身之察察，受物之汶汶者乎？"这种激烈、决然与悲怆，自有先秦时代可杀而不可辱的士的精神。所以"莲花"不是君子，而是佛。除了常常用来作佛陀与观音的莲座之外，佛经里还常用"火中取金莲"的典故，来说明莲花如佛性一样，历劫不变。

回到生物学上来，这个只能说明荷花的基因比较稳定，而兰花的基因，比较多变。所以兰花品种之多，以《金漳兰谱》的作者南宋王孙赵时庚当日的品鉴，就有："紫花以陈梦良为甲，吴、潘为上品；中品则赵十四、何兰、大张青、蒲统领、陈八斜、淳监粮；下品则许景初、石门红、小张青、萧仲和、何首座、林仲孔、庄观成外，则金棱边为紫花奇品之冠也。白花则济老、灶山、施花、李通判、惠知客、马大同为上品；所谓郑少举、黄八兄、周染为次；

下品夕阳红、云娇、朱花、观堂主、青蒲、名弟、弱脚、王小娘者也。赵花又为品外之奇。"可见人见人爱，人爱人养，人以花传。而一般栽培指南里，也分出了国兰与洋兰两大类，国兰中有春兰、蕙兰、建兰、墨兰、寒兰、莲瓣兰等，洋兰中有卡特兰、蝴蝶兰、文心兰、万代兰、石斛兰、兜兰、大花蕙兰等，而仅"春兰"一门，因其花瓣，又有水仙瓣、荷瓣、梅瓣、蝶瓣等四种，其中又有宋梅、集圆、万字、龙字、四喜蝶等一百多个品种，种种品性不一，植兰之法不一，可谓一入兰门深如海，其奈老圃何！植兰的专家们，讲究花瓣的豹变与花香的深浅，由千百盆兰花里涌现出来的别具一格的兰花，会成为名品，这样的惊喜，也说明兰花是多么易变的一个家族。

兰花不耐"汲秽以溉"，多半跟它们蚯蚓般丛生的根有关系。兰花根粗壮肥厚，好处是容易保住营养与水分，在"瘠"地生存；不好的地方，就是容易招来昆虫里的吃货与繁复的病菌，来品尝它们鲜美的根肉。更麻烦的是，很多兰花根部还有与之共生的真菌，名叫兰菌，在兰根表皮上形成"菌丝团"，它们有一点像豆科植物的根瘤菌，能分离出空气里的氮。好处当然是，在贫瘠的土壤里，有一个自带的造肥工厂，可是一旦来到"粪壤"中，菌丝团就会疯长，反而吸收掉了兰根中的养分，令其"根亦旋腐"，接下来，才是"苗既骤悴"。

所以，将溪涧边的幽兰，移作兰房中的丽人，圃师的通识派不上用场，需要的，是爱花君子的水磨功夫。《金漳兰谱》讲："台太高则冲阳，太低则隐风，前宜面南，后宜背北，盖欲通南薰而障北吹也。地不必旷，旷则有日。亦不可狭，狭则蔽气。右宜近林，左宜近野，欲引东日而被西阳。夏遇炎烈则荫之，冬逢冱寒则曝之。下沙欲疏，疏则连雨不能淫。上沙欲濡，濡则酷日不能燥。至于插引叶之架，平护根之沙，防蚯蚓之伤，禁蝼蚁之穴，去其莠草，除其丝网,助其新莳,剪其败叶,此则爱养之法也。""丝网"多半就是养菌丝的办法,山溪间的兰花,恰恰是在"上沙欲濡,下沙欲疏"、右林左野的大自然里,想在小园之中,甚或阳台之上,重置山溪景象,谈何容易。再读读清代屠用宁《兰蕙镜》十二月养花法:

> 正月天寒不出房,须防泥燥致干伤;
> 盆边干透泥离壳,极妙须浇生腐浆。
> 二月春分微透风,须浇河水两三钟。
> 花盆大小宜斟酌,莫向花浇盆内中。
> 三月春和日暖时,兰花风露用心思;
> 东风虽大全无碍,西北狂风宜避之。
> 四月晴和真好养,不拘雷雨却无妨;
> 若还久雨安帘下,风透微微便不伤。
> 五月太阳微似火,夜浇早晒三时藏;
> 荫过午后交申酉,新透萌芽便不伤。
> 六月炎炎早晚浇,行根透发起新苗;
> 若还苗瘦如何治,秘授仙传人乳浇。
> 七月天时初立秋,新根受旺长苗头。
> 盆中若见根泥结,松土还宜用指尖。
> 八月中秋霜露浓,须将草汁满中盆。
> 根强叶壮秋颗透,早发新花便不同。
> 九月重阳风渐寒,盆中泥面不宜干;
> 劝君多晒多濡露,自有新颗土面穿。
> 十月小春寒与热,慎防风雨及严霜。
> 天和须向窗前晒,天冷还宜暖屋藏。
> 子月开寒莫出房,温和还要闭风窗。

最宜松叶铺盆面,否则棉花亦可良。
腊月天时紧闭窗,极寒极冻用银釭。
盆中干透微浇水,四面勾开中勿伤。

六月"秘授仙传人乳浇"一招,会让大伙儿大跌眼镜吧!总之,我觉得兰花多半应喻作美女,一定要作君子的话,要么就是山林里的隐士,如龚管、陶令之流,要么就是养颐出来的圣贤,如王维、欧阳修诸君。俗世浇漓,处处粪坑,从前的青头少年,多半会成为庸碌的大叔,正是"何昔日之芳草兮,今直为此萧艾也"!

怪松图赞^①并序 陆龟蒙^②

有道人自天台来，示予《怪松图》。披之甚骇人目：根盘于岩穴之内，轮菌逼仄^③而上，身大数围，而高不四五尺。偏岢然，蹙缩然^④。干不暇枝，枝不暇叶，有若龙挐虎跛^⑤，壮士囚缚之状。

道人曰："是何物怪如是耶？子能辨之乎？"

予曰："草木之生，安有怪耶？苟肥瘠得于中，寒暑均于外，不为物所凌折，未有不挺而茂者也，况松柏乎？今不幸出于岩穴之内，脞脆者，则铿然之牙伏死其下矣^⑥，何自奋之能为？是松也，虽稚气初拆，而正性不辱。及其壮也，力与石斗。乘阳之威，怒已之轧，拔而将升，卒不胜其压。拥勇郁遏，全愤激讦^⑦，然后大丑彰于形质，天下指之为怪木。

"吁！岂异人乎哉？天之赋才之盛者，早不得用于世，则伏而不舒。薰蒸沉酣日进，其道摧挤势夺^⑧，卒不胜其厄，号呼呿挛，发越赴诉^⑨，然后大奇出于文彩，天下指之为怪民。

"呜呼！木病而后怪，不怪不能图其真。文病而后奇，不奇不能骇于俗。非始不幸而终幸者耶？"

道人曰："然。为我赞之！"

赞曰："松生荫隘，岩狱穴械^⑩。病乎不怪，卒以为怪。拥肿支离，神羞鬼疑。道人咨嗟，笔传其奇。或怪乎形，或奇于辞。目为怪魁，是以赞之。"

《甫里集》

【注释】

①赞：古代一种文体。刘勰《文心雕龙·颂赞》："赞者，明也，助也。"

②陆龟蒙（？～约881）：字鲁望，长洲（今江苏苏州）人。举进士不第，曾任苏、湖二郡从事，后隐居吴县，自号江湖散人、甫里先生，又号天随子。诗文与皮日休齐名，文章清通畅达，平易自然。著有《甫里集》《笠泽丛书》。

③轮囷逼仄：盘曲逼近的样子。

④伛岢（kě）然，戚缩然：臃肿的样子，缩头缩脑的样子。

⑤龙挛虎跛：如龙蜷缩，如虎跛足。

⑥胜脆者，则铿然之牙伏死其下矣：一般柔弱的植物，它发出的芽已死在岩穴之中。

⑦拥勇郁遏，垒愤激讦：以勇力奋进的势头被阻遏，聚集的愤懑之情激发出来。

⑧薰蒸：热气蒸腾；沉酣：醉心其事；摧挤：被摧残迫害；势夺：被阻碍剥夺。

⑨号呼欻挛，发越赴诉：奔走呼号，抒发牢骚。

⑩岩狱穴械：岩石像牢狱囚禁它，岩穴像刑具套住它。

【赏读】

大唐盛极而衰，向下走到中唐与晚唐，文字在元白的清新明白之外，还有韩愈、李商隐等人的支离与隐约，好像一口没有炼成的真气，岔进了肺腑里。陆龟蒙的文章被认为是平易自然的，但由这一篇《〈怪松图〉赞》里，仍然可以读到这一股盘曲的勃勃野气。

"岁寒，然后知松柏之后凋也。"孔子将松树放到时间的河流里，在寒暑的交替，四季的轮回中，来赞叹松树的生命力。

"郁郁涧底松，离离山上苗。"左思将松树放到涧底，来隐喻他自己的不得志。

"青松在东园，众草没其姿。"陶渊明将松树放到杂草丛生的园林里，让芸芸众生隐去它的卓秀之姿。

此文中，道士所画出来的这棵松树，运气更坏，它在岩狱穴械之中，如龙挛虎跛，变得又丑又怪，然而，正是立根在这样的丑怪之中，它显现出了令神羞与鬼疑的生命力，得到了隐士陆龟蒙的赞叹与共鸣：木病，怪民，奇文，如果是"我自一口真气足"，它总能够以美的形式，显现出来，松树，就是这样有"龙的意志"的树。

洛阳牡丹记（节选） 欧阳修①

牡丹出丹州、延州，东出青州，南亦出越州②。而出洛阳者，今为天下第一。洛阳所谓丹州花、延州红、青州红者，皆彼土之尤杰者，然来洛阳，才得备众花之一种，列第不出三已下③，不能独立与洛花敌。而越之花以远罕识，不见齿④，然虽越人，亦不敢自誉以与洛花争高下。是洛阳者，是天下之第一也。

洛阳亦有黄芍药、绯桃、瑞莲、千叶李、红郁李之类，皆不减他出者。而洛阳人不甚惜，谓之果子花⑤，曰"某花"云云，至牡丹，则不名，直曰花。其意谓天下真花独牡丹，其名之著，不假曰牡丹而可知也。其爱重之如此。

说者多言洛阳于三河间，古善地，昔周公以尺寸考日出没，测知寒暑风雨乖与顺于此。此盖天地之中，草木之华得中气之和者多，故独与他方异。予甚以为不然。夫洛阳于周所有之土，四方入贡，道里均，乃九州之中。在天地昆仑磅礴⑥之间，未必中也。又况天地之和气，宜遍四方上下，不宜限其中以自私。

夫中与和者，有常之气⑦，其推于物也，亦宜为有常之形。物之常者，不甚美亦不甚恶。及元气之病也，美恶隔并而不相入。故物有极美与极恶者，皆得于气之偏也。花之钟其美，与夫瘿木⑧臃肿之钟其恶，丑好虽异，而得一气之偏病则均。洛阳城围数十里，而诸县之花莫及城中者，出其境则不可植焉。岂又偏气之美者，独聚此数十里之地乎？此又天地之大，不可考也。

凡物不常有而为害乎人者曰灾，不常有而徒可怪骇不为害者曰妖。语曰："天反时为灾，地反时为妖。"⑨此亦草木之妖而万物之一怪也。然比夫瘿木臃肿者，窃独钟其美而见幸于人焉。

余在洛阳，四见春。天圣九年⑩三月，始至洛，其至也晚，见其晚者。明年，会与友人梅圣俞⑪游嵩山、少室、缑氏岭、石唐山、紫云洞，既还，不及见。又明年，有悼亡之戚，不暇见。又明年，以留守推官岁满解去，只见其早者，是未尝见其极盛时，然目之所瞩，已不胜其丽焉。

余居府中时，尝谒钱思公⑫于双桂楼下，见一小屏立坐后，细书字满其上。思公指之曰："欲作花品，此是牡丹名，凡九十余种。"余时不暇读之。然余所经见而今人多称者才三十余种，不知思公何从而得之多也。计其余，虽有名而不著，未必佳也。故今所录，但取其特著者而次第之：姚黄、魏花、细叶寿安、鞓红（亦曰青州红）、牛家黄、潜溪绯、左花、献来红、叶底紫、鹤翎红、添色红、倒晕檀心、朱砂红、九蕊真珠、延州红、多叶紫、粗叶寿安、丹州红、莲花萼、一百五、鹿胎花、甘草黄、一撚红、玉板白。

牡丹之名，或以氏，或以州，或以地，或以色，或旌⑬其所异者而志之。姚黄、左花、魏花，以姓著；青州、丹州、延州红，以州著；细叶、粗叶寿安、潜溪绯，以地著；一撚红、鹤翎红、朱砂红、玉板白、多叶紫、甘草黄，以色著；献来红、添色红、九蕊真珠、鹿胎花、倒晕檀心、莲花萼、一百五、叶底紫，皆志其异者。……

《欧阳文忠公集》

【注释】

①欧阳修（1007～1072）：字永叔，号醉翁，晚年又号六一居士，庐陵（今江西省吉安市）人。北宋诗人、词人、散文家、史学家，为"唐宋八大家"之一。有《欧阳文忠公集》。

②丹州：辖境在今陕西宜川；延州：辖境在今陕西延安、延川、延长等地区；青州：辖境在山东潍坊、青州等地；越州：今浙江绍兴等地。

③不出三已下：排名列第，在三等以下。

④不见齿：不被提及与重视。

⑤果子花：为结果实而开的花，没有观赏的价值。

⑥昆仑：混沌不清；磅礴：盛大雄伟。

⑦有常之气：一般的、普遍的"气"。

⑧瘿（yǐng）木：树干外部隆起如瘤曰"瘿"。

⑨见《左传·宣公十五年》："天反时为灾，地反物为妖，民反德为乱。"

⑩天圣九年：宋仁宗年号，即1031年。

⑪梅圣俞：即梅尧臣，北宋诗人，欧阳修好友。

⑫钱思公：吴越王第十四子钱惟演，逝世后初谥为"思"，北宋诗人。

⑬旌：旗子，引申为辨识、表明之意。

【赏读】

《洛阳牡丹记》作于宋仁宗景祐元年（1034），其时欧阳修二十七岁，由二十四岁中进士任西京（洛阳）留守推官，差不多有三年时间。无论于北宋，还是中国的封建时代，还是欧阳修本人，此时都处在鼎盛的时期。如果要以一种花来象征，有什么比牡丹更合适的呢？而在记写牡丹的散文中，这一篇《洛阳牡丹记》既是最早，也是最好的一篇文章。

　　隋唐之前，牡丹原生在中国的山林野泽，以"木芍药"知名，大概还未经"木园子"这样的高手嫁接，基因稳定，品种不多，花开单瓣，颜色也少，记入本草，多半是因为它的皮与根尚可入药。也许是因为佛教兴盛与武则天称帝等关系，野牡丹到初唐，一下子被驯化，化身千亿，成为雍容华贵的奇花，跻身皇宫禁苑，闻名天下。唐人舒元舆作《牡丹赋》云："天后之乡西河（山西汾阳）也，有众香精舍，下有牡丹，其花特异。天后叹上苑之有阙，因命移植焉。由此京国牡丹，日月浸盛。"说不定是武则天少女时候常常簪在发间的野花，女帝一念之间，遂令奇英风行天下。之后清人李汝珍作《镜花缘》，还以此说事，说武后强令百花雪中开放，独牡丹不听其命，引来了烈火焚烧——事实上，没有武则天，就不太会有所谓的国色天香，被称为中国的"国花"的牡丹。汝珍楼主散布这样的谣言，在网络时代，一定会被抓到官家去的。

　　到开元年间，牡丹已完成了由原野向花园的进军过程，唐玄宗曾召宋单父，在骊山种一万余株牡丹，李白写"云想衣裳花想容，春风拂槛露华浓"，多半也是以牡丹花来比喻玄宗最在意的那个胖女人。白居易也有诗："帝城春欲暮，喧喧车马度。共道牡丹时，相随买花去。贵贱无常价，酬值看花数。灼灼百朵红，戋戋五束素。上张幄幕庇，旁织笆篱护。水洒复泥封，移来色如故。家家习为俗，人人迷不悟。有一田舍翁，偶来买花处。低头独长叹，此叹无人谕。一丛深色花，十户中人赋。"这一首诗可谓咏牡丹诗中的《卖炭翁》，与欧阳修的这篇文，形成了有趣的呼应。

欧文中，已经将牡丹与"气运"联系在一起。欧阳修承认洛阳得天下之中，但并不认同天地的和气，就单单钟情在洛阳，从而令洛阳地脉最宜种牡丹，以至于出城数里，就花容失色——年轻的进士，很能讲道理，这也是欧阳修以后常常运气不太好的原因，他在朝堂上也一向是一个认真的书生。他甚至还承认牡丹有"妖气"，因为天下有常之气，会合成的有常之物，是不丑也不美的。"岂又偏气之美者，独聚此数十里之地乎？此又天地之大，不可考也。"据此看来，欧阳修将洛阳出牡丹的秘密归诸于某种神秘主义（或者是象征主义）。

事实上，令洛阳牡丹甲天下的，并非"中和之气"，而是"王气"。盛唐时节，洛阳的牡丹，一定比不上并非天下之中的长安。之后，随着金兵的南下，金瓯缺，铁蹄踏破山河，洛阳风流衣冠不再，牡丹之都的名头也化作乌有，在有宋一代，牡丹的培养中心转往陈州（今河南淮阳）、彭州（今四川彭州）、北京等地；明代之后，又转向亳州、铜陵等地；到清代，又转往曹州、甘肃等地。我们由欧阳修的文中，就可以明白，这种"帝王花"，它需要和平的时代、安稳的城池、富庶的市民、有情趣的权贵与文人，才能够形成"洛阳地脉花最宜，牡丹尤为天下奇"的景象，说是地脉，还不如说是"人脉"。牡丹花成为盛世之兆，或者是黍离之悲，多半也是为此，欧阳修讲到"魏花"，旧时锦绣团团的花园，如同而今的凤凰县要向人家收门票，数代之后，已变成寺僧们的菜园，已经谈到了繁华转换，"旧时王谢堂前燕，飞入寻常百姓家"这一层意思。

其他关于牡丹的谱书，还有释仲休的《越中牡丹花品》、沈立《牡丹记》、周师厚《洛阳牡丹记》、张邦基《陈州牡丹记》、陆游《天彭牡丹谱》、范雍《牡丹谱》、张峋《洛阳花谱》、胡元质《牡丹谱》等，多半集中于两宋。其中陆游《天彭牡丹谱》好看，他按照欧阳修"花品序""花释名""风俗记"的路子，将当日他在成都天彭地区"小西京"所赏析的牡丹花记载了下来,读者往下翻,还会遇到这篇与《洛阳牡丹记》可称"双璧"的美文。

此外,《洛阳牡丹记》也可与李格非《洛阳名园记》一起参看,富丽的牡丹,堪配当日甲天下的洛阳名园。李格非说:"园圃之废兴,洛阳盛衰之候也。"他所记的名园有富郑公园、董氏西园、董氏东园、环谷、刘氏园、丛春园、天王院花园子、归仁园、苗帅园、赵韩王园、李氏仁丰园、松岛、东园、紫金台张氏园、水北胡氏园、大字寺园、独乐园、湖园、吕文穆园等,每一处林园,牡丹自不可少,最盛是"天王院花园子":"洛中花甚多种,而独名牡丹曰:花王。凡园皆植牡丹,而独名此曰:花园子,盖无他池亭,独有牡丹数十万本。凡城中赖花以生者,毕家于此。至花时,张幕幄,列市肆,管弦其中。城中士女,绝烟火游之。过花时则复为丘墟,破垣遗灶相望矣。今牡丹岁益滋,而姚黄魏紫,一枝千钱,姚黄无卖者。"

这才是盛世中的盛世。

黄杨树子赋并序 欧阳修

夷陵①山谷间多黄杨树子,江行过绝险处,时时从舟中望见之,郁郁山际,有可爱之色。独念此树生穷僻,不得依君子封殖②备爱赏,而樵夫野老又不知甚惜,作小赋以歌之:

若夫汉武之宫,丛生五柞③;景阳之井,对植双桐④。高秋羽猎之骑,半夜严妆之钟,凤盖朝拂,银床暮空。固已葳蕤近日,的砾含风,婆娑万户之侧,生长深宫之中。岂知绿藓青苔,苍崖翠壁,枝翁郁以含雾,根屈盘而带石。落落非松,亭亭似柏,上临千仞之盘薄⑤,下有惊湍之溃激。涧断无路,林高暝色,偏依最险之处,独立无人之迹。江已转而犹见,峰渐回而稍隔。嗟乎!日薄云昏,烟霖露滴,负劲节以谁赏,抱孤心而谁识?徒以窦穴风吹,阴崖雪积,哢山鸟之嘲哳,袅惊猿之寂历。无游女兮长攀,有行人兮暂息。节既晚而愈茂,岁已寒而不易。乃知张骞一见⑥,须移海上之根;陆凯如逢,堪寄陇头之客⑦。

《欧阳文忠公集》

【注释】

①夷陵:今湖北省宜昌市,宋仁宗景祐三年(1036)冬,欧阳修被贬为夷陵县令赴任。

②封殖:培植。

③若夫汉武之宫,丛生五柞:汉廷有五柞宫,宫中有五棵柞树,为汉武帝所爱,常来游乐。

④景阳之井,对植双桐:南朝陈代景阳宫中有井,井边对植双桐亭亭。

⑤盘薄:气势雄壮。

⑥张骞一见:张骞出使西域,曾带回石榴等树种。

⑦"陆凯如逢"二句:陆凯,南朝诗人,有诗《赠范晔》:"折梅逢驿使,寄与陇头人。江南无所有,聊赠一枝春。"上面两句,说明黄杨子树之美好。"张骞一见",可移诸宫苑;"陆凯如逢",亦可折枝寄予友朋。

【赏读】

植物与文人的关系,历史上的屈原、陶渊明都是很好的证明,诗以赋比兴而作,以植物为意象或象征,焕发出诗情以言志,是不二的法门。欧阳修也是一个非常突出的例子,他在政绩文章诗赋之外,钟情草木,已经达到了园艺家的水准——不仅仅是移情与言志,发现、记录与实践,将草木作为记叙的主体,这样的态度,在诗人中其实是少见的。南京的陈平平教授,在他的《欧阳文忠公集》中检索有关园艺的篇目,列出来一份清单,我抄录如下:

关于牡丹有:《洛阳牡丹记》《洛阳牡丹图》《谢王尚书惠西京牡丹》《答西京王尚书寄牡丹》《禁中见鞓红牡丹》,关于菊花有:《辨甘菊说》《希直堂东手植菊花十月始开》《西斋手植菊花过节始开书呈圣俞》,关于桃花有:《四月初幽谷见绯桃盛开》《小桃》《和江邻几学士桃花》,关于荷花有:《荷花赋》《荷叶》《答吕大傅赏双莲》《过钱文僖公白莲庄》,桂花有《谢人寄双桂树子》《双桂楼》,杏花有《镇阳残杏》《和梅圣俞杏花》,石榴花有《榴花》《西湖石榴盛开》,梨花有《千叶红梨花》,海棠有《折刑部海棠戏赠圣俞二首》,紫薇有《聚星堂前紫薇花》,金凤花有《金凤花》,木芙蓉有《木芙蓉》,梅花有《和对雪忆梅花》,李花有《和圣俞感李花》，樱桃花有《春日独游上林院后亭见樱桃花开寄希深圣俞》，黄杨有《黄杨树子赋》《颍州西湖种瑞莲黄杨寄吕度支许主客》，桧有《升天桧》，楠木有《至喜堂北轩手植楠木呈元珍表臣》，桐有《桐花》《井桐》，松有《青松赠林子》，槐有《寄生槐》，柳有《柳》《去思堂手植双柳今已成阴因而有感》，冬青有《县舍不种花惟栽楠木冬青茶竹之类因戏书七言六韵》，竹有《戕竹记》《初秋普明寺竹林小饮饯梅圣俞》《绿竹堂独饮》，七叶木有《定力院七叶木》，银杏有《梅圣俞寄银杏》《和圣俞李侯家鸭脚子》，荔枝有《书荔枝谱后》，金橘有《归田录·金橘》，柿有《归田录·大柿》，桃有《读蟠桃诗寄子美》，枣有《寄枣人行书赠子履》，芡实有《初食鸡头有感》，茶树有《龙茶录后序》《跋茶录》《归田录·茶》《尝新茶呈圣俞次韵再作》《双井茶》《送龙茶与许道人》《和梅公仪尝茶》。

如果再加上园林类的文章《醉翁亭记》《丰乐亭记》等，这一份清单列得还会更长。陈平平教授在这一份清单里，即可对北宋园艺业的情况作出大致的推测——如果要选爱草木的文人，欧阳修以上面的文章与诗，一定是很有力的候选人。

热爱草木的人，自然会有发现草木的慧眼，不仅仅是系于美丽夺目的牡丹与海棠，系于抒情言志的莲花与竹，草木之眼还应系于予草木的"泛爱"，这一点六一居士未必能超过清代的吴其濬，但在这一篇《黄杨树子赋并序》中，亦可看出端倪。他由舟中远眺长江，目光便是落在了"郁郁山际，有可爱之色"的黄杨树子上。

李时珍讲："黄杨生诸山野中，人家多栽种之。枝叶攒簇上耸，叶似初生槐芽而青浓，不花不实，四时不凋。其性难长，俗说岁长一寸，遇闰则退。今试之，但闰年不长耳。其木坚腻，作梳剜印最良。"这种被称之为"千年矮"的黄杨属植物，因为很难长得高大粗圆，又质地坚韧难裂，多半用来制作梳子，所以其实起码那些闺中的妇女是了解它的，不至于到"托孤心而谁识"的地步。

有意思的是，在近代随着"盆景"这么一个"植物宠物"行业的兴起，黄杨得以跳出香闺，慢慢得到"君子"们的赏识。"黄杨每岁一寸，不溢分毫，至闰年反缩一寸，是天限之命也"的特点，加上它四季常青，可剪扎加工，已然成为盆景中的珍品。欧阳修讲："张骞一见，须移海上之根；陆凯如逢，堪寄陇头之客。"他自己都不会想到这一句，会成为黄杨的预言吧。

文与可画筼筜①谷偃竹记 苏 轼②

竹之始生,一寸之萌耳,而节叶具焉。自蜩腹蛇蚹③以至于剑拔十寻者,生而有之也。今画者乃节节而为之,叶叶而累之,岂复有竹乎!故画竹必先得成竹于胸中,执笔熟视,乃见其所欲画者,急起从之,振笔直遂,以追其所见,如兔起鹘落,少纵则逝矣。与可之教予如此。予不能然也,而心识其所以然。夫既心识其所以然而不能然者,内外不一,心手不相应,不学之过也。故凡有见于中而操之不熟者,平居自视了然而临事忽焉丧之,岂独竹乎?

子由为《墨竹赋》以遗与可曰:"庖丁,解牛者也,而养生者取之;轮扁,斫轮者也,而读书者与之。今夫夫子之托于斯竹也,而予以为有道者,则非耶?"子由未尝画也,故得其意而已。若予者,岂独得其意,并得其法。

与可画竹,初不自贵重,四方之人持缣素而请者,足相蹑于其门④。与可厌之,投诸地而骂曰:"吾将以为袜材。"士大夫传之,以为口实⑤。及与可自洋州还,而余为徐州。与可以书遗余曰:"近语士大夫,吾墨竹一派,近在彭城,可往求之。袜材当萃于子矣。"书尾复写一诗,其略云:"拟将一段鹅溪绢⑥,扫取寒梢万尺长。"予谓与可,竹长万尺,当用绢二百五十匹,知公倦于笔砚,愿得此绢而已。与可无以答,则曰:"吾言妄矣,世岂有万尺竹哉!"余因而实之,答其诗曰:"世间亦有千寻竹,月落庭空影许长。"与可笑曰："苏子辩矣，然二百五十匹，吾将买田而归老焉。"因以所画筼筜谷偃竹遗予，曰："此竹数尺耳，而有万尺之势。"筼筜谷在洋州，与可尝令予作洋州三十咏，《筼筜谷》其一也。予诗云："汉川修竹贱如蓬，斤斧何曾赦箨龙⑦。料得清贫馋太守，渭滨千亩在胸中。"与可是日与其妻游谷中，烧笋晚食，发函得诗，失笑喷饭满案。

元丰二年正月二十日，与可没于陈州。是岁七月七日，予在湖州曝书画，见此竹废卷而哭失声。昔曹孟德《祭桥公文》，有"车过""腹痛"⑧之语。而予亦载与可畴昔戏笑之言者，以见与可于予亲厚无间如此也。

《苏东坡全集》

【注释】

①筼筜（yún dāng）：竹子。

②苏轼（1037～1101）：北宋文学家、书画家。字子瞻，又字和仲，号东坡居士。眉州眉山（今属四川）人。与父苏洵、弟苏辙合称"三苏"。著有《苏东坡全集》《东坡乐府》等。

③蜩腹蛇蚹（fù）：蝉和蛇的肚皮光洁如玉，这里用来比喻初生的竹笋。

④相蹑于其门：门庭若市。

⑤口实：话柄。

⑥鹅溪绢：鹅溪在四川盐亭县，产好绢，为北宋文人称道。

⑦箨（tuò）龙：竹笋的戏称。

⑧腹痛：《三国志》载曹操行军过旧友桥玄墓，设酒杀鸡以祭，祭文称，如果不祭老友，会腹痛不已。

【赏读】

　　此文是苏轼散文中的名篇,其时元丰二年,四十二岁的东坡在知湖州任上。这个年纪,男人们人到中年,色衰齿摇,常会听到亲厚无间的同年友人离世的消息。所以曹操也好,苏轼也好,他们由"过墓""曝画"的因缘想起旧友的时候,更多的,会是草木摇落、世事无常的悲凉吧,被时间夺去了,除了老友们的音容笑貌、杰出才华,更有他们青春的岁月、学艺的时光!

　　竹子在此文里,成为核心的意象,由蜩腹蛇蚹,到剑拔十寻,由津津箨龙,到飒飒竹园,可以观,可以赏,也可以玩,可以吃,投影到他们的"鹅溪绢"上,进入到他们的诗文之中,化作文人们风流蕴藉的往事。文与可"成竹于胸",他的气度,他的品质,又何尝未内化而成为岁寒三友中的修竹呢?

　　在前面几段里,苏轼一本正经地论竹如何如何,才能够独得其意,庖丁解牛,将竹子画好,接下来笔锋一转,调笑与可画"万尺竹",吃谷中笋,令人忍俊不禁,接下来又回到湖州晒书,悲不自胜,一篇不是祭文的祭文,就这样做成了,亦庄亦谐,悲喜交加,这春笋一般的滋味,加上了腊肉,反复煎熬,生发苏文所特别有的奇香。

　　松、菊、梅、竹,这四位贤良淑德的仁兄,在中国古代的话语里,可能是被象征化最为深入的几种植物。文人将之入文,画家将之入画,像东坡这样诗画双绝的高人,自然是诗画之中,都不会将它们放过。苏轼之后,爱竹的诗画家还有郑板桥。他的几则题画的小品都很有意思。文艺家之外,对一般乡民而言,竹子的好处,多半是因为竹笋的美味与竹子的器用。所以贾思勰说:"中国所生,不过淡、苦二种。"就是据竹笋的好吃与不好吃作出的分类,"二月,食淡竹笋,四月五月,食苦竹笋,蒸煮炰酢,任人所好"。他引《永嘉记》所载，发明了一年四季都有笋子吃的办法："含竹笋，六月生，迄九月，味与箭竹笋相似。凡诸竹笋，十一月掘土取皆得，长八九寸。长泽民家，尽养黄苦竹。永宁南汉，更年上笋，大者一围五六寸。十一月笋，土中已生，但未出，须掘土取；可至明年正月出土讫。五月方过，六月便有含笋。含笋迄七月、八月。九月已有箭竹笋，迄后年四月。竟年常有笋不绝也。"所以竹笋的好处，由小民到贵人，到僧侣，都是知道的。李渔说竹笋："此蔬食中第一品也，肥羊嫩豕，何足比肩。"东坡讲"宁可食无肉，不可居无竹。无肉令人瘦，无竹令人俗"，李渔进而补充说："不知能医俗者，亦能医瘦。"

明代袁氏三兄弟在湖北公安所购园林，也叫"筼筜谷"，袁中道作《筼筜谷记》，可以想见袁氏三兄弟在此竹林里，如同"竹林七贤"一般，吟唱歌咏的情形。小修说"然未有植之几数万个"，"渭滨千亩在胸中"的文与可显然是躺枪了。但"耳常聆其声，目常览其色，鼻常嗅其香，口常食其笋，身常亲其冷翠，意常令其潇远"这耳眼鼻身心意"六贼"的享乐，文兄恐怕是不敢的。这几位兄弟与郑板桥、李渔、文与可一样，都可谓是东坡的"竹友"。

竹笋之外，可吃的还有竹米。竹子数十年开一次花，花白，如同枣花，花落之后，结成竹米，样子像小麦的麦粒，有人讲，竹米是给凤凰吃的，也有人讲，竹子开花结实，是荒年的兆头。《太平广记》中有《竹实》一条："唐天复甲子岁，自陇而西，迄于褒梁之境，数千里内亢阳，民多流散。自冬经春，饥民啖食草木，至有骨肉相食者甚多。是年，忽山中竹无巨细，皆放花结子。饥民采之，舂米而食，珍于粳糯。其子粗，颜色红纤，与今红粳不殊，其味尤更馨香。数州之民，皆挈眷入山，就食之。至于溪山之内，居人如市，人力及者，竞置囷廪而贮之。家有羡粮者不分贫者，又取与荤茹血肉而同食者，呕哕。如其中毒，十死其九。其竹，自此千溪万谷，并皆立枯。十年之后，复产此君。可谓百万圆颅，活之于贞筠之下。"如此可怕的荒年，竹子立下了奇勋，称之为"贞筠"，名副其实，陇西也是大熊猫栖息地，彼年彼月，千溪万谷的竹子枯死，它们也经历了一番艰难时世。

  戴凯之的《竹谱》又讲："大者可刺船，小者可为笛。"据大小又分出桂竹、董竹等，一大一小之间，其实产生出了篾匠这么一个职业，往江南旅行的人，会懂得竹器是如何深入到了普通人的生活。《太平广记》里，另有一则故事《罗浮竹》讲南方竹子的功用："唐贞元中，有盐户犯禁，逃于罗浮山。深入第十三岭（《南越志》云，本只罗山，忽海上有仙浮来相合，是谓罗浮山。有十五岭、二十二峰、九百八十瀑泉。洞穴则山无出其右也。曾有诗曰：四百余崖海上排，根连蓬岛荫天台。百灵若为移中土，嵩华都为一小堆），遇巨竹万千竿，连直岩谷。竹围皆二丈余，有三十九节，二丈许。逃者遂取竹一竿，破以为篾。会赦宥，遂挈以归。有人得一篾，奇之，献于太守李复。乃图而纪之。予尝览《竹谱》曰：'云丘帝竹，一节为船。又何伟哉！'南海以竹为甑者，类见之矣，皆罗浮之竹也。""一节为船"，可谓竹中的恐龙吧！关于竹子的分类与功用，李时珍《本草纲目》里记载详尽，竹子的种类与功用，已经斑斑在目了。至于竹子的药用，读者诸君可继续看《本草纲目》，前面提到的戴凯之的《竹谱》，是能查到的第一部竹类植物学专著，戴凯之是南朝刘宋时人，与陶渊明同时代，他记述了六十余种竹子，言辞典丽，亦可查阅。

后杞菊赋 苏 轼

天随生①自言常食杞菊。及夏五月,枝叶老硬,气味苦涩,犹食不已。因作赋以自广②。始余尝疑之,以为士不遇,穷约可也。至于饥饿嚼啮草木,则过矣。而予仕宦十有九年,家日益贫。衣食之奉,殆不如昔者。及移守胶西③,意且一饱。而斋厨索然,不堪其忧。日与通守刘君廷式循古城废圃求杞菊食之。扪腹而笑。然后知天随生之言可信不谬。作《后杞菊赋》以自嘲,且解之云:

吁嗟!先生,谁使汝坐堂上,称太守!前宾客之造请,后掾属之趋走。朝衙达午,夕坐过酉。曾杯酒之不设,揽草木以诳口。对案颦蹙,举箸噎呕。昔阴将军设麦饭与葱叶,井丹推去而不嗅④。怪先生之眷眷,岂故山之无有?

先生听然而笑曰:"人生一世,如屈伸肘。何者为贫,何者为富?何者为美,何者为陋?或糠覈而瓠肥⑤,或粱肉而墨瘦⑥。何侯方丈⑦,庾郎三九⑧。较丰约于梦寐,卒同归于一朽。吾方以杞为粮,以菊为糗。春食苗,夏食叶,秋食花实而冬食根,庶几乎西河、南阳之寿⑨。"

《苏东坡全集》

【注释】

①天随生:唐陆龟蒙,自号天随子。曾作《杞菊赋》,赋前自

序云:"天随生宅荒,少墙屋,多隙地,著图书所前后,皆树杞菊,春苗恣肥,得以采撷供左右杯案。及夏五月,枝叶老硬,气味苦涩,旦暮犹责儿童拾掇不已。"苏轼因此而作《后杞菊赋》。

②自广:自宽。

③胶西:即密州,治所在今山东省诸城市。

④昔阴将军设麦饭与葱叶,井丹推去而不嗅:阴将军,阴就。《后汉书·列传七十三》:"井丹字大春,扶风郿人也。建武(东汉光武年号)末,沛主(刘)辅等五王居北宫,皆好宾客,更遣请丹,不能致。信阳侯阴就,光烈皇后弟也,以外戚贵盛,乃诡说五王,求钱千万,约能致丹。而别使人要(邀)劫之。丹不得已,既至,就故为设麦饭葱叶之食。丹推去之。曰:'以君侯能供甘旨,故来相过,何其薄乎?'更置盛馔,乃食。"

⑤糠覈(hé)而瓠(hù)肥:《史记·陈丞相世家》:"平为人长美色。人或谓平曰:'贫何食而肥若是?'其嫂嫉平之不视家生产,曰:'亦食糠覈(音核,粗屑也)耳。'"瓠肥,喻胖而壮。《史记·张丞相列传》:"及沛公略地过阳武,苍以客从攻南阳。苍坐法当斩,解衣伏质,身长大,肥白如瓠,时王陵见而怪其美士,乃言沛公,赦勿斩。"

⑥粱肉而墨瘦:粱肉,指精美的餐食;墨瘦,明帝手诏与陈思王曹植曰:"王颜色瘦弱,何意耶?……今者食几许米?又啖肉多少?见王瘦,吾甚惊。宜当节水加餐。"(《太平御览》卷三七八)

⑦何侯方丈:《晋书·何曾传》:"陈国阳夏人。晋武帝践阼,进爵为郎陵公,性奢豪。务在华侈。食日万钱,犹曰无下箸处。"方丈,一丈见方。"食前方丈",是说肴馔布满面前,丰盛已极。语见《墨子》《孟子》。这里省去"食前"二字,以对下句"三九"。

⑧庾郎三九:《南史·庾杲之传》:"杲之字景行,新野人也。解褐奉朝请,稍迁尚书驾部郎。清贫自业。食唯有韭菹、瀹韭、生

韭杂菜。任昉尝戏之曰：'谁谓庾郎贫？食鲑（xié，吴人谓鱼菜总称，见《集韵》）尝有二十七种。'盖戏谐韭为九。三韭（九）为二十七种也。"

⑨西河、南阳之寿：西河，指卜商（字子夏）。孔子弟子，卫人。晚居西河，魏文侯师之。盖年百岁。见（清）梁玉绳《汉书·人寿考》卷三。南阳之寿，《风俗通》曰：南阳郦县有甘谷，谷水甘美。云其山上大有菊。水从山上流下，得其滋液。谷中有三十余家，不复穿井，悉饮此水。上寿百二三十；中百余，下七八十者，名之大夭。又盛弘之《荆州记》亦曰：郦县菊水。太尉胡广，久患风羸，恒汲引此水，后疾遂瘳，年近百岁。（并见《艺文类聚》卷八十一）

【赏读】

其时，苏轼出知密州，刘廷式是通判，两个人，有一点像现在的市委书记与市长。做官做到穷约困顿，斋厨索然，一起跑到古城根下的废园里，去挖枸杞与菊花苗吃，这个现在的书记市长们不会相信，当日宋神宗也不相信。所以后来的"乌台诗案"里，此文是被作为讥讽朝廷减削公使钱太甚的罪证，被列举出来的。

现在，枸杞与菊花苗，也被人们发现出来，不仅仅是入药与赏花，它们作为酒足饭饱，厌鱼厌肉之后，端上高级会所的宴席佐餐的菜，也很受欢迎，口味清苦，其实不是问题。天随生也讲了，三四月间，它们"春苗恣肥"，正好以供左右杯案。

所以其实没必要与宋神宗一样，将这一篇充满着枸杞与菊花淡淡的药香的小文章当真，两位衣冠楚楚的官员，在三月的春风里，在公暇之余，跑到城墙下面挖野菜，回来喝酒谈天，谈到何侯之肥、庾郎之瘦，阴将军的麦饭与井丹兄的推食，本来就是一段妙趣。这种情趣，也是现在宝马香车宴席缠身的官员们很难领会到的吧。

至于菊花，以李时珍的考证，他的结论是："菊春生夏茂，秋花冬实，备受四气，饱经露霜，叶枯不落，花槁不零，味兼甘苦，性禀平和。昔人谓其能除风热，益肝补阴，盖不知其得金水之精英尤多，能益金水二脏也。补水所以制火，益金所以平木，木平则风息，火降则热除，用治诸风头目，其旨深微。黄者入金水阴分；白者，入金水阳分；红者，行妇人血分。皆可入药，神而明之，存乎其人。其苗可蔬，叶可啜，花可饵，根实可药，囊之可枕，酿之可饮，自本至末，罔不有功。宜乎前贤比之君子，神农列之上品，隐士采入酒，骚人餐其落英。费长房言：九日饮菊酒，可以辟不祥。《神仙传》言：康风子、朱孺子皆以服菊花成仙。《荆州记》言：胡广久病风羸，饮菊潭水多寿。菊之贵重如此，是岂群芳可伍哉？钟会《菊有五美赞》云：圆花高悬，准天极也。纯黄不杂，后土色也。早植晚发，君子德也；冒霜吐颖，象贞质也；杯中体轻，神仙食也。《西京杂记》言：采菊花茎叶，杂秫米酿酒，至次年九月始熟，用之。"

可见菊花的苗、叶、花都是可以吃的，东坡讲"庶几乎西河、南阳之寿"，也不是没有根据。李时珍还列出了几个方子："服食甘菊：《玉函方》云：王子乔变白增年方：用甘菊，三月上寅日采苗，名曰玉英；六月上寅日采叶，名曰容成；九月上寅日采花，名曰金精；十二月上寅日采根茎，名曰长生。四味并阴干，百日取等分，以成日合捣千杵为末，每酒服一钱匕。或以蜜丸梧子大。酒服七丸，一日三服。百日，身轻润泽；一年，发白变黑；服之二年，齿落再生；五年，八十岁老翁，变为儿童也。"又能增白，又能养颜长生，开发化妆品的商人，多半可据此研制出"菊花霜"之类。

至于枸杞，一般人都知道是滋补的良品。苏颂在《唐本草》中讲："今处处有之。春生苗，叶如石榴叶而软薄堪食，俗呼为红菜头。其茎干高三五尺，作丛。六月、七月生小红紫花。随便结红实，形微长如枣核。其根名地骨。"陆机《诗疏》中也说:"一名苦杞。春生,作羹茹微苦。其茎似莓。其子秋熟,正赤。茎、叶及子服之,轻身益气。"可是自古至今,枸杞叶都有被采集炒食。

菊花与枸杞都是苦寒、性凉,能消热毒、补精气,其实是蛮适合年轻的太守们服食的,哭穷第一,学道第二,健身第三,钟会的《菊有五美赞》,岂是虚言!后来苏轼发明的"东坡肉",恐怕与之也是般配的。

当然菊花用来吃,只是小道,它的移情与审美,才是王道。史上艺菊专书有四十余种,北宋刘蒙、史正志《菊谱》,南宋范成大《范村菊谱》,明代黄省曾《艺菊书》,陈继儒《种菊法》,清代陆廷灿的《艺菊志》等皆可参看。

芦 苇 沈 括[①]

药中有用芦根及苇子、苇叶者。芦苇之类，凡有十数种多，芦、苇、葭、菼、乱、雈、蒹。葟之类，皆是也。名字错乱，人莫能分。或疑芦似苇而小，则乱非苇也。今人云："葭一名华。"郭璞云："乱似苇，是一物。"按《尔雅》云："菼、乱、苇、芦，盖一物也。"名字虽多，会之则是两种耳。今世俗只有芦与荻两名。按《诗疏》亦将葭、菼等众名判为二物，曰："此物初生为菼，长大为乱，成则名为雈。初生为葭，长大为芦，成则名为苇。"故先儒释乱为雈，释葭为苇。

余今详诸家所释葭、芦、苇，皆芦也；则菼、乱、雈，自当是荻耳。《诗》云："葭菼揭揭。"则葭，芦也；菼，荻也。又曰"雈苇"，则雈，荻也；苇，芦也。连文言之，明非一物。又《诗释文》云："乱，江东人呼之为乌蓲。"今吴中乌蓲草，乃荻属也。则雈、乱为荻明矣。然《召南》："彼茁者葭。"谓之初生可也。《秦风》曰："蒹葭苍苍，白露为霜。"则散文言之，霜降之时亦得谓之葭，不必初生，若对文须分大小之名耳。

荻芽似竹笋，味甘脆，可食；茎脆，可曲如钩，作马鞭节；花嫩时紫，脆则白，如散丝；叶色重，狭长而白脊。一类小者，可为曲薄，其余唯堪供爨[②]耳。芦芽味稍甜，作蔬尤美；茎直；花穗生，如狐尾，褐色；叶阔大而色浅；此堪作障席、筐筥[③]、织壁[④]、绞绳杂用，以其柔韧且直故也。今药中所用芦根、苇子、苇叶,以此证之,芦、苇乃是一物,皆当用芦,无用获理。

《梦溪笔谈》

【注释】

①沈括(1031~1095):字存中,晚年号梦溪丈人,杭州钱塘(今浙江省杭州市)人。北宋科学家,晚年定居润州梦溪园(在今江苏镇江市东),撰《梦溪笔谈》。

②供爨(cuàn):供烧火煮饭。

③筐筥(jǔ):方形为筐,圆形为筥。亦泛指竹器。

④织壁:编织苇壁作房间的隔墙。

【赏读】

与北宋其他勤勉的学问家一样,沈括一生著述的作品,达到了四十余种,其中最有名的就是《梦溪笔谈》(包括《补笔谈》《续笔谈》《梦溪忘怀录》),与其他笔记不同的是,由于他对科技的兴趣,得以将北宋惊人的科技成就记录下来,并发表出精到的见解,沈括因此得到李约瑟的表扬,称他是"中国科技史中最卓越的人物""中国科技史上的坐标"。

《梦溪笔谈》有六七百条,其中与草木相关的,有《笔谈》与《补笔谈》中的《药议》,《梦溪忘怀录》六十余条,多与草木、农学相关。《芦苇》摘自《补笔谈·药议》,辨析芦苇的品种与功用,通达清晰,有宋儒治学撰文的认真、清明与古简。

以苏颂《唐本草》的说法:"今在处有之,生下湿陂泽中。其状都似竹,而叶抱茎生,无枝。花白作穗若茅花。根亦若竹根而节疏。其根取水底味甘辛者。其露出及浮水中者,并不堪用。按郭璞注《尔雅》云:葭,即芦也;苇,即芦之成者……"以李时珍的说法:"芦有数种,其长丈许中空皮薄色白者,葭也,芦也,苇也。短小于苇而中空皮厚色青苍者,葰也、蒹也,荻也。其最短小而中实者蒹也,萑也。皆以初生、已成得名。其身皆如竹,其叶皆长如箬叶,其根入药,性味皆同。"

掉进这"名字错乱,人莫能分"的名字迷宫里,读者一定比苏颂、李时珍、沈括他们还要抓狂。这种现象,其实也说明,对于芦苇这样普遍的水边植物,在时间上,由古至今;在地域上,由南至北;在功用上,由食用到制器到药用;在形状上,由长到短,由粗到细;颜色也有不同,因此,幻化出不同的名目。由此也可看出,沈括的结论"芦、苇乃是一物"是对的,就像"杨柳"一样,在这些词的后面,其实是一个意蕴无穷的小系统。

供爨、作蔬、障席、筐筥、织壁、绞绳,用芦根、苇子、苇叶入药,作马鞭等等无穷的功用之外,芦苇还常常被诗人写到诗里,"蒹葭苍苍,白露为霜"是《诗经》中的名句,当芦苇抽出狐尾一样的花穗,在江边的风露中招摇的时候,秋天也就到了。"谁谓河广,一苇杭之",用一根芦苇来横渡江河,需要多少高明的本领与勇气,这句诗后来也引出了达摩一苇渡江的故事。"浔阳江头夜送客,枫叶荻花秋瑟瑟",白居易用到枫叶与荻花,就写出了浔阳江边迷蒙的秋意。"蒌蒿满地芦芽短,正是河豚欲上时。"这是东坡写春天的诗,我们知道了"芦芽味稍甜,作蔬尤美",与河豚一样,都是初春的美食的时候,就会明白东坡这个老吃货,他写这句诗的时候心中是如何盘算的。

天彭①牡丹谱 陆　游②

牡丹，在中州，洛阳为第一。在蜀，天彭为第一。天彭之花，皆不详其所自出。土人云，曩时，永宁院有僧种花最盛，俗谓之牡丹院。春时，赏花者多集于此。其后，花稍衰，人亦不复至。

崇宁③中，州民宋氏、张氏、蔡氏，宣和④中，石子滩杨氏，皆尝买洛中新花以归。自是，洛花散于人间，花户始盛，皆以接花为业。大家好事者皆竭力以养花。而天彭之花遂冠两川。今惟三井李氏、刘村毋氏、城中苏氏、城西李氏花特盛。又有余力治亭馆，以故最得名。至花户连畛相望，莫得其姓氏也。

天彭三邑皆有花，惟城西沙桥上下，花尤超绝。由沙桥至堋口，崇宁之间亦多佳品。自城东抵蒙阳，则绝少矣。大抵花品种近百种，然著者不过四十，而红花最多，紫花、黄花、白花各不过数品，碧花一二而已。今自状元红至欧碧以类次第之，所未详者，姑列其名于后，以待好事者。

状元红、祥云、绍兴春、胭脂楼、玉腰楼、金腰楼、双头红、富贵红、一尺红、鹿胎红、文公红、政和春、醉西施、迎日红、彩霞、叠罗、胜叠罗、瑞露蝉、乾花、大千叶、小千叶，右二十一品红花；紫绸毯、乾道紫、泼墨紫、葛巾紫、福严紫，右五品紫花；禁苑黄、庆云黄、青心黄、黄气球，右四品黄花；玉楼子、刘师哥、玉覆盂，右三品白花；欧碧，右一品碧花；转枝红、朝霞红、洒金红、瑞云红、寿阳红、探春球、米囊红、福腾红、油红、青丝红、红鹅毛、粉鹅毛、石榴红、洗妆红、蹙金球、间绿楼、银丝楼、六对蝉、洛阳春、海芙蓉、腻玉红、内人娇、朝紫、陈州紫、袁家紫、御衣紫、靸黄、玉抱肚、胜琼、白玉盘、碧水盘、界金楼、楼子红，右三十三品未详。

洛花见纪于欧阳公者，天彭往往有之。此不载，载其著于天彭者。彭人谓花之多叶者，京花，单叶者川花。近岁尤贱川花，卖不复售。花之旧栽曰祖花。其新接头，有一春、两春者，花少而富，至三春则花稍多。及成树，花虽益繁，而花叶减矣。

状元红者，重叶深红花，其色与鞓红、潜绯相类，而天姿富贵。彭人以冠花品，多叶者谓之第一架，叶少而色稍浅者谓之第一架，以其高出众花之上，故名状元红。或曰旧制进士第一人即赐茜袍，此花如其色，故以名之。祥云者，千叶浅红花，妖艳多态，而花叶最多，花户王氏谓此花如朵云状，故谓之祥云。绍兴春者，祥云子花也，色淡亻而花尤富，大者径尺，绍兴⑤中始传。大抵花户多种花子，以观其变，不独祥云耳。燕脂楼者，深浅相间，如燕脂染成，重叠累萼，状如楼观。色浅者出于新繁勾氏，色深者出于花户宋氏。又有一种色稍下，独勾氏花为冠。金腰楼、玉腰楼皆粉红花而起楼子，黄白间之如金玉色，与燕脂楼同类。双头红者并蒂骈萼，色尤鲜明，出于花户宋氏。始秘不传，有谢主簿者，始得其种，今花户往往有之。然养之得地，则岁岁皆双，不尔则间年矣，此花之绝异者也。富贵红者，其花叶圆正而厚，色若新染未干者。他花皆落，独此抱枝而槁，亦花之异者。一尺红者，深红，颇近紫色，花面大几尺⑥，故以一尺名之。鹿胎红者，鹤翎红子花。色红，微带黄，上有白点如鹿胎，极化工之妙。欧阳公花品有鹿胎花者，乃紫花，与此颇异。文公红者，出于西京潞公园，亦花之丽者。其种传蜀中，遂以文公名之。政和春者，浅粉红花，有丝头，政和⑦中始出。醉西施者，粉白花，中间红晕状如酡颜。迎日红者，与醉西施同类，浅红花中特出深红花，开最早而妖丽夺目，故以迎日名之。彩霞者，其色光丽，烂然如霞。叠罗者，中间琐碎，如叠罗纹。胜叠罗者，差大于叠罗。此三品皆以形而名之。瑞露蝉亦粉红花，中抽碧心如合蝉状。乾花者，粉红花，而分蝉旋转，其花亦大。大千叶、小千叶，皆粉红花之杰者。大千叶无碎花，小千叶则花萼琐碎，故以大小别之。此二十一品皆红花之著者也。

紫绣毯一名新紫花，盖魏花之别品也。其花叶圆正如绣球状，亦有起楼者，为天彭紫花之冠。乾道⑧紫，色稍淡而晕红，出未十年。泼墨紫者，新紫花之子花也。单叶深黑如墨。欧公记有叶底紫，近之。葛巾紫，花圆正而富丽，如世人所戴葛巾状。福严紫，亦重叶紫花，其叶少于紫绣球，莫详所以得名。按欧公所记有玉版白，出于福严院。土人云，此花亦自西京来，谓之旧紫花。岂亦出于福严耶？禁苑黄，盖姚黄之别品也。其花闲淡高秀，可亚姚黄。庆云黄，花叶重复，郁然轮囷⑨，以故得名。青心黄者，其花心正青，一本花往往有两品，或正圆如球，或层起成楼子，亦异矣。黄气球者，淡黄檀心，花叶圆正，向背相承，敷腴可爱。玉楼子者，白花，起楼高标，逸韵自然，是风尘外物。刘师哥者，白花带微红，多至数百叶，纤妍可爱，莫知何以得名。玉覆盂者，一名玉炊饼，盖圆头白花也。碧花止一品，名曰欧碧。其花浅碧而开最晚，独出欧氏，故以姓著。大抵洛中旧品，独以姚魏为冠。天彭则红花以状元红为第一，紫花以紫绣球为第一，黄花以禁苑黄为第一，白花以玉楼子为第一。然花户岁益培接，新特间出，将不特此而已。好事者尚屡书之。

天彭号小西京，以其俗好花，有京洛之遗风，大家至千本。花时，自大守而下，往往即花盛处张饮帐幕，车马歌吹相属，最盛于清明寒食时。在寒食前谓之火前花，其开稍久。火后花则易落。最喜阴晴相半时，谓之养花天。栽接剔治，各有其法，谓之弄花。其俗有"弄花一年，看花十日"之语。故大家例惜花，可就观，不敢轻剪，盖剪花则次年花绝少。

惟花户则多植花以牟利。双头红初出时，一本花取直至三十千，祥云初出亦直七八千，今尚两千。州家⑩岁常以花饷诸台及旁郡，蜡蒂筠篮⑪，旁午⑫于道。予客成都六年，岁常得饷，然率不能绝佳。淳熙丁酉岁⑬，成都帅以善价私售于花户，得数百苞，驰骑取之，至成都，露犹未晞。其大径尺，夜宴西楼下，烛焰与花相映发，影摇酒中，繁丽动人。嗟乎！天彭之花，要不可望洛中，而其盛已如此。使异时复两京，王公将相筑园第以相夸尚，予幸得与观焉，其动荡心目，又宜何如也？明年⑭正月十五日，山阴陆游书。

《渭南文集》

【注释】

①天彭：指彭门山，今四川省彭州市西北三十里寿阳山。《方舆胜览》："彭门山双峰如阙，相去四十步，名天彭山，因以名州。"

②陆游（1125~1210）：字务观，号放翁。越州山阴（今浙江绍兴）人。南宋诗人、词人、散文家。高宗时应礼部试，为秦桧所黜。孝宗时赐进士出身。中年入蜀，投身军旅生活，官至宝章阁待制。晚年退居家乡。著作有《剑南诗稿》《渭南文集》《南唐书》《老学庵笔记》等。

③崇宁：宋徽宗赵佶的年号，1102~1106。

④宣和：宋徽宗赵佶的年号，1119~1125。

⑤绍兴：宋高宗赵构的年号，1131~1162。

⑥大几尺：接近一尺。

⑦政和：宋徽宗赵佶的年号，1111~1118。

⑧乾道：宋孝宗赵昚的年号，1165~1173。

⑨轮囷：高大貌。

⑩州家：州官。

⑪蜡蒂筠篮：用蜡封住花枝，放入竹篮中。

⑫旁午：交错之貌。

⑬淳熙丁酉岁：南宋孝宗淳熙四年，1177。

⑭明年：第二年，指淳熙五年，1178。

【赏读】

乾道六年，陆游四十六岁，入蜀，来到抗击金兵的前线。七年后，他至成都西北彭门山游览，有感于"小西京牡丹"之盛，仿照前朝名臣欧阳修写成《天彭牡丹谱》。行文体例，大概也是花品序、花释名、风俗记三块，只是花品部分，他以颜色来区分六十余种牡丹，其实不及欧阳修"或以氏，或以州，或以地，或以色，或旌其所异者而志之"的办法合乎情理。

陆游文章的好处，是文气勃发，情感炽盛，文末写到成都的军旅生活，"夜宴西楼下，烛焰与花相映发，影摇酒中，繁丽动人"，可见他"放翁"的意气。天彭牡丹大抵由洛阳辗转移来，经过一百余年的变迁，姚黄魏紫，斑斑可考，但也发生了很多的变迁，花事一如人事。

陆游虽作牡丹谱，他自己喜欢的花，恐怕还是梅花与海棠。陆游写梅花的诗，有一百六十余首，有名的如："闻道梅花坼晓风，雪堆遍满四山中。何方可化身千亿，一树梅花一放翁。"据信这些梅花诗，都与他的前妻唐婉有关。梅花在他的家乡，海棠却是在蜀中。

乾道九年（1173），四十九岁的陆游在南郑前线的幕中，他亲手用长矛搠死过老虎，也加入过巡边的战斗，正是他一生中最为怀念的"铁马秋风大散关"的时期，军功之外，在往来成都的酒席上，他还结识了一位姓杨的二十出头的歌妓。在一首《丁酉上元》的诗中，他写道："鼓吹连天沸五门，灯山万炬动黄昏。美人与月正同色，客子折梅空断魂。宝马暗尘思辇路，钓船孤火梦江村。古来漫道新知乐，此意何由可共论。"灯火楼台里的明月一样的美人，让戎马生涯里的客人，产生出"新知"之感。悲莫悲兮生别离，乐莫乐兮新相知，人到中年的棒打鸳鸯鸟，终于等到了迟来的抚慰，不再汲汲于"折梅空断魂"。除了写过一批香艳的小词，他还写了一批咏海棠的诗。"倚锦瑟，击玉壶，吴中狂士游成都。成都海棠十万株，繁华盛丽天下无。青丝金络白雪驹，日斜驰遣迎名姝。燕脂褪尽见玉肤，绿鬟半脱娇不梳……""为爱名花抵死狂，只愁风日损红芳。绿章夜奏通明殿，乞借春阴护海棠。"

后一首是咏海棠的名诗，刘辰翁在这首诗边，曾批道："狂得有理。"虽然还不是一树梨花压海棠的时节，中年男人狂放的激情与怜爱的蜜意，已跃然纸上。在陆游几乎是一帆风顺的仕途之中，两次被言官弹劾，可能都与他纳歌妓有关，一是淳熙四年，被批为"燕饮颓放"，他后来自号为放翁，就是据此来的。六十五岁那一年他由朝中罢归，也是被指"所至有污秽之迹"，用陆游的诗来讲，是"连坐频年到风月"。后人评议陆游的诗，一是"俊逸"，一是"敷腴"，一是"天成"。俊逸之中，当有梅影横斜，"敷腴"之味，应如海棠盛丽吧。

我觉得陆游在记叙这些"敷腴可爱"的天彭牡丹的时候，心中未必没有想着灯火楼台之中，他的"只愁风日损红芳"的"海棠花"。

范村梅谱　范成大[①]

梅，天下尤物。无问智贤愚不肖，莫敢有异议。学圃之士，必先种梅，且不厌多。他花有无多少，皆不系重轻。余于石湖[②]玉雪坡，既有梅数百本，比年[③]又于舍南买王氏僦舍[④]七十楹。尽拆除之，治为范村。以其地三分之一与梅。吴下栽梅物盛，其品不一，今始尽得之。随所得为之谱，以遗好事者。

江梅遗核，野生不经栽接者，又名直脚梅，或谓之野梅。凡山间水滨荒寒清绝之趣，皆此本也。花稍小而疏瘦有韵，香最清，实小而硬。

早梅花，胜直脚梅，吴中春晚二月始烂慢，独此品于冬至前已开，故得早名。钱塘湖上亦有一种，开尤早。余尝重阳日亲折之，有"横枝对菊开"之句。符都卖花者争先为奇。冬初所未开枝，置浴室中，薰蒸令折，强名早梅，终琐碎无香。余顷守桂林，立春梅已过，元夕则尝青子，皆非风土之正。杜子美诗云："梅蕊腊前破，梅花年后多。"惟冬春之交，正是花时耳。

官城梅，吴下圃人以直脚梅择他本花肥实美者接之，花遂敷腴，实亦佳，可入煎造。唐人所称官梅，止谓在官府园圃中，非此官城梅也。

消梅，花与江梅官城梅相似，其实圆小松脆，多液无滓。多液则不耐日干，故不入煎造，亦不宜热，惟堪青啖。北梨亦有一种轻松者，名消梨，与此同意。

古梅，会稽最多，四明吴兴亦间有之。其枝樛曲万状，苍藓鳞皴，封满花身。又有苔须垂于枝间，或长数寸，风至绿丝飘飘可玩。初谓古木久历风日致然。详考会稽所产，虽小株亦有苔痕，盖别是一种，非必古木。余尝从会稽移植十本，一年后花虽盛发，苔皆剥落殆尽。其自湖之武康所得者，即不变移。风土不相宜，会稽隔一江，湖苏接壤，故土宜或异同也。凡古梅多苔者，封固花叶之眼，惟镵隙间始能发花。花虽稀而气之所钟，丰腴妙绝。苔剥落者，则花发仍多，与常梅同。去成都二十里，有卧梅，偃蹇十余丈，相传唐物也，谓之梅龙。好事者载酒游之。清江酒家有大梅如数间屋，傍枝四垂，周遭可罗坐数十人。任子严运使买得，作凌风阁临之。因遂进筑大圃，谓之盘园。余生平所见梅之奇古者，惟此两处为冠。随笔记之，附古梅后。

重叶梅，花头甚丰，叶重数层盛开，如小白莲，梅中之奇品。花房独出而结实多双，尤为瑰异。极梅之变化，工无余巧矣。近年方见之。蜀海棠有重叶者，名莲花海棠，为天下第一，可与此梅作对。

绿萼梅，凡梅花跗蒂，皆绛紫色，惟此纯绿，枝梗亦青，特为清高。好事者比之九嶷仙人萼绿华。京师艮岳有萼绿华堂[⑤]，其下专植此本。人间亦不多有，为时所贵重。吴下又有一种，萼亦微绿，四边犹浅绛，亦自难得。

百叶缃梅，亦名黄香梅，亦名千叶香梅。花叶至二十余瓣，心色微黄，花头差小而繁密，别有一种芳香，比常梅尤秾美，不结实。

红梅，粉红色，标格犹是梅而繁密则如杏，香亦类杏。诗人有"北人全未识，浑作杏花看"之句。与江梅同开，红白相映园林，初春绝景也。梅圣俞诗云："认桃无绿叶，辨杏有青枝。"当时以为著题。东坡诗云："诗老不知梅格在，更看绿叶与青枝。"盖谓其不韵为红梅解嘲云。承平时，此花独盛于姑苏。晏元献公始移植西冈圃中。一日贵游，赂园吏得一枝分接，由是都下有二本。尝与客饮花下赋诗云："若更开迟三二月，北人应作杏花看。"客曰："公诗固佳，待北俗何浅也？"晏笑曰："伧父安得不然。"王琪君玉，时守吴郡，闻盗花种事，以诗遗公曰："馆娃宫北发精神，粉瘦琼寒露蕊新。园吏无端偷折去，凤城从此有双身。"当时罕得如此。比年展转移接，殆不可胜数矣。世传吴下红梅诗甚多，惟方子通一篇绝唱，有"紫府与丹来换骨，春风吹酒上凝脂"之句。

鸳鸯梅，多叶红梅也。花轻盈重叶数层，凡双果必并蒂，惟此一蒂而结双梅。亦尤物。

杏梅花，比红梅色微淡，结实甚匾，有斓斑色，全似杏味，不及红梅。

蜡梅，本非梅类，以其与梅同时，香又相近，色酷似蜜脾，故名蜡梅。凡三种，以子种出不经接，花小香淡，其品最下，俗谓之狗蝇。梅经接花疏，虽盛开花常半含，名馨口梅，言似僧磬之口也。最先开，色深黄如紫檀，花密香秾，名檀香梅，此品最佳。蜡梅香极清芳，殆过梅香，初不以形状贵也，故难题咏。山谷简斋但作五言小诗而已。此花多宿叶，结实如垂铃，尖长寸余，又如大桃奴子在其中。

梅以韵胜，以格高，故以横斜疏瘦与老枝怪奇者为贵。其新接稚木，一岁抽嫩枝，直上或三四尺，如酴醾蔷薇辈者，吴下谓之气条，此直宜取实规利，无所谓韵与格矣。又有一种粪壤力胜者，于条上茁短横枝，状如棘针，花密缀之，亦非高品。近世始画墨梅，江西有杨补之者，尤有名。其从仿之者实繁。观杨氏画，大略皆气条耳。虽笔法奇峭，去梅实远。惟廉宣仲⑥所作，差有风致。世鲜有评之者，余故附之谱后。

《香艳丛书》

【注释】

①范成大（1126～1193）：字致能，号石湖居士。平江吴郡（郡治在今江苏吴县）人。南宋诗人。其诗题材广泛，平易浅显，清新妩媚。晚年所作《四时田园杂兴》六十首，描绘了农村景物、风俗人情和农民生活。有《石湖诗集》《石湖词》《桂海虞衡志》《揽辔录》《骖鸾录》《吴船录》《吴郡志》等著作传世。

②石湖：在今江苏省苏州市。范成大晚年在石湖边建造农圃堂、梦渔轩、盟鸥亭、绮川亭、玉雪坡、锦绣坡、此山堂、千岩观、说虎轩等，俗呼"石湖别墅"，在园中种植梅花，常邀杨万里、姜夔、周必大等人游园。淳熙八年（1181）宋孝宗御书"石湖"二字钦赐，范成大自此改号为石湖居士。

③比年：隔年。

④僦（jiù）舍：租屋。

⑤京师艮岳有萼绿华堂：宋徽宗赵佶喜欢梅花，在东京御苑的艮岳，专门设有绿萼华堂以遍植绿萼梅。

⑥廉宣仲：北宋画家廉布，字宣仲，号射泽老农，山阳人，工山水，犹工枯竹木石，画梅有名。《松斋梅谱》卷第十四，《画梅人谱》有载："廉布字宣仲……词翰不凡，善墨梅竹石窠木。昔在云门时，云泉庵僧广勤字行之能诗，宣仲尝作墨梅赠之，勤答以诗云：笔端造化如东君，着物不简亦不繁。宣仲大称之，以为非僧诗也。流落寓越久，故越人多传其墨戏。"

【赏读】

"梅，天下尤物。无问智贤愚不肖，莫敢有异议。学圃之士，必先种梅，且不厌多。他花有无多少，皆不系重轻。"由这劈头的第一句话，就可知道，在田园诗人范成大的心目中，梅花在何位置，林逋的"梅妻鹤子"，也无过如此。

《诗经》之中，已经提到了梅，《召南·摽有梅》："摽有梅，其实七兮。"意思是梅子已经七八分都成熟了，姑娘我也到了谈婚论嫁的年纪。《夏小正》里讲，正月，梅、杏、桃则华，五月，煮梅为豆实。说梅花正月开花，五月可以煮梅子。贾思勰讲："梅花早而白，杏花晚而红，梅实小而酸，杏实大而甜，梅可调鼎，杏则不任用，人或不能辨，言梅杏为一物。"看样子一直有人梅杏不分，就像将人家未嫁的女子与少妇分不清楚，"北人全未识，浑作杏花看"，将白雪红梅认作"红杏枝头春意闹"，这对梅花来讲，当然是一件很屈辱的事情。合起来看，最早的梅树，人们注意的，倒不是它的花清香扑鼻，它的枝干疏影横斜，而是梅子"调鼎"之功。在醋还没有由作坊里作为酒余酿造出来之前，梅子是作为调料，要在厨房里担当大任的，所以郭璞说："梅似杏，实酢。"梅虽然长得像杏，但是它的果子是用来做"醋"的。因此，也有曹操"望梅止渴"一说。

虽然唐代李白已有"黄鹤楼中吹玉笛，江城五月落梅花"，杜甫有"东阁官梅动诗兴，还如何逊在扬州"等诗句，说明梅树已经由醋树的阴影里走出来，梅花被予以审美的功效，但梅花真正成为文化的符号，达到"国花"的地步，还要到宋代——如果让宋人在牡丹与梅花中间投票，选出国花的话，我觉得士大夫们可能会选"梅花"，市民会选"牡丹"，千年以下，大家的选择，多半还是如此吧。

《四库全书总目提要》里讲："自北宋林逋诸人，递相矜重，暗香疏影，半树横枝之句，作者始别立品题。南宋以来，遂以咏梅为诗家一大公案。江湖诗人无论爱梅与否，无不借梅以自重，凡别号及斋馆之名，多带'梅'字，以求附于雅人。"林逋之外，宋徽宗赵佶，也酷爱绿萼梅，他在东京御苑的艮岳，专门设有绿萼华堂以遍植绿萼梅，他自己的传世名画中，就有《腊梅双禽图页》。皇帝与隐士达成的共识，的确不易。之后南北宋的诗人与词人，王安石、梅尧臣、曾几、秦观、黄庭坚、张耒、陈与义、范成大、杨万里、李纲、陈亮、朱熹、刘克庄、文天祥等，几乎人人都有咏梅诗。诗文之外，画梅也成为风气。

其中赵佶《腊梅双禽图页》、林椿《梅竹寒禽图页》、马远《梅石溪凫图》、无款《折枝花卉图》和无款《梅竹双禽图页》是院体梅花的代表。释仲仁（华光和尚）开创墨梅："古来画梅者率皆傅彩写生，自北宋华光僧仲仁始，以墨晕创为别趣。"范成大在文中表扬廉宣仲而批评杨补之，其实杨补之就是墨梅派的。至于廉布，《画鉴》记载："廉布字宣仲，画枯木竹石清致不俗，本学东坡，青出于蓝。自号射泽老人，画松柏亦奇，兼善山水，清润甚佳。杭州龙井寺板壁画《松石古木》二，真得意之笔。"看来，他还是东坡的高足，而且还在丹青方面胜过了东坡。

文与画结合起来，就是梅谱。除范成大的《范村梅谱》之外，宋代有名的梅谱还有释仲仁《华光梅谱》、宋伯仁《梅花喜神谱》、赵孟坚《梅谱》、张镃《梅品》等。

宋以后，与梅花相关的诗文也繁多。我喜欢的两篇，一是冒襄的《影梅庵忆语》，二是全祖望的《梅花岭记》。冒襄回忆他与名妓董小宛九年的痴恋，最难忘怀的，就是在影梅庵中的生涯："余家及园亭，凡有隙地，皆植梅，春来早夜出入，皆烂漫香雪中。姬于含蕊时，先相枝之横斜与几上军持相受，或隔岁便芟剪得宜，至花放恰采入供，即四时草花竹叶，无不经营绝慧，领略殊清，使冷韵幽香，恒霏微于曲房斗室，至秾艳肥红，则非其所赏也。秋来犹耽晚菊，即去秋病中，客贻我'剪桃红'，花繁而厚，叶碧如染，浓条婀娜，枝枝具云罨风斜之态。姬扶病三月，犹半梳洗，见之甚爱，遂留榻右，每晚高烧翠蜡，以白团回六曲围三面，设小座于花间，位置菊影，极其参横妙丽。始以身入，人在菊中，菊与人俱在影中。回视屏上，顾余曰：菊之意态足矣，其如人瘦何？至今思之，淡秀如画。"美人如梅如菊，意态芳华，令人心折。全祖望《梅花岭记》中记史可法扬州督师，兵败不降，大骂而死，遗言"我死，当葬梅花岭上"。百年后，全祖望"登岭上，与客述忠烈遗言，无不泪下如雨"，其时"梅花如雪，芳香不染"，八个字写尽了史忠烈公的英魂。

的确，在我国浩繁的草木之中，再没有哪一种花，能像梅花这样，一方面，能象征女性的娇媚，另一方面，又能象征烈士的英灵，将民族精神中至柔与至刚的两极，连接在一起。

所以宋代的理学家程颢、程颐讲得有理："梅冬至已前发，方一阳未生，然则发生者何也？其荣其枯，此万物一个阴阳升降大节也。然逐枝自有一个荣枯，分限不齐，此各有一乾坤也，各自有个消长，只是个消息，惟其消息，此所以不穷。"

梅花传递的消息，就是"阴阳""枯荣"与"乾坤"，然后得以"曲成万物而不遗"，这倒并不是龚自珍在《病梅馆记》里所称的"病"。

松风阁①记 刘 基②

松风阁在金鸡峰下,活水源上。予今春始至,留再宿,皆值雨,但闻波涛声彻昼夜,未尽阅其妙也。至是,往来止阁上凡十余日,因得备悉其变态。

盖阁后之峰,独高于群峰,而松又在峰顶。仰视,如幢葆③临头上。当日正中时,有风拂其枝,如龙凤翔舞,离褷④蜿蜒,轇轕⑤徘徊;影落檐瓦间,金碧相组绣⑥。观之者,目为之明。有声,如吹埙箎⑦,如过雨,又如水激崖石,或如铁马驰骤,剑槊相磨戛;忽又作草虫鸣切切,乍大乍小,若远若近,莫可名状。听之者,耳为之聪。

予以问上人⑧。上人曰:"不知也。我佛以清净六尘⑨为明心之本。凡耳目之入,皆虚妄耳。"予曰:"然则上人以是而名其阁,何也?"上人笑曰:"偶然耳。"

留阁上又三日,乃归。至正⑩十五年七月二十三日记。

《诚意伯文集》

【注释】

①松风阁:在今浙江省余姚县姜山金鸡峰下。

②刘基(1311~1375):字伯温,青田(今浙江省青田县)人。明代开国功臣,封诚意伯。散文家,有《郁离子》等传世。

③幢:旗帜;葆:伞。

④离褷(shī):松枝如同羽毛初生的样子。

⑤轇轕（jiāo gé）：纵横交错。

⑥组绣：编织成彩色的纹路。

⑦埙（xūn）：乐器，用陶土烧制而成；篪（chí）：乐器，用竹管制成。

⑧上人：此处指建阁的方舟上人。

⑨六尘：佛经上把色、声、香、味、触、法叫作六尘，认为六尘能染污六根：眼、耳、鼻、舌、身、意。

⑩至正：元顺帝年号。至正十五年，即1355年。

【赏读】

  松涛如同龙吟，最是好听。刘基此文，写出了松涛的变化。为此，他好几次上到松风阁，有一次，住下长达十余天，即是为了听闻这天籁的吹送。

  松风的吟唱令人耳聪目明，大概是和尚们命名的本意，文后作者的六尘之问，最是巧妙，这松声，是让六根变得清净的啊，但是方舟上人，却偏要讲再好听的声音也是虚妄，以此来看，此松此阁此天地，都应无名无色才对。上人无以对，只好以"偶然"搪塞过去了。

  写风吹林涛的声音，当然还有欧阳修的《秋声赋》，也抄一段在这里："初淅沥以萧飒，忽奔腾而砰湃；如波涛夜惊，风雨骤至。其触于物也，鏦鏦铮铮，金铁皆鸣；又如赴敌之兵，衔枚疾走，不闻号令，但闻人马之行声。"这一段可与诚意伯的松风比照。

爱梅述 祝允明①

　　梅自含妆②檐畔一点寿阳额后，遂见爱于人间。丽人唐江娘特甚，李家三郎遂赐梅姓③，是人可花；至如罗浮之下，乃复借貌所爱，与赵才子歌弄调笑于横星落月间④，是花又可人。

　　盖万花在人间世，无不可爱者，然都在梅下风。菊最幽，失寒薄；桃最艳，失脂腻；莲最香，失开露。梅幽不减菊而态腴，艳不减桃而格清，香不减莲而体敛。琼柯瑶萼，映照妩媚，与青姬素娥争妍斗姝于绯衰碧朽之外，殆将绝凡卉而上与清虚府仙树者京。是宜婵娟佳丽，合肺契腑，忘形而神交也。

　　然自唐妃、宋主⑤之后，尘语土目⑥，不知梅久矣。今某仙标国色，为花林锦阵冠，自以爱梅称，倩其所来从白予："君与梅尝撷芳偎馨，知其臭⑦味，愿文之。"

　　呜呼噫嘻！予因其号而玩⑧其人，岂寿阳之后身乎？一乎二乎？予皆不得知也。虽然，以人视梅，其态、其格、其姿色、其香味，盖莫知甲乙⑨。至于多情解语，委附结交，则其妙又在六花、南北枝之上⑩，予终谓人之为焉耳。呜呼噫嘻！匪梅则爱，梅将乞爱。

《祝氏集略》

【注释】

　　①祝允明（1460～1526）：字希哲，号枝山，又号枝指生，长

洲（今江苏省苏州市）人。明代散文家、书法家，有《祝氏集略》。

②含妆：当作"含章"，殿名。《初学记》："宋武帝女寿阳公主，人日卧于含章殿檐下，梅花落额上，成五出之花，拂之不去。皇后留之，自后有梅花妆。"

③唐江娘：唐玄宗的妃子，姓江，名采苹，福建莆田人。开元初，被选入宫，侍明皇，大见宠幸，所居悉植梅花，明皇戏名之为梅妃。后杨贵妃入侍，乃失宠，迁上阳宫，作《楼东赋》，有"信飘落之梅花，隔长门而不见"之句。李家三郎：唐玄宗为睿宗第三子，人称李三郎。

④罗浮：罗浮山，在广东省。赵才子：隋开皇中，赵师雄迁罗浮，日暮于松林酒肆旁，见一美人，淡妆素服出迎，与语，芳香袭人，与饮酒家，醉寝。起视乃在大梅树下，上有翠羽啾嘈相顾，见《成城录》。

⑤唐妃：指江娘；宋主：指寿阳公主。

⑥尘语土目：形容一般俗人，言语眼光卑俗。

⑦臭：气味。《易经·系辞上》："其臭如兰。"

⑧玩：品味。

⑨莫知甲乙：难分高下。

⑩六花：指雪花，此处喻梅花；南北枝：亦指梅花。《白孔六帖·梅南枝》："大庾岭上梅，南枝落，北枝开，寒暖之候异也。"

【赏读】

爱梅，美姬之名。此文是江南四大才子之一的祝大才子写给一位美女的。所以寿阳公主、唐江娘、赵才子的故事，都颇有隐喻。"梅幽不减菊而态腴，艳不减桃而格清，香不减莲而体敛。琼柯瑶萼，映照妩媚，与青姬素娥争妍斗姝于绯衷碧朽之外，殆将绝凡卉而上与清虚府仙树者京。"这一段表扬爱梅看到，会心花怒放吧。惜乎江采苹的故事，寓意着遗弃，赵才子梅岭的春梦，也是来去无痕，不知祝允明与爱梅的离合，有无落进这一段俗套。

题青藤道士七十小像　徐　渭[1]

吾年十岁植青藤，吾今稀年花甲藤。
写图寿藤寿吾寿，他年吾古不朽藤。

正德辛卯年十岁，手植青藤一本于天池之旁，迄今万历庚寅[2]，吾年政七十矣，此藤亦六十年之物。流光荏苒，两鬓如霜，是藤大若虬松[3]，绿荫如盖。今治此图，寿藤亦寿吾也。田水月又题。

《徐渭集》

【注释】

①徐渭（1521～1593）：字文长，号天池山人、青藤道士、田水月等，山阴（今浙江省绍兴市）人。明代戏曲家、书法家、画家、散文家、诗人，著有《徐渭集》《南词叙录》等。

②万历庚寅：即1590年。

③虬松：弯曲如虬龙的松树。

【赏读】

徐文长十岁的时候，手植的这棵青藤，与他的人生有莫大的关系，以至于后人提起他，徐文长、徐渭，都不及徐青藤有名。天池在他幼年读书的书屋之旁，十尺见方，下通地泉，莹莹如镜，徐渭的一生，除了入胡宗宪幕，多半就是在彼池彼藤下度过的。人生七十古来稀，而六十年的藤蔓却虬结如松、绿荫如盖，生气勃勃，所以青藤老人讲，他年我作古了，但藤会不朽。就像归有光写的亭亭如盖的枇杷树,文人多感,移情于草木,以至于斯。

这一年,他还写过另外一篇《青藤书屋八景图记》,将书屋题为"漱藤阿",将天池题为"天汉分源",将池北的小平桥题为"砥柱中流",将书楼题为"浑如舟",又有"自在岩""柿叶居""樱桃馆""酬字堂"数处。这时候,他已经经过了自残、发疯、因杀妻而入狱等人生的曲折,回到童年读书的所在。桥上的石柱上,写的对联是:"一池金玉如如化,满眼青黄色色青。"一派经过了人生的狂喜与苦难之后的宁静。

藤本种类凡凡,常见的有南藤、清风藤、紫藤、常春藤、鸡血藤等,清风藤又称青藤,但我怀疑,徐渭手植的这一本青藤可能是薜荔。薜荔与鸡血藤都攀援数十年,四时不凋,能长到如同"虬松",但鸡血藤多生长在更南方的两广地区。

山中嘉树记 姚希孟①

山以树为衣。山无树,犹丽姝不得罗襦绣带,而骄语綦缟②,能发其惊鸿游龙之态否耶?洞庭固嘉树薮也。花有二时,为梅为梨。梅之盛,未知较光福、邓尉间何如,但见老干苞香,纠错诸坞中,后堡、涵村为最。往往团而续,不若光福亘而联,疑光福差雄也。所传角头梨花,则天下无双矣。又闻黄家堡有一老桂云。甪庵四季山茶,传为甪里先生③手植,吾何所取质哉!果熟为橙橘,果娱口,非用悦目。乃谈闽南鲜荔枝者,不独涎流,双睫亦淫淫不自持矣。橙橘凛高秋之气,肃然严冷,然深黄浅绛,遥映绿丛。如礼法大家未尝不浓妆靓饰,而举止矜重,隐身自蔽。清霜既醉,色韵成酣,间以银杏之苍姿,枫林之袨色,遂使明沙净渚,别开画图,远岫孤峰,转增缛绣。此秋山一时之美,独擅于洞庭,余所为选时而践也。

长松落落,远者一二百年,近亦不下数十年,寅朝曦,攀夕照,邀清晖于明月,漱爽籁之清风。即水远不闻湍濑,僧懒不习鼓钟,而树杪生涛,山空响梵④,划然而豹虎啸,愕然而蛟螭吟,此皆松之余韵也。松莫盛于天王,莫古于花山。若包山水月,则晋楚、齐秦之匹。惜未见罗汉、法喜诸松耳。松之为龙攫者二:一在徐文敏祖墓,由趾贯其巅,伤痕加剥,树夭矫自若;一在上方坞,欹卧桥上,若臃肿支离态,而须戟怒张。夫松,固木中龙类也。故松脂入地为琥珀,龙血亦为琥珀。何同偶相轧,岂亦恶其似龙者耶？为雷劈者一，则松台孤松也。雷火削去一枝，当是助乖龙为虐，而老干未戕，马远⑤笔意故在。柏则花山寺前侧柏两株，高仅三尺，枝偃叶掩，有璎珞庄严之相。天王寺古本一株，百余年物矣。枝枝向佛，若合十皈依者。玄奘归而松枝转，孰谓无情不说法也？爱告主林神，当为摩顶授记。而余谱佳树，多取喻美人，故当以禅衲终。

刘大杰《明人小品选》

【注释】

①姚希孟（1579～1636）：字孟长，江苏吴县（今江苏省苏州市）人，万历进士，散文家，作品有《文远集》《循沧集》等。

②綦缟（qí gǎo）：綦巾缟衣，衣服朴素。《诗经·郑风·出其东门》："缟衣綦巾，聊乐我员。"

③甪（lù）里先生：西汉初年隐士，"商山四皓"之一。

④响梵：寺庙里传来的钟鼓声。

⑤马远：南宋画家，因画图多谋边角，人称为"马一角"。

【赏读】

文中的洞庭，指的是太湖，所叙的地名，也多半是作者的家乡吴县东山西山附近的水滨低山。在家乡的群山里散步，将留神属意的嘉树一一记叙出来，好像讲给远方的朋友听，也好像讲给这些树木听，心境之闲适与温厚，特别地有意思。

故乡的树，在风土人情之中成长，经历岁月，已经深深地与故乡交融为一体，就像文中提到的松脂、龙血，入地而为琥珀，这一份草木的情怀，也有琥珀一般的光芒与质感吧。至于春花之盛、秋山之美，橙橘似靓妆自持的妇人，松柏如须戟怒张的蛟螭，这些比喻都特别有神采，归诸马远与玄奘，说明草木之性，不仅是香草美人，如诗如画，也近乎于禅。反过来看，这些树，又未尝不是散步者的心相投射，这一位山水树木间的老者，也已度过了伴美人、做名士、习佛禅的大半生，他的气象，也是如秋山，如龙吟，如梵呗吧。

楮亭记 袁中道①

　　金粟园后,有莲池二十余亩,临水有园,楮树②丛生焉。予欲置一亭纳凉,或劝予:"此不材木也,宜伐之,而种松柏。"予曰:"松柏成阴最迟,予安能待。"或曰:"种桃李。"予曰:"桃李成阴,亦须四五年,道人之迹如游云。安可枳③之一处?予期目前可作庇阴者耳。楮虽不材,不同商丘之木,嗅之狂醒三日不已者④,盖亦界于材与不材之间者也。以为材,则不中梁栋枅栌⑤之用;以为不材,则皮可为纸,子可为药,可以染绘,可以颒⑥面,其用亦甚夥。昔子瞻作《宥老楮诗》⑦,盖亦有取于此。"

　　今年夏,酷暑,前堂如炙,至此地则水风泠泠袭人,而楮叶皆如掌大,其阴甚浓,遮樾⑧一台。植竹为亭,盖以箬,即曦色不至,并可避雨。日西,骄阳隐蔽层林,啼鸟沸叶中,沉沉有若深山。数日以来,此树遂如饮食衣服,不可暂废,深有当⑨于予心。自念设有他树,犹当改植此,而况已森森如是,岂惟宥⑩之哉?且将九锡⑪之矣,遂取之以名吾亭。

《珂雪斋近集》

【注释】

　　①袁中道(1570~1626):字小修,湖北公安(今湖北省公安县)人。万历进士。明末散文家,与兄宗道、宏道并称"三袁",

为公安派代表作家之一,有《珂雪斋近集》等。

②楮(chǔ)树:落叶乔木。叶似桑,皮可制纸。

③枳:可作篱笆,此处取其守护之意。

④商丘之木:《庄子·人间世》:"南伯子綦游乎商之丘,见大木焉,有异……嗅之,则使人狂醒三日而不已。"醒:醉酒。

⑤枅(jī):房柱上的方木;栌:大柱柱头承托栋梁的方木。

⑥颒(huì):洗脸。

⑦子瞻:苏轼,其《宥老楮诗》说楮树用处"略数得五六"。

⑧樾(yuè):树荫,意为遮阴。

⑨当:适合。

⑩宥(yòu):通"侑",酬答。

⑪九锡:古代帝王尊礼大臣所赐的九种器物曰之九锡,意为最高的奖赏。

【赏读】

公安三袁,小袁文风清丽,如森森盆景。此文记他在金粟园后筑亭时的波折,有人讲亭外用种松柏以明志,种桃李以增景,都被他回绝了,他将从前亭边的灌木楮树保留下来,略加修整,即成"啼鸟沸叶中,沉沉有若深山"的避暑佳处。植树之道,的确在因地制宜,在与自然取和。

筑亭避暑,还带来了思考的乐趣。庄子材与不材的主题重新显现,小修同学又想起了亲爱的子瞻。苏轼《宥老楮诗》的全文是:"我墙东北隅,张王维老谷。树先樗栎大,叶等桑柘沃。流膏马乳涨,堕子杨梅熟。胡为寻丈地,养此不材木。蹶之得舆薪,规以种松菊。静言求其用,略数得五六。肤为蔡侯纸,子入桐君录。黄缯练成素,黝面颒作玉。灌洒丞生菌,腐余光吐烛。虽无傲霜节,幸免狂醒毒。孤根信微陋,生理有倚伏。投斧为赋诗,德怨聊相赎。"

东坡念及诸般好处，才投下手中的斧头。细读这首诗，可以断定小修这篇《楮亭记》颇受此诗影响，不过是借用典故而已。不过是小修以楮为友，向前更走了一步，一方面怜惜物性，另外一方面，是珍重楮阴，境界由东坡的"德怨聊相赎"升级到了"加九赐"。

　　实际上，楮树乡下常见，常被称为"构树"，树干中有白汁如乳，就是苏轼诗"流膏马乳涨"的意见，三月开花，六七月结实，有一点像杨梅，落在地上猩红如血。树皮可以制衣，也可以造纸。楮树腐烂后，也可以生长蘑菇。楮实可以入药，葛洪在《抱朴子》中讲："楮木实赤者服之，老者成少，令人彻视鬼神。"除了药用之外，李时珍讲，楮树干中取出的白汁，其实是很好的黏合剂："构汁最粘，今人用粘金薄，古法粘经书，以楮树汁和白及、飞面调糊，接纸永不脱解，过于胶漆。"

　　我记得，在我老家，墙头地角，也常见构树，段成式讲"谷田久废必生构"，我倒是觉得，大概是因为杨梅一般的"楮实"虽然不太对人的口味，却是鸟雀乐见的，鸟雀吃下楮实后，会将它排泄到不同的地方，或是水旁，或是田地，令它们郁郁丛生。乡下人倒并不晓得这种常见的树，有以上这么多好处，其实就是"楮胶"一节，也是非常有用的啊，乡下的女人粘鞋底，孩子们糊年画与春联，都是用米面作糊，其实完全可以去向墙角的楮树借一点"乳汁"试试的。

荷蓧言序　高攀龙[①]

华无技家有广庭，庭中双桂对峙，屹如两山。枝下虬拂地，树中各可布席坐数十客，叶密护之如幄。花发时耸色夺目，浓香沁骨。乍见而骇，不谓天壤间有此奇，盖世而无俪矣。不佞[②]非以事夺，无年不作赏花人。一日酒中无技出《荷蓧言》示不佞。旨[③]哉无技，家太湖滨，青山白水，浸灌久矣，味深矣，宜其能言丈人[④]意中事。言之不足，而三言之、四言之，味愈隽也。第无技即有高韵，一丘一壑，不佞尝以自与而不与无技。无技与不佞生同岁，其受气十倍不佞，当用于世，未可以丘壑与。又其人有肝胆，能当天下事，未忍以丘壑与。然无技阅世多，知世味如此，而无涯之乐现前，有尽之年迫后。坐双桂间，香一炉，茗一杯，酒一樽，书一卷。出门而云烟帆鸟变态于七十二峰，皆吾几席上物，世味岂更有旨于是者！宜其有荷蓧之心哉。

刘大杰《明人小品选》

【注释】

①高攀龙（1562～1626）：字存之，江苏无锡人，万历进士。有《周易易简》《高子遗书》等作。

②不佞：自称。

③旨：滋味美。

④丈人：此处指荷蓧丈人。《论语·微子》："子路从而后，遇丈人，以杖荷蓧。子路问曰：'子见夫子乎？'丈人曰：'四体不勤，

五谷不分，孰为夫子？'植其杖而芸。"

【赏读】

华无技读到高攀龙写的这则序，会稍稍有一些苦笑吧。人生在世，是走孔子"知其不可为而为之"的路，还是做"植其杖而芸"的荷蓧丈人？是在青山白水的太湖滨闲看"云烟帆鸟变态于七十二峰"，还是用于世，以肝胆当天下事？与华无技的道路不同，高攀龙先是与顾宪成讲学东林书院，后以左都御史抗命魏忠贤，沉水而亡，他走的，是积极用世的路。

但在太湖之畔，长在华无技庭中的两棵桂花树，实在太美，桂树下优游宴乐的生涯也太美！明代散文家里，写到桂树的不少，袁小修的《金粟园记》，记他听从中郎的劝告，卜居园地，"前有桂一株，虬龙矫矫，上干云霄，每开，香闻数里"。这一株木樨（桂树别称）是林园里的翘楚，他也因之将林园名之为"金粟园"。张岱的《朱文懿家桂》，写到桂树也是"干大如斗，樾阴亩许，下可坐三四十席"，但主人将之弃置篱落间，不但自己不去看顾，也不许别人入园观看这一棵奇树，听之自生自灭。张岱又讲桂树是覆墓木，这个已经是出于他对曾在朝"庸谨守位"的朱文懿的微讽了。

所以同样的桂树，写出来，有隐逸，有兄弟敦伦的亲情，也有北邙死亡的暗影，无论如何，这都说明，这一种南方移来的"耸色夺目、浓香沁骨"的树，彼时已遍植江南了。

纪　兰　金俊明①

己卯仲春②二十二日，文吾、孟式诸君，偕余有石湖之泛。以二小舟载客，时仲遵独未至，留一舟尤小者以候。余辈先发，行未几，忽闻隔窗角拇声③甚锐，则仲遵舟也，私怪之。到横塘稍泊，并起登岸，遥望仲遵舟中，觉有异，急趋入侦之。他无有，几上惟兰一盆，茗器数事而已，而兰则奇品。

余抚几叫绝，笑而叹曰："宜诸君之悦畅一至是哉！"余岁见兰多矣，不过曰香曰盛云尔，未有一见使人心折，几欲下拜如此花者。短叶疏花，花出叶外，茎白如玉，亭亭自贵。又二花，出土才寸许，其色更白，幽意自赏。余对之不能去，辄就小舟与俱，孟式、得玄同之。且饮且玩，及归到岸，犹未忍起，孟式乃命童子送致馆中。

余顾来游兄弟曰："声气感召，理有固然。物之不可碌碌，类若此矣。嗟呼，一花且然，而况于人乎！此余所以对之而叹，彷徨远想而不能已者也。"书示仲遵，以谂④同好，且以庆此花之遇焉。

泛石湖之明日，令和过余馆，矜示以昨所携兰。则令和先以赏叹久矣。乃跃起曰："季贞斋头新致一本尤异，盍往观之？"便造其斋，则见一盆中有三种色，一黄一白一绿。其白与昨正等，黄固殊态，而绿亦非常。容皆挺秀文举，风神奕奕。余于是益喟然而叹也。士伸于知己，草木亦宜然哉！昔贤负奇自好，每谓不遇长者之目，令人恨深。今若斯兰，则可以不憾矣。物聚于所好，好之至，则求之力，求之益力，则出群绝世之姿竞至，咸愿表见，以副品题。向非令和劝动之于前，仲遵昆季搜索之于后，安得遂出奇无穷至于绝盛寡伦有如此也。季贞于是烹茗相慰，论赞久之，命余记其事，时崇祯己卯二月二十有三日。

余既得异兰，宝爱珍至。季贞又为余致媚焉：藉以瓷鼓，架以朱棨⑤，益增其荣。余惊喜不自定，大约如李靖初得红拂时。而令和则不能忘情也，一日而来观者三四。

忽简我⑥曰："若不以归我者，当以颈血溅花，效昔日米颠故事⑦。颈血溅花，则五指何有？又谁为孝章⑧所图记者？孝章其急援我，急援我！"余阅之，交战于中，愕不能决。盖令和特工印章，远驾秦汉。余方属为二印，需之切，惧以此持我。顾令和善病，度未能捉笔。乃漫应曰："且无轻生，若果趣为我印者，当即以相让，无烦颈血溅花为也。"

令和得报，即时鼓勇为之。石艰涩不易莹琢，乃矻矻作劳者竟日。为余篆其下，文其上。明日午饭罢，奔捧而至。足才及户，大呼曰："吾生矣！"气盛色厉，直指兰，命童子带将去，余又愕不能禁也。然而出所捧印示余，果绝浑古可爱。初为聊谑耳，乃竟得之。兰则去矣，惘惘者久之，亦如元章佳石被夺。且不敢辄过令和斋，恐见此兰，兰将笑我不如石季伦也。

兰既去，室遂无兰。令和既快得兰，乃移案头瓶兰供余。此兰一茎二花，作合欢状。胯似水仙三四萼，娟秀特甚。又天竹子一株，赤簇簇如珊瑚。布置出令和手，大都皆入画格。余于灯下看其影，画思益源源不能禁，惜无妙笔。东坡所云道而不艺⑨者耶？事小而韵，亦兰闰⑩也。虽不得画，姑并记之。

刘大杰《明人小品选》

【注释】

①金俊明（1602～1675）：字孝章，号耿庵，又号不寐道人，吴县（今属江苏省苏州市）人。明诸生。少随父官宁夏，往来燕赵间，以任侠自喜。著有《春草间堂集》《推量稿》《阐幽录》《康济谱》等。

②己卯仲春：崇祯十二年（1639）春二月。

③角拇声：打响指的声音。

④谂（shěn）：令人知晓。

⑤朱檠（qíng）：漆成红色的台架。

⑥简我：给我写书简。

⑦米颠故事：北宋米芾为得到晋王衍的真迹，曾以投水自杀要挟，终得如愿。

⑧孝章：乃作者的表字。

⑨道而不艺：苏轼《书李伯时山庄图后》："有道而不艺，则物虽形于心，不形于手。"

⑩闰：时运不济，指此兰遭逢曲折。

【赏读】

畅快淋漓的文章，读来令人心怡，明末士子的狂狷与可爱，也跃然于纸上。所谓仲遵不如孝章，孝章又不如令和也。令和兄一日来观奇兰三四次，犹有不足，以颈血相溅来逼迫，虽为雅谑，也见性情。总算他有制印的绝技，搔到了孝章另外一个痒处，终得偿所愿，抱得美人归。

文中出现的三种兰花，大概都是春兰中的异种，特别是季贞斋中的三色兰，花开黄白绿三色，卓异。但兰花讲究的是花色纯正，所以反不如令和与孝章所争持的"白兰"：短叶疏花，花出叶外，茎白如玉，亭亭自贵。又二花，出土才寸许，其色更白，幽意自赏。由他的形容来看，有一点像矮种春兰的样子。

草 桥① 刘 侗 于奕正②

右安门外，南十里草桥，方十里，皆泉也。会桥下，伏流十里，道玉河以出，四十里达于潞。故李唐万福寺，寺废而桥存，泉不减而荇荷盛。天启间，建碧霞元君庙其北。当四月，游人集，醵且博③，旬日乃罢。

土以泉故宜花，居人遂花为业。都人卖花担，每辰千百，散入都门。入春而梅，而山茶，而水仙，而探春。中春而桃李，而海棠，而丁香。春老而牡丹，而芍药，而李枝。入夏，榴花外，皆草花。花备五色者蜀葵，莺粟，凤仙；三色者鸡冠；二色者玉簪；一色者十姊妹，乌斯菊，望江南。秋花，耐秋花者红白蓼，不耐秋者木槿，金钱。耐秋不耐霜日者，秋海棠。木樨，南种也，最少，菊，北种也，最繁。种菊之法，自春徂夏，辛苦过农事。菊善病，菊虎④类多于螟螣贼蟊，圃人废晨昏者半岁，而终岁衣食焉。凡花，无根茎花叶俱香才，夏荼秋菊也。凡花，历三时者，长春也，紫薇也，夹竹桃也。香历花开谢者，玫瑰也。非花而花之者，无花果也。

草桥惟冬花，支尽三季之种，坏土窖藏之，蕴火坑烜⑤之。十月中旬，牡丹已进御矣。元旦，进椿芽黄瓜，所费一花几半万钱，一芽一瓜几半千钱，其法自汉已有之。汉世大官园，冬种葱韭菜茹，覆以屋庑，昼夜燃蕴火，菜得温气皆生。召信臣为少府，谓物不时，不宜供奉，奏罢之。盖水腹坚⑥，生气蛰，蛰者伏其毒，贾火气以怒之，木挟骄而生，不受风雨，非膳食所宜齐。今紫姹红妖，目交鼻取，其中人精微，于滋味正等矣。草桥去丰台十里，中多亭馆，亭多于水频圃中，而元廉希宪之万柳堂，赵参谋之鲍瓜亭，栗院使之玩芳亭，要在弥望间，无址无基，莫名其处。

《帝京景物略》

【注释】

①草桥：位于今北京市丰台区，东邻角儿堡，西近玉泉营，北靠西三环西路，南邻赵家店。远在唐代已有桥名，明代附近成村，村以桥名。草桥种植鲜花、蔬菜历史悠久，是颇负盛名的北京花乡。

②刘侗（约1593～1636）：字同人，号格庵。湖广麻城（今湖北省麻城市）人。明代散文家。于奕正：生卒不详，嘉靖年间宛平县（今北京）人，字司直，散文家，与刘侗合撰《帝京景物略》。

③醵（jù）且博：会饮与赌博。

④菊虎：学名天牛，别名蛀食虫等。鞘翅目菊虎科，化生需经卵、幼虫、蛹及成虫四个阶段。

⑤烜（xuǎn）：晒干。

⑥水腹坚：指隆冬冰封。

【赏读】

《帝京景物略》大概是外地来的京官，穷而闲，然后勘山查水写出来的书，最爱北京的，就是这样的人啊。袁中郎他们的北京游记，也可作如是观，这是《醒世姻缘传》里进京的狄希陈们所做的风雅事。

燕地寒，特别是冬天，冰雪塞满天地。而元、明、清的盛世，又需要百花前来装点，所以草桥除了各地花市的交易功能之外，其特色在种反季节的花与反季节的菜——如何满足武则天们的口腹与审美的愿望。十月中旬得以进献的牡丹，则天娘娘知道后，也会气闷很久吧。

作者借汉代召信臣的话，有委婉的腹诽，这些话，到今天也是有用的，想一想温室与大棚满郊区的今天，大家不满菜农的唯利是图，其实根子还在一般人无法停下的口腹耳目之欲上。

海　棠　李渔①

"海棠有色而无香",此《春秋》责备贤者之法。否则无香者众,胡尽恕之,而独于海棠是咎?然吾又谓海棠不尽无香,香有隐跃之间,又不幸而为色掩,如人生有二技,一技稍粗,则为精者所隐;一术太长,则六艺皆通,悉为人所不道。王羲之善书,吴道子善画,此二人者,岂仅工书善画者哉!苏长公②不善棋酒,岂遂一子不拈,一卮不设者哉?诗文过高,棋酒不足称耳。

吾欲证前人有色无香之说,执海棠之初放者嗅之,另有一种清芬,利于缓咀③,而不宜于猛嗅。使尽无香,则蜂蝶过门不入矣,何以郑谷咏海棠诗云:"朝醉暮吟看不足,羡他蝴蝶宿深枝。"有香无香,当以蝶之去留为证。且香之与臭,敌国也。花谱云:海棠无香而畏臭,不宜灌粪。去此者必即彼。若是,则海棠无香之说,亦可备证于前,而稍白于后矣。噫,大音希声,大羹不和。奚必如兰如麝,扑鼻薰人,而后谓之有香气乎?

王禹偁《诗话》云:杜子美避地蜀中,未尝有一诗及海棠,以其生母名海棠也。生母名海棠,予空疏未得其考。然恐子美即善吟,亦不能物物咏到。一诗偶遗,即使后人议及父母。甚矣!才子之难为也。

鼎革以前,吾乡杜姓者,其家海棠绝胜,予岁岁纵览,未尝或遗。尝赠以诗云:"此花不比别花来,题破东君着意培。不怪少陵无赠句,多情偏向杜家开。"似可为少陵解嘲。

秋海棠一种,较春花更媚。春花肖美人,秋花更肖美人;春花肖美人之已嫁者,秋花肖美人之待年④者;春花肖美人之绰约可爱者,秋花肖美人之纤弱可怜者。处子之可怜,少妇之可爱,二者不可得兼,必将娶怜而割爱矣。相传秋海棠初无是花,因女子怀人不至,涕泣洒地,遂生此花。名为断肠花。噫,同一泪也,洒之林中,即成斑竹;洒之地上,即生海棠。泪之为物神矣哉!

春海棠颜色极佳,凡有园亭者不可不备,然贫士之家不能必有,当以秋海棠补之。此花便于贫士者有二:移根即是,不须钱买,一也;为地不多,墙间壁上,皆可植之。性复喜阴,秋海棠所取之地,皆群花所弃之地也。

《闲情偶寄》

【注释】

①李渔(1611~1680):字谪凡,号笠翁,浙江兰溪(今浙江省金华市)人,明末清初戏剧家、文学家,作品有《无声戏》《闲情偶寄》等。

②苏长公:即苏轼,因其为苏洵长子,苏辙之兄,故名。

③缓咀:慢慢品味。

④待年:女子年长未嫁待聘。

【赏读】

李渔力辩海棠无香的说法,令人解颐。事实上,张爱玲也有这样的说法，她说人生有三恨："一恨海棠无香，二恨鲥鱼有刺，三恨《红楼梦》未完。"将之提到与《红楼梦》未完一起恨的地步，其实可证爱海棠之深，世界上哪来的无缘无故的恨呢？你看杜甫住在海棠之海的成都，没有写海棠诗，都成了一桩诗坛的公案，王禹偁之前，郑谷也抱怨过："浣花溪上空惆怅，子美无情为发扬。"——与梅花一样，写诗而不咏海棠，会枉负诗人的名头？不过，诗人咏海棠的诗众多，我在宋代陈思的《海棠谱》中抄一点海棠诗过来：

宋太宗："偏宜雨后看颜色，几处金杯为尔斟。"说的是海棠着雨的妖艳。宋真宗："霏霏含宿雾，灼灼艳朝阳"，"翠萼凌晨绽，清香逐处飘"。真宗皇帝也认为海棠是有淡淡的香味的，可能要起早才闻得到。之前唐人薛能也有诗："四海应无蜀海棠，一时开处一城香。"郑谷："浓丽最宜新着雨，娇娆全在欲开时"，"一枝低带流莺睡，数片狂和舞蝶飞"。晏殊："积润涵仙露，浓英夺海绡。"这是和前面真宗诗中的一句，大概当年宋真宗也起过"海棠社"。程琳："浣花溪上年年意，露湿烟霞拂客衣。"范纯仁："濯雨正疑宫锦烂，媚晴先夺晓霞红。"王元之："一堆红雪媚青春，惜别须教泪满巾。"他还有"江东遗迹在钱塘，手植庭花满县香"，可见笠翁写海棠，但读诗并不广啊。元厚之："去年曾醉海棠丛，闻说新枝发旧红。"海棠丛下，适合喝酒？崔德符："浑是华清出浴初，碧绡斜掩见红肤。"这是唐玄宗理会的妙境啊，这个家伙如何得见？梅尧臣："朝看不足夜秉烛，何暇更寻桃与杏。"桃与杏有灵，不会放过这位老先生的。他还有一句："醉生燕玉颊，瘦聚楚王腰。"王安石："绿娇隐约眉轻扫，红嫩妖娆脸薄妆。"刘子翚："几经夜雨香犹在，染尽燕脂画不成。"笠翁又躺枪了吧。杨万里："故园今日海棠开，梦入江西锦绣堆"，"木渠野菊总无光，秋色今年付海棠"。温庭筠："岛回香尽处，泉照艳浓时。"黄庭坚："海棠院里寻春色，日炙荐红满院香。"也说海棠生香。

特别值得一提的,还有薛涛、苏轼、陆游三人的海棠诗。

薛涛《海棠溪》:"春教风景驻仙霞,水面鱼身总带花。人世不思灵卉异,竟将红缬染轻纱。"一条溪流被海棠的仙姿掩映,成为海棠香国。较之这位名妓写木槿的《朱槿花》:"红开露脸误文君,司萼芙蓉草绿云。造化大都排比巧,衣裳色泽总薰薰。"《忆荔枝》:"传闻象郡隔南荒,绛实丰肌不可忘。近有青衣连楚水,素浆还得类琼浆。"金灯花:"阑边不见蘘蘘叶,砌下惟翻艳艳丛。细视欲将何物比,晓霞初叠赤城宫。"都不如《海棠溪》神光离合,写出了海棠的风神与仙姿。

如果薛涛是以海棠自况的话,苏轼、陆游心目中的海棠,多半是另有其人。东坡黄州寓居定惠院之东,曾五醉定惠院的海棠之下。他的《海棠》诗:"东风袅袅泛崇光,香雾霏霏月转廊。只恐夜深花睡去,高烧银烛照红妆。"与陆游的《花时遍游诸家园》:"为爱名花抵死狂,只恐风日损红芳。绿章夜奏通明殿,乞借春阴护海棠。"再加上薛涛的《海棠溪》,恐怕会占去咏海棠排行榜的三甲?

陆游以海棠喻妾杨氏,已有前文中提过。除开"乞借春阴护海棠"之外,他与海棠相关的诗有近四十首。其一《海棠歌》:"我初入蜀鬓未苍,南充樊亭看海棠。当时已谓目未睹,岂知更有碧鸡坊。碧鸡海棠天下绝,枝枝似染猩猩血。蜀姬艳妆肯让人?花前顿觉无颜色。扁舟东下八千里,桃李真成奴仆尔。若使海棠根可移,扬州芍药应羞死。风雨春残杜鹃哭,夜夜寒衾梦还蜀。何从乞得不死方,更看千年未为足。"其二《张园观海棠》:"西来始见海棠盛,成都第一推燕宫。池台扫除凡木尽,天地眩转花光红。庆云堕空不飞去,时有绛雪萦微风。蜂蝶成团出无路,我亦狂走迷西东。此园低树犹三丈,锦绣却在青天上。不须更著刀尺裁,乞与齐奴开步障。"其三《驿舍海棠已过有感》:"凄凉古驿官道傍,朱门沈沈春日长。喧妍光景老海棠，颠风吹花满空廊。物生荣悴固其常，惜哉无与持一筯。游蜂戏蝶空自忙，岂知美人在西厢。我虽已老犹能狂，伫立为尔悲容光。盛时不遇诚可伤，零落逢知更断肠。"

上面的这些诗人的诗，与李渔的《海棠》来映照，一方面，"海棠无香"的说法，已收集到了足够的反证，另一方面，李渔讲海棠"肖美人"，可爱可怜，也得到了更多的呼应。事实上，中国诗中的海棠，正是西方的玫瑰，都是诗人们献给他们心目中的"女神"的花。玫瑰在于妖艳和神秘，而海棠在于娇艳与容光。

与棠相关的，古代有甘棠、沙棠、棠梨，但并没有提到海棠。李德裕讲："凡花木名海者，皆从海来。"所以海棠也被一些人认为是由海外引进的，但也有说法，是随着中国西南的开发，慢慢由西南传入到中原。海棠的品种既繁，区别也不小，四大品种西府海棠、垂丝海棠、木瓜海棠、贴梗海棠由树型到花到果实，都有不小的区别。至于秋海棠，唐宋诗中，吟咏不多，可能也是明清之后，才流行起来的，除了花形与花色的相像，其实与海棠相去甚远。所以以海棠比喻美女的话，她的娇艳与容光里，还有一点南方的、混血的、热烈的、野性的气味。

题画兰 郑 燮[1]

东坡[2]画兰,长带荆棘,见君子能容小人也。吾谓荆棘不当尽以小人目之。如国之爪牙,王之虎臣,自不可废。兰在深山,已无尘嚣之扰;而鼠将食之,鹿将啃之,豕蹴将之,熊、虎、豹、麋、兔、狐之属将啮之,又有樵人将拔之割之。若得荆棘为之护撼,其害斯远矣。秦筑长城,秦之棘篱也。汉有韩、彭、英[3],汉之棘卫也。三人既诛,汉高过沛,遂有安得猛士守四方之慨。然则蒺藜、铁菱角、鹿角、棘刺之设,安可少哉?予画此幅,山上山下皆兰棘相参。而兰得十之六,棘亦居十之四。画毕而叹,盖不胜幽并十六州[4]之痛,南北宋之悲耳!以无棘刺故也。

《郑板桥集》

【注释】

①郑燮(xiè)(1693~1765):字克柔,号板桥。兴化(今江苏省兴化市)人。清代画家、书法家、散文家,有《郑板桥集》等传世。

②东坡:苏东坡。

③韩、彭、英:韩信、彭越、英布,皆西汉开国名将,立国后为刘邦诛杀。

④幽并十六州:又称"燕云十六州",今北京、天津、山西、河北等地,936年,后唐石敬瑭以之献给辽国。幽并十六州的失去,

令南北宋失去了北方的军事屏障。

【赏读】

板桥的散文,大概有家书与谈艺两块。家书言者谆谆,蔼蔼长者;谈艺则沉着痛快,淋漓尽致。他所爱画的,有兰、竹、石等,所以其题兰文、题竹文特别多,之前,引过他不少画竹的高论。

在另外的题兰文中,板桥说:"余种兰数十盆,三春告暮,皆有憔悴思归之色。因移植于太湖石、黄石之间,山之阴,石之缝,既已避日,又就燥,对吾堂亦不恶也。来年忽发箭数十,挺然直上,香味坚厚而远。又一年更茂。乃知物亦各有本性。赠以诗曰:兰花本是山中草,还向山中种此花。尘世纷纷植盆盎,不如留与伴烟霞。"相信种过兰花的朋友,读到这里,都会欣然有会。

而在山中,大自然哪里会分开兰花与荆棘呢!凭着趋利避害的本能,荆棘可护卫被熊、虎、豺、麇、兔、狐之属践踏的兰花,所以荆棘盛,兰花亦盛,板桥由此引申到幽并十六州,比东坡荆棘"小人"之喻,要好。才子们明白了荆棘护卫芳草的道理,就不会像屈原那样,将大自然割裂成二元,来投射到自己的内心里,善恶成壑,徒增"离忧"。

梧 桐 徐 鼎[①]

毛《传》：梧桐，柔木也。《正义》：柔刃之木，故曰柔木。《释木》云：榇，梧。郭璞云：今梧桐。《淮南子·说山训》：梧桐断角。《注》[②]：柔胜刚也。《衍义》[③]：四月开花，五六月结子，《月令》"清明梧桐始华"者是。愚按：花细堕地，枝头出丝荚，长三寸许，五片合成，老则裂开如箕，谓之橐鄂，其子谓桐乳，缀橐鄂上，飞鸟巢其树，《庄子》所谓"桐乳致巢"[④]也。树性高洁，异于群木，故旧说凤凰非梧桐不栖。

《毛诗名物图说》

【注释】

①徐鼎：生卒年月不详，清代学者，字岣东，号雪樵，江苏苏州人。著有《毛诗名物图说》及《鹭云馆诗文集》。

②《注》：指《淮南子》高诱注。

③《衍义》：寇宗奭《本草衍义》。

④《太平御览》卷九五六引《庄子》："空门来风，桐乳致巢。"《庄子》各本皆无此条。

【赏读】

孔子讲，多读《诗经》，"迩之事父，远之事君"之外，还可"多识于鸟兽草木之名"。所以历代予《诗经》的注解，都有博物一块。考证《诗经》中提到的名物，自然会及于草木。两汉有毛亨

《毛诗故训传》、郑玄《毛诗传笺》，三国有陆玑《毛诗草木鸟兽虫鱼疏》，宋代卞京《毛诗名物解》、王应麟《诗草木鸟兽虫鱼广疏》，明代有冯复京《六家诗名物疏》、毛晋《毛诗草木鸟兽虫鱼疏广要》，清代有陈大章《诗传名物集览》、焦循《陆氏草木鸟兽虫鱼疏疏》、丁晏《校正陆玑毛诗草木鸟兽虫鱼疏》等，徐鼎的《毛诗名物图说》大致成书于清朝乾隆年间，他发扬清儒考订之长，用了二十余年的时间，由典籍到田野，对《诗经》的草木鸟兽虫鱼写出考释——事实上，这种草木传统中的"《诗经》小传统"，提供了一个草木历几千年而变迁的脉络，也的确是植物的爱好者们施展考据本领的一个方便法门。

我还喜欢徐鼎为他的《图说》写的序，他说："有物乃有名，有象乃知物，有以名名之，即可以象像之。诗人比兴，类取其义，如《关雎》之淑女，《鹿鸣》之嘉宾，《棠棣》之兄弟，茑萝之亲戚，《螽斯》之子孙，《嘉鱼》之燕乐。不辨其象，何由知物，不审其名，何由知义。若株守一隅之见，东向而望，不见西墙，当前者失之，而欲求诗人类取之旨罕矣，更何暇究星辰、岳渎、礼乐之大哉！"归于草木，也为诗人取象，为一般人投射入情感，明代张潮《幽梦影》中讲："梅令人高，兰令人幽，菊令人野，莲令人淡，春海棠令人艳，牡丹令人豪，蕉与竹令人韵，秋海棠令人媚，松令人逸，桐令人清，柳令人感。"即是如此。归有光叹息庭中枇杷树，"吾妻死之年所手植也"，"亭亭如盖"，正是投入了他岁月迁逝的伤逝之情，才格外的动人。

张潮还讲："梧桐为植物中清品，而形家独忌之，甚且谓'梧桐大于斗，主人往外走'，若竟视为不祥之物也。夫剪桐封弟，其为宫中之桐可知，而卜世最久者，莫过于周。"他认为梧桐以"清"而独标于林，而这梧桐的不祥忌讳，大概是因其可以"为棺"，《左传》有"桐棺三寸"的说法，令他只好以"桐叶封弟"的史实予以反驳。事实上，梧桐清新挺拔，在《诗经·大雅·卷阿》有如此描述："凤凰鸣矣，于彼高冈，梧桐生矣，于彼朝阳。"凤凰落在山谷间，梧桐之上，在朝晖与晨露之中振翼鸣叫，多么美。凤凰非梧桐不栖，一是因梧桐树的高洁，一是为了啄食梧桐的树籽。见识过夏天里，梧桐结出的种子的家伙，会由它的勺状果托、柔和的圆籽与白色的汁液，明白"桐乳"这个说法多么贴切。还有一个说法，说的是梧桐知道日月正闰，岁生十二叶，每边六叶，从下数一叶为一月，有闰则十三叶，视叶小处，则知闰某月，立秋之日，一叶先坠。手掌一般金黄的桐叶由树上飞转飘落，几乎成为秋天来到的象征，接着是秋意绵绵的梧桐雨，等到雨停的时候，一树梧桐黄叶悉数铺落地上，这时候，秋意就更深了。元代画家倪云林多半也是梧桐的粉丝，《古今谭概》记载他生性好洁，"文房什物，两童轮转拂尘，须臾弗停。庭有梧桐树，旦夕汲水揩洗，竟至槁死"。这也是爱而成虐的例子。

  桐也有一个小小的家族，宋人陈翥著有桐谱。在另外一篇《桐》中，徐鼎对桐树，引用寇宗奭《本草衍义》作了辨析："桐有四种，白桐，可斫琴者，叶三杈，开白华，不结子；荏桐，早春先开淡红花，子作桐油；梧桐，四月开淡黄小花，一如枣花，枝头出丝，堕地成油，五六月结桐子，今人炒为果，此是《月令》'清明之日桐始华'者；岗桐，无花，不中作琴，体重也。"李时珍对宗奭白桐的说法不同意："盖白桐即泡桐也。叶大径尺，最易生长。皮色粗白，其木轻虚，不生虫蛀，作器物、屋柱甚良。二月开花，如牵牛花而白色。结实大如巨枣，长寸余，壳内有子片，轻虚如榆荚、葵实之状，老则壳裂，随风飘扬。"所以实际上，用来做琴的木材，是出自普通的泡桐树。还有青桐的说法，大概是开花而不结籽的梧桐叫青桐，想一想金庸《书剑恩仇录》里的霍青桐，她之所以姓霍，大概是有"山中老人"之类的西域背景，而名之曰青桐，是作者刺喻她有爱无果的爱情？

  但是今天，城市里，田野上，梧桐树并不常见，其原因，固然是桐油之类的需求已经不大，还由于法国梧桐（悬铃木）疯狂地涌进城乡。这种很快就可发育出巨大的树冠的行道树，四月会飘起细雨一般的令人难以忍受的飞絮，这样的树，凤凰恐怕是不会光顾的。

卷四

四季林园

小园赋 庾 信①

若夫一枝之上，巢父②得安巢之所；一壶之中，壶公③有容身之地。况乎管宁藜床④，虽穿而可座；嵇康锻灶，既暖而堪眠。岂必连闼洞房，南阳樊重之第；绿墀青琐，西汉王根之宅⑤。

余有数亩弊庐，寂寞人外，聊以拟伏腊，聊以避风霜。虽复晏婴近市，不求朝夕之利；潘岳面城，且适闲居之乐。况乃黄鹤戒露⑥，非有意于轮轩；爰居避风⑦，本无情于钟鼓。陆机则兄弟同居，韩康则舅甥不别，蜗角蚊睫⑧，又足相容者也。

尔乃窟室徘徊，聊同凿坯⑨。桐间露落，柳下风来。琴号珠柱，书名玉杯。有棠梨而无馆，足酸枣而无台。犹得敧侧⑩八九丈，纵横数十步，榆柳三两行，梨桃百余树。拔蒙密兮见窗，行敧斜兮得路。蝉有翳兮不惊，雉无罗兮何惧！草树混淆，枝格相交。山为篑覆⑪，地有堂坳。藏狸并窟，乳鹊重巢。连珠细菌，长柄寒匏。可以疗饥，可以栖迟，崎岖兮狭室，穿漏兮茅茨。檐直倚而妨帽，户平行而碍眉。坐帐无鹤，支床有龟⑫。鸟多闲暇，花随四时。心则历陵枯木，发则睢阳乱丝。非夏日而可畏，异秋天而可悲。

一寸二寸之鱼，三竿两竿之竹。云气荫于丛著，金精养于秋菊。枣酸梨酢，桃榹李奥。落叶半床，狂花满屋。名为野人之家，是谓愚公之谷。试偃息于茂林，乃久羡于抽簪⑬。虽有门而长闭，实无水而恒沉。三春负锄相识，五月披裘见寻。问葛洪之药性，访京房之卜林。草无忘忧之意，花无长乐之心。鸟何事而逐酒？鱼何情而听琴？

加以寒暑异令，乖违德性。崔骃以不乐损年，吴质以长愁养病。镇宅神以霾石，厌山精而照镜。屡动庄舄之吟，几行魏颗之命。薄晚闲闺，老幼相携；蓬头王霸之子，椎髻梁鸿之妻。燋麦⑭两瓮，寒菜一畦。风骚骚而树急，天惨惨而云低。聚空仓而崔噪，惊懒妇而蝉嘶。

　　昔草滥于吹嘘⑮，借文言之庆余。门有通德，家承赐书。或陪玄武之观，时参凤凰之墟。观受釐于宣室，赋长杨于直庐⑯。遂乃山崩川竭，冰碎瓦裂，大盗⑰潜移，长离永灭。摧直辔于三危，碎平途于九折。荆轲有寒水之悲，苏武有秋风之别。关山则风月凄怆，陇水则肝肠断绝。龟言此地之寒，鹤讶今年之雪⑱。百龄兮倏忽，光华兮已晚。不雪雁门之踦，先念鸿陆之远⑲。非淮海兮可变，非金丹兮能转⑳。不暴骨于龙门，终低头于马坂㉑。谅天造兮昧昧，嗟生民兮浑浑。

《庾子山集》

【注释】

①庾信（513～581）：字子山，南阳新野（今河南省新野县）人，早年与徐陵同为梁朝宫廷文人，号称"徐庾体"。后奉命出使西魏，未归，北周代魏后迁为骠骑大将军，封侯，晚年作品悲凉，多乡关之思。有《庾子山集》。

②巢父：尧时的隐士，年老后，以树为巢，时人称之为巢父。

③壶公：汉时老翁卖药，药卖完了，就跳入壶中，人称之为壶公，见《神仙传》。

④管宁藜床：东汉名士管宁，所坐木榻，因坐姿端严，坐席为膝盖磨穿，见《高士传》。

⑤樊重：东汉商人，治宅富丽，重堂高阁；王根：东汉王莽叔

父,治宅装饰华丽。

⑥黄鹤戒露:黄鹤到霜露时节,长鸣警戒,移居安全之地。

⑦爱居避风:爱居鸟为避灾,会飞到城里。《国语》中典故,鲁侯以《九韶》之乐来迎接爱居鸟,与上一句一起,作者自喻北国虽然令其安居富足,但他并不热心于斯。

⑧蜗角蚊睫:蜗之角,蚊之睫,喻小园之小。

⑨窟室:土窑;凿坯:凿开土墙,用鲁国颜阖凿墙避国君征召故事,喻隐遁。见《淮南子》。

⑩欹(qī)侧:歪斜。

⑪箦覆:用筐挑土覆盖,形容山小。

⑫坐帐无鹤,支床有龟:鹤用三国吴人介象之典,他死的时候白鹤来舞;龟用《史记·龟策列传》中典,一老人以龟支床凡二十年,死后龟还活着。比喻作者在北国淹留已久,至死都未必能归故国。

⑬抽簪:做官要冠簪束发,抽簪说明散发,不近公事。

⑭燋(jiāo)麦:焦麦,陈麦。

⑮吹嘘:吹竽,作者觉得自己早年间因祖荫,在朝堂上滥竽充数,有自谦之意。

⑯这两句回忆南朝生活,向皇帝贺礼,承旨作诗赋。

⑰大盗:指侯景之乱,亡灭梁朝。

⑱以上数句,叙作者淹留北国。

⑲句意是来不及雪梁朝被灭之耻,尚在旅途之中。

⑳句意是以淮海化雀、金丹变化喻命运之不易改变。

㉑龙门:黄河中鲤鱼跳过化龙所在。跳不过去的鱼只好暴骨于此,说明改变之难。马坂:千里马已老,心意皆灰,只好低头拉车。

【赏读】

杜甫称赞此公"庾信文章老更成",由此文也读得出来。一个南朝宫中的少年清贵,以绮丽的宫体诗闻名朝野,得到皇帝的器重,观受釐于宣室,赋长杨于直庐,忽然间命运就转到了"苏武格",淹留"龟言此地之寒,鹤讶今年之雪"的北国。故乡难返,山河改易,少年的轻狂,也一变而为中年的沉痛,但沉痛之中,依依可辨当日的清俊与雅识,庾信也因此将粗犷的塞北与明丽的江南交会在一起,其诗其文形成了刚柔并济的格调。

世界的沧海桑田让爱居鸟飞入城邦以避灾害,时节的冷暖憔悴让黄鹤生出警戒之心,失去了跃入龙门以求自由的勇气,沦为低头拉车的老马,在这一连串的自喻之后,作者将他心灵的依止转向了"小园"。小园之小,如巢父的一枝,壶公之一壶,蜗角蚊睫,如陶渊明所咏之"审容膝之易安",作者在这几亩地里悉心经营,凿池堆山,种树栽花,很快就在这个"野人之谷""愚人之园"里,草树混淆,格枝相交,鸟逐酒,鱼听琴,作者也得以悠游其中,问药卜林,抽簪散发,教蓬头子,娱椎髻妻。

满纸云霞之中,我最爱的几句,一是"桐间露落,柳下风来",写的是四五月春夏之交的清晨,作者怅怅地走在林园之中,梧桐树的大叶子上清露滑落,而清风吹起杨柳,拂面而来,这些物象,多半也似南方吧。一是"落叶半床,狂花满屋",这个说明北国之秋,风骚骚而树急、天惨惨而云低的时节,秋风吹聚的落叶与花瓣,何其之多,而作者多半没有林黛玉葬花的闲情,听之任之,啸游如故,何等潇洒。也只有密布着林花的小园,在万籁风急的时刻,才会有这样的景象。

天造昧昧,生民浑浑。也许我们能够打理的,也只有这数亩荒园,一如陶渊明的南山。荒园因劳作而成为小小的伊甸园,因栖止居留而具人文,这一点四时代序中的小小秩序,可令人抵抗住关山风月、淮海之变?故园不可返,我们"低头"再造一个?这种微妙的和解,也许就是杜工部讲的"文章老更成"的"成"吧。

园 篱 贾思勰

凡作园篱法，于墙基①之所，方整深耕。凡耕，作三垄，中间相去各二尺。

秋上酸枣熟时，收，于垄中概种②之。至明年秋，生高三尺许，间斫去恶者，相去一尺留一根，必须稀概均调，行伍条直相当。至明年春，劚③去横枝，劚必留距。（若不留距，侵皮痕大，逢寒即死。）劚讫，即编为巴篱，随宜夹缚，务使舒缓。（急则不复得长故也。）又至明年春，更劚其末，又复编之，高七尺便足。（欲高作者，亦任人意。）

非直奸人惭笑而返，狐狼亦自息望而回。行人见者，莫不嗟叹，不觉白日西移，遂忘前途尚远，盘桓瞻瞩，久而不能去。枳棘之篱，折柳樊圃，斯其义也。

其种柳作之者，一尺一树，初即斜插，插时即编。其种榆荚者，一同酸枣。如其栽榆与柳，斜植高共人等，然后编之④。

数年成长，共相蹙迫⑤，交柯错叶，特似房笼。既图龙蛇之形，复写鸟兽之状，缘势欹崎，其貌非一。若值巧人，随便采用，则无事不成，尤宜作机⑥。其盘纡茀郁，奇文互起，萦布锦绣，万变不穷。

《齐民要术》

【注释】

①墙基：种篱笆的基脚。

②概（jì）种：密密地种。

③劙（lí）：切。

④句意是如果是榆与柳混杂栽种，等到斜插的柳与直栽的榆等人高，就可以混合编织在一起。

⑤共相磨迫：互相挤压。

⑥机：小几与凳子，指顺杨柳与榆树之势雕凿出的小几与凳子，供休憩。

【赏读】

  官员告老还乡，隐士发愿，地主附庸风雅，都要起兴林园。造出园篱是第一步。篱笆的建造，第一是要实用，扎紧的篱笆才能防住邻居的恶狗嘛；第二是要美，采菊东篱下，不仅菊花要有出尘之姿，这作为背景的东篱，也是马虎不得的。贾太守在此给出了四种方案，一是酸枣，二是柳，三是榆，四是柳榆混杂。

  我觉得老贾最爱的，可能是第一种。当酸枣篱笆长成之后，将高两米，宽一米，就是一座绿色的城池，它的功用，让居心不良的贼人"惭笑而返"，这"惭笑"二字，由心凉而生出来的对主人油然的佩服之情，跃然纸上。狐狼息望而归，没有办法打园中鸡鸭的主意，"息望"二字，让这些踏月而来，准备大干一场的狐狸与野狼看起来多么的失望与可怜，不知道羊村里面，喜羊羊它们防灰太狼的篱笆，是不是用这个方便法门筑起来的。夏秋时节，这一绿色围垣的审美功用，也不容轻忽。能令行人像见了罗敷似的，释担忘返，这是何等美丽的一道风景，后来苏轼有词："簌簌衣巾落枣花，村南村北响缲车。牛衣古柳卖黄瓜。　酒困路长惟欲睡，日高人渴漫思茶。敲门试问野人家。"写的就是此情此景吧，"野人家"扎的，说不定就是这一道酸枣篱笆。

  至于榆柳篱笆，我猜其功用，可能不如酸枣型。它们的好处，可能是在"奇文互起,萦布锦绣,万变不穷",这个,恐怕是剪刀手爱德华所喜欢的。园艺家们,把自己的篱笆造得千奇百怪,如哈尔滨的冰雕一样,当然是其乐无穷的,这个时候,牺牲掉一点篱笆的安全性,也是情有可原的。

毕竟,世界上没有"奸人"与"狐狼"攻不破的篱笆,万一不行,还有刀与火呢。篱笆除了防君子之外,它可能会将我们的林园,与世界稍稍间隔起来,这一点点间隔,产生出了"我",这才是更重要的吧。

栽 树 贾思勰

凡栽一切树木,欲记其阴阳①,不令转易。(阴阳易位则难生。小栽②者,不烦记也。)

大树髡③之,(不髡,风摇则死。)小则不髡。

先为深坑,内树讫,以水沃之,著土令如薄泥,东西南北摇之良久,(摇则泥入根间,无不活者;不摇,根虚多死。其小树,则不烦尔。)然后下土坚筑。(近上三寸不筑,取其柔润也。)时时溉灌,常令润泽。(每浇水尽,即以燥土覆之,覆则保泽,不然则干涸。)埋之欲深,勿令挠动。凡栽树讫,皆不用手捉,及六畜抵突。(《战国策》曰:"夫柳,纵横颠倒树之皆生。使千人树之,一人摇之,则无生柳矣。")

凡栽树,正月为上时,(谚曰:"正月可栽大树。"言得时则易生也。)二月为中时,三月为下时。然枣——鸡口④,槐——兔目⑤,桑——蛤蟆眼⑥,榆——负瘤散⑦,自余杂木——鼠耳、虻翅⑧,各其时。(此等名目,皆是叶生形容之所像似,以此时栽种者,叶皆即生。早栽者,叶晚出。虽然,大率宁早为佳,不可晚也。)

树,大率种数既多,不可一一备举,凡不见者,栽莳之法,皆求之此条。

《淮南子》曰:"夫移树者,失其阴阳之性,则莫不枯槁。"(高诱曰:"失,犹易。")

《文子》曰:"冬冰可折,夏木可结⑨,时难得而易失。木方盛,终日采之而复生⑩;秋风下霜,一夕而零。"(非时者,功难立。)

崔寔曰:"正月,自朔暨晦,可移诸树:竹、漆、桐、梓、松、柏、杂木。唯有果实者,乃望而止;(望谓十五日。)过十五日,则果少实。"

《食经》曰:"种名果法:三月上旬,斫取好直枝,如大拇指,长五尺,内著芋魁中种之。无芋,大芜菁根亦可用。胜种核,核三四年乃如此大耳。可得行种⑪。"

凡五果,花盛时遭霜,则无子。常预于园中,往往贮恶草生粪。天雨新晴,北风寒切,是夜必霜,此时放火作煴⑫,少得烟气,则免于霜矣。

崔寔曰:"正月尽二月,可劚树枝。二月尽三月,可掩树枝。("埋树枝土中,令生,二岁已上,可移种矣。")

《齐民要术》

【注释】

① 阴阳:指树的向阳面与背阴面。
② 小栽:移种小树苗。
③ 髡:截去部分主侧枝,如理发。
④ 枣——鸡口:枣树的叶芽像鸡嘴时(移栽)。
⑤ 槐——兔目:槐树的叶芽像兔子眼睛时(移栽)。
⑥ 桑——蛤蟆眼:桑树的叶芽像蛤蟆眼时(移栽)。
⑦ 榆——负瘤散:榆树的叶芽像"负瘤散"时(移栽)。

⑧鼠耳、虻翅:叶芽像老鼠耳朵、牛虻翅膀时(移栽)。

⑨冬冰可折,夏木可结:冬天的冰可以折断,夏天的树可以弯曲。

⑩句意是树木繁盛的时候,每天采摘它的树叶,它还会长出。

⑪行种:作为通例较快地推广。

⑫放火作煴:点燃火堆,为果树防寒。

【赏读】

目前通行的三月十二日植物节,大概也在崔寔讲的"正月,自朔暨晦"之间。这时候,冬天将尽,吹面不寒杨柳风,太阳马上就要重回赤道,向北回归线移近,春姑娘既来,太早,则青涩难识,太晚,则伊人芳心已许,所以得机第一。老贾观察到的"然枣——鸡口,槐——兔目,桑——蛤蟆眼,榆——负瘤散,自余杂木——鼠耳、虻翅"大概就是他问诸老圃,诉诸践行而掌握的种种时机,水磨功夫,令人感叹。此则总概之外,各树木的分章,更有详细的介绍。但对一般的种树者而言,读完这一条,也就用不着去百度,就可以扛锹上肩,水桶在手,去参加植物节的劳动了。

关于植树的经验谈,我们老家的农谚里也有不少,大概也是出自老圃们的经验与智慧,皆同老贾:"小时栽棵树,大时有屋住。""现在人养林,日后林养人。""千桐万竹,子孙享受。""家有十棵杨,顶个打柴郎。""荒山绿了头,干沟清水流。""路旁树栽满,走路不打伞。"这些,讲的当然都是种树的必要性,"千头奴"之类。"造林要适时,一百活九十。""春到人间,植树当先。""要栽松和柏,莫叫春晓得。""立春没断霜,插柳正相当。""雨水春水发,栽树莫拖沓。""植树造林,莫过清明。"也是时机的问题,栽树也讲究天时、地利、人和,天时第一,雨水节气来临的时候,随便插一棵柳棍在河边,都能长出一棵柳树吧。"阳坡栽松,阴坡栽杉。"

"松树干死不下水，柳树淹死不上山。""黄土茶树黑土杉，刺槐处处能安家。""沙土的枣树黄土柳，百棵能活九十九。""房前柳，屋后竹，河边桑树一片绿。"这个讲的是地利。"栽树三字经，就是深直紧。""移栽要记原方向，向阳肯活又爱长。""多挖鱼鳞坑，黄土变成金。""深栽重砸，扁担发芽。""深埋实砸，棒槌开花。"这些就讲到人和了。

辛弃疾有词："却将万字平戎策，换作东篱种树书。"可见种树也是一门金不换的技术。明代果真有《种树书》，也是将此章与以上农谚扩展，求诸种树的法门。有趣的是，《种树书》的作者，将其署名权给予了柳宗元笔下的郭橐驼。可见柳宗元《种树郭橐驼传》，也是种树书中的"圣经"：

有问之，对曰："橐驼非能使木寿且孳也，能顺木之天，以致其性焉尔。凡植木之性，其本欲舒，其培欲平，其土欲故，其筑欲密。既然已，勿动勿虑，去不复顾。其莳也若子，其置也若弃，则其天者全而其性得矣。故吾不害其长而已，非有能硕茂之也；不抑耗其实而已，非有能早而蕃之也。他植者则不然，根拳而土易，其培之也，若不过焉则不及。苟有能反是者，则又爱之太恩，忧之太勤，旦视而暮抚，已去而复顾，甚者爪其肤以验其生枯，摇其本以观其疏密，而木之性日以离矣。虽曰爱之，其实害之；虽曰忧之，其实仇之，故不我若也。吾又何能为哉！"

柳宗元将这位种树行中的"庖丁"的洞见又引向了做官，说明官与民之间的关系，也应像林园的主人与所种的树木的关系，互动的关键，在"天全性得"，诚哉斯言，城管诸君看到此，以之驭民，当有所得。不过话也说回来，父母与子女，情人之间，郭橐驼的种树之道，都可派上用场，改用《战国策》中的那句话："夫'人'，纵横颠倒树之皆生。使千人树之，一人摇之，则无生'人'矣。"秘诀不过是：别摇！

与顾章书 吴 均①

仆去月谢病,还觅薜萝②。梅溪③之西,有石门山者,森壁争霞,孤峰限日;幽岫含云,深溪蓄翠。蝉吟鹤唳,水响猿啼。英英④相杂,绵绵成韵。既素重幽居,遂葺宇⑤其上。幸富菊花,偏饶竹实⑥。山谷所资,于斯已办。仁智所乐⑦,岂徒语哉!

《吴朝请集》

【注释】

①吴均(469~520):字叔庠,吴兴故鄣(今浙江省吉安市)人。南朝散文家,著有《吴朝请集》。

②薜萝:薜荔与女萝,隐喻隐士生活。屈原《楚辞·山鬼》:"若有人兮山之阿,被薜荔兮带女萝。"

③梅溪:梅溪与石门山,皆在吴均家乡浙江省吉安市。

④英英:声调和谐。

⑤葺宇:修盖房子。

⑥菊花、竹实:两者皆是隐士的食物。《离骚》:"夕餐秋菊之落英。"《魏氏春秋》:"阮籍少时,尝游苏门山,有隐者,莫知姓名,有竹实数斛,臼杵而已。"

⑦仁智所乐:《论语》:"智者乐水,仁者乐山。"

【赏读】

吴均的短文简洁明了,好爽快!他写信向朋友介绍自己的隐居生活,"幽岫含云,深溪蓄翠。蝉吟鹤唳,水响猿啼",可谓一派生机。我喜欢的，还有"幸富菊花，偏饶竹实"一句，说明东篱菊花、山谷内的竹林，除了观赏与移情，还可供隐士的日用，菊花固然可以做菜，竹实也可用来当饭。

菊花不用说，至于竹实，北宋陈承《本草别说》讲："旧有竹实，鸾凤所食。今近道竹间，时见开花小白如枣花，亦结实如小麦子，无气味而涩。江浙人号为竹米，以为荒年之兆，其竹即死，必非鸾凤所食者。近有余干人言：竹实大如鸡子，竹叶层层包裹，味甘胜蜜，食之令人心膈清凉，生深竹林茂盛蒙密处。顷因得之，但日久汁枯干而味尚存尔。乃知鸾凤所食，非常物也。"竹米大概就是竹子开花结出来的小麦一样的果实。陈承认为这样的"荒年之兆"未必是鸾鸟所爱，考据出别处的"竹实"，这就过头了。竹米"通神明，轻身益气"，果然是隐士们的特产与专供，今天湖北神农架一带，乡民们采集竹米，专门给产妇吃，大概也知道它"益气"的功效。

荐福寺光师房花药诗序[①] 王 维[②]

心舍于有无,眼界于色空,皆幻也,离亦幻也。至人者不舍幻,而过于色空有无之际。故目可尘也,而心未始同。心不世也,而身未尝物。物方酌我于无垠之域,亦已殆矣。

上人顺阴阳之动,与劳侣而作。在双树[③]之道场,以众花为佛事。天上海外,异卉奇药,《齐谐》未识,伯益未知者[④],地始载于兹,人始闻于我。琼蕤[⑤]滋蔓,侵回阶而欲上;宝庭尽芜,当露井而不合。群艳耀日,众香同风。开敷次第,连九冬[⑥]之月。种类若干,多四天[⑦]所雨。

至用杨枝,已开贝叶[⑧]。高阁闻钟,升堂觐佛。右绕七匝,却坐一面。则流芳忽起,杂英乱飞。焚香不俟于旃檀[⑨],散花奚取于优钵[⑩]。漆园傲吏,著书以稊稗为言[⑪]。莲座大仙,说法开药草之品[⑫]。道无不在,物何足忘。故歌之咏之者,吾愈见其嘿[⑬]也。

《王右丞集》

【注释】

①荐福寺:长安名寺,王维曾拜该寺华严宗禅师道光为师,"十年座下,俯伏受教"。此文是王维为道光禅师的《花药诗》作的序文。

②王维(701~761):字摩诘,祖籍山西祁县,其父迁居蒲州(今山西省永济市)。盛唐诗人、画家。号称"诗佛"。今存诗文四

百余篇，收入《王右丞集》。

③双树：据称佛陀于拘尸那城裟椤双树间入灭，其时东西南北各有双树，每面双树，一荣一枯。

④《齐谐》：远古记载奇闻逸事的典籍。《庄子·逍遥游》："齐谐者，志怪者也。"伯益：上古文化英雄，据说曾助大禹治水，是《山海经》作者，见闻广博。

⑤琼蕤（ruí）：如玉一般的花，陆机有诗："京洛多妖丽，玉颜侔琼蕤。"

⑥九冬：指冬天，一冬三月，共九十天。

⑦四天：佛教中的四禅天，包括色界十八天。

⑧贝叶：取自贝叶棕，古书多记为贝多树，长于热带亚热带。段成式《酉阳杂俎》："贝多树出摩伽陀国，长六七丈，经冬不凋。此树有三种……西域经书，用此三种皮叶。"佛教徒用贝叶刻写的经书，可防潮、防蛀、防腐，百年不坏。

⑨旃（zhān）檀：檀香。

⑩优钵：佛经中优钵罗花。《百喻经》："昔外国节法庆之日，一切妇女，尽持优钵罗华以为鬘饰。"即睡莲与雪莲。

⑪漆园傲吏：指庄子。《庄子·知北游》："东郭子问于庄子，曰：'所谓道，恶乎在？'庄子曰：'在稊稗。'"

⑫莲座大仙：指佛陀。佛说《法华经》，有《药草喻品第五》。

⑬嘿：同"默"，不作声。

【赏读】

王维晚年礼佛，《旧唐书》称其"日饭十数名僧，以玄谈为乐，斋中无所有，惟茶铛药臼，经案绳床而已。退朝之后，焚香独坐，以禅颂为事"。他的诗，当然也会受到佛理的影响，诗佛之称岂无由哉。如读者们喜爱的《辋川集》，固然是学陶渊明，但佛学与禅意,与一味的田园诗又有不同。"飒飒秋雨中,浅浅石榴泻。跳波自相溅,白鹭惊复下。"(《栾家濑》)"秋山敛余照,飞鸟逐前侣。彩翠时分明,夕岚无所处。"(《木兰砦》)"独坐幽篁里,弹琴复长啸。深林人不知,明月来相照。"(《竹里馆》)"古人非傲吏,自阙经世务。偶寄一微官,婆娑数株树。"(《漆园》)这些诗,都能烛照山川草木的幽微之处,与作者自己精气神相呼应——很少有王维这样,往自己的精神世界里走得如此之远的诗人。

道光禅师是王维的老师,由文中"吾愈见其嘿"来看,这也是一个沉默寡言的老和尚,就像王维在《过香积寺》里写的:"不知香积寺,数里入云峰。古木无人径,深山何处钟?泉声咽危石,日色冷青松。薄暮空潭曲,安禅制毒龙。"草木幽深的古寺里面的"冷青松",由意志与心灵里涌现出来的"毒龙",哪里逃得过老禅师的禅定之力!

但此文中的荐福寺,可不比深山里的香积寺,它不在群山里,恰恰在繁华长安的闹市之中。北宋宋敏求《长安志》里讲:"寺院半以东,隋炀帝在藩旧宅,武德中赐尚书左仆射萧瑀西为园。后瑀子锐尚襄城公主,诏别营主第。主辞以姑妇异居,有乖礼则,因固请,乃取园地充主第。又辞公主荣戴,不欲异门,乃并施瑀之院门。襄城薨后,官市为英王宅。文明元年,高宗崩后百日,立为大献福寺,度僧二百人以实之。天授元年,改为荐福寺。中宗即位,大加营饰。自神龙以后,翻译佛经,并于此寺。"可见由女帝武则天所立的荐福寺,原先就是皇亲国戚雕梁画栋的家。老禅师们的修炼,原来是在一场黄粱富贵之中。

荐福寺不但香火鼎福,佛事兴隆,冠盖云集,名师如麻,它的风光也是一等一的好,来京城游玩的士人,入京逛荐福寺,恐怕有一点像当日大家去杭州,一定会看西湖是一样的。既然成了风景名胜,5A景区,奇花异木就必不可少了。由《全唐诗》中其他游荐福寺诗,也可见一斑:李端《宿荐福寺东池有怀故园因寄元校书》:"暮雨风吹尽,东池一夜凉。伏流回弱荇,明月入垂杨。石竹闲开碧,蔷薇暗吐黄。倚琴看鹤舞,摇扇引桐香。旧笋方辞箨,新莲未满房。林幽花晚发,地远草先长。"徐夤《忆荐福寺南院》:"鹁鸠声中双阙雨,牡丹花际六街尘。"胡宿:"十日春风隔翠岑,只应繁朵自成阴。樽前可要人颓玉,树底遥知地侧金。花界三千春渺渺,铜盘十二夜沉沉。"以上,难怪王维发出"双树之道场","众花为佛事"的感慨。

与鸟语花香,人声如粥的城中寺的修行不一样,之后禅宗的百丈禅师主张"农禅",他订出"百丈清规",要求丛林中的弟子们一日不作,则一日不食,昼而农,夜而禅。这倒是贾思勰附体的大和尚,他大概是觉得,佛性不在花草里,而在身体力行的稼穑之中吧。所以"农禅"与"花禅",其实是两条路,就像王维由清闲中写田园,而渊明由力耕中写田园。

谁高谁低?其实也不是问题。"莲座大仙,说法开药草之品",如来讲《法华经》,到第五节以药草作喻,他说:"譬如三千大千世界,山川溪谷土地所生卉木丛林,及诸药草种类若干名色各异,密云弥布遍覆三千大千世界,一时等澍其泽普洽卉木丛林及诸药草,小根小茎小枝小叶,中根中茎中枝中叶,大根大茎大枝大叶,诸树大小,随上中下各有所受,一云所雨。称其种性而得生长,华果敷实,虽一地所生一雨所润,而诸草木各有差别。"僧人们皆在如来的"法雨"之中修行,领悟大道。他们根性不同,天时与地利也不同,依处之地,山川也罢,溪谷也罢,城市也罢,清闲也罢,力耕也罢,进道的早晚缓急,其实并无太多的区别。

而随着和尚们的西游归来,佛经的翻译成堆,丛林佛刹的兴建,印度的植物,也因此被引入书本与林园。其中,最有名的,大概就是娑罗双树了。娑罗树又名七叶树,是印度半岛与马来半岛的热带雨林里常见的乔木。《长阿含经》卷四："尔时，世尊在拘尸那竭城，本所生处，娑罗园中双树间，临将灭度。告阿难曰：汝入拘尸那竭城，告诸末罗。诸贤，当知如来，夜半于娑罗园双树间，当般涅槃。汝等可往咨问所疑，面受教诫，宜及是时，无从后悔。"《大般涅槃经》卷中："汝今当知，我于今者，后夜分尽，在鸠尸那城力士生地熙连河侧娑罗双树间，入般涅槃。说此语已，诸比丘众虚空诸天，悲号啼泣不能自胜。"而此处林中的娑罗树两两成双，一枯一荣，故此地名为"双树林"。之后这个双树被佛教教义所引申，《翻译名义集》："大经云：东方双者，喻常无常。南方双者，喻乐无乐。西方双者，喻我无我。北方双者，喻净不净。四方各双，故名双树。方面皆悉一枯一荣。"后来在金庸的小说里，一枯一荣的双树引申出了《天龙八部》中的枯荣大师，他说出的偈子"有常无常，双树枯荣，南北西东，表假表空"就是这么来的。

春夜宴从弟桃花园序① 李 白②

夫天地者,万物之逆旅③;光阴者,百代之过客。而浮生若梦,为欢几何?古人秉烛夜游,良有以也④。况阳春召我以烟景,大块假我以文章⑤。会桃花之芳园,序天伦之乐事。群季俊秀,皆为惠连⑥;吾人咏歌,独惭康乐⑦。幽赏未已,高谈转清。开琼筵以坐花,飞羽觞而醉月⑧。不有佳咏,何伸雅怀?如诗不成,罚依金谷酒数⑨。

《李太白全集》

【注释】

①此序作于开元二十一年(733)前后,其时李白定居安陆。从弟:堂兄弟。桃花园,可能在今湖北省安陆市兆山桃花岩。

②李白(701~762):字太白,号青莲居士,唐代诗人,被后人誉为"诗仙",其诗浪漫雄奇,汪洋恣意,冠绝古今。祖籍陇西成纪,生于西域碎叶城,后随父迁至蜀中绵州,曾定居安陆十余年,有《李太白集》。

③逆旅:客舍。

④曹丕《与吴质书》:"少壮真当努力,年一过往,何可攀援!"古人思秉烛夜游,良有以也。《古诗十九首》:"昼短苦夜长,何不秉烛游。"

⑤烟景:迷离春色;大块:天地。句意是阳春以美妙的春色召唤我们,天地以绚丽的文采赐予我们。

⑥惠连:南朝谢惠连,少而聪慧,为族兄谢灵运友爱。

⑦康乐：谢灵运，封康乐公，世称谢康乐。

⑧谢朓有诗："琼筵妙舞绝，桂席羽觞陈。"兄弟们列坐于酒席上，花丛中，一起饮酒，酒气洋溢，天上的明月都会沉醉。羽觞，酒器，如鸟雀的形状，有头尾羽翼。

⑨见石崇《金谷诗序》："遂各赋诗，以叙中怀，或不能者，罚酒三斗。"西晋石崇于金谷涧（在今河南省洛阳市西北）中筑金谷，常在此宴宾客。

【赏读】

青山历历，桃林如霞，年轻人在此列筵布宴，纵酒寻欢，吟诗作对，阳春的白日稍纵即逝，又继之以秉烛的夜游。李白以一二百字的文章，写尽阳春烟景，兄弟友爱，生命之绚丽与蓬勃，洋溢焕发，令人赞叹，这是难得的青春舞曲。王羲之的兰亭会，与这个桃花会比，茂林修竹之中，曲水流觞，兴感嗟悼，显然是太文艺，而石崇的金谷会，美人与美酒，名士与海错，有点像海南的那个海天盛筵，又太奢靡。

再看《三国演义》中的"桃园三结义"："……飞曰：'吾庄后有一桃园，花开正盛；明日当于园中祭告天地，我三人结为兄弟，协力同心，然后可图大事。'玄德、云长齐声应曰：'如此甚好。'次日，于桃园中，备下乌牛白马祭礼等项，三人焚香再拜而说誓曰：'念刘备、关羽、张飞，虽然异姓，既结为兄弟，则同心协力，救困扶危，上报国家，下安黎庶；不求同年同月同日生，只愿同年同月同日死。皇天后土，实鉴此心，背义忘恩，天人共戮！'誓毕，拜玄德为兄，关羽次之，张飞为弟。祭罢天地，复宰牛设酒，聚乡中勇士，得三百余人，就桃园中痛饮一醉。"

一样的桃花、烈酒、青年、义气，只是盛世的时候，"大块假我以文章"，而到这样的乱世的，恐怕就是"大块假我以热血"。

桃花除了激发男人们之间的"义气",也能催进男女之间的恋爱。"桃之夭夭,灼灼其华"是《诗经》中的名句,热烈的桃花与热烈的婚宴互相的映衬。而崔护清明日游长安城南,于"一亩之宫,花木丛萃"的庄户中,得见"独倚小桃斜柯伫立"的小家碧玉,"人面桃花相映红",也写尽了恋爱中的女子脸上的潮红与心中的潮涌。走桃花运,是人生中的春天来临的乐事。这大概正如李时珍讲的:"桃性早花,易植而子繁,故字从木、从兆。十亿曰兆,言其多也。或云从兆谐声也。"早,繁盛,易植,好兆头,所以才会"宜室宜家"吧。

如此旺盛的生命力,转移到神仙传说与民间故事里,桃枝与桃子,又成了驱邪与长寿的恩物。《汉旧仪》里讲:"东海之内度朔山上,有桃,屈蟠三千里,其卑枝间,曰东北鬼门。"可见鬼门关上,都用上了桃树,作为分界。陶渊明写《桃花源记》,将桃林作为桃花源与俗世的分界,说不定用的也是这个原型?归来的渔人尽量处处志之,还是找不到回返的路,也就不足为奇了。在《汉武帝内传》里,西王母来探汉武帝,所带的手信中,已有了桃子:"西王母以七月七日降……令侍女更索桃。须臾以玉盘盛仙桃七颗,大如鸭子,形圆色青,以呈王母,王母以四颗与帝,三枚自食。"俗语讲桃膨枣胀,说的是桃子吃多了容易积食,西王母是顾及此,才自食三枚,还是此物太珍贵,所以主客需要一起分享?

这个想法,当日写《西游记》的作者,也有发挥,他将七枚桃子,变成了天宫中的盛会"蟠桃宴",而前来吃蟠桃的各路神仙,也不止是汉武帝一个人了。话说是孙悟空重返天宫,由弼马温升成了齐天大圣,主要的工作,是分管王母娘娘的蟠桃园。他视察之后,"尝新"之念一生,就是直奔太上老君的八卦炉与如来我佛的五行山去了。采桃仙女说:"上会自有旧规,请的是西天佛老、菩萨、圣僧、罗汉,南方南极观音,东方崇恩圣帝、十洲三岛仙翁,北方北极玄灵,中央黄极黄角大仙,这个是五方五老。还有五斗星君,上八洞三清、四帝,太乙天仙等众,中八洞玉皇、九垒,海岳神仙;下八洞幽冥教主,注世地仙。各宫各殿大小尊神,俱一齐赴蟠桃嘉会。"西王母开出的嘉宾名单中,前来开琼筵以坐花、飞羽觞而醉月的大人物里,并没有齐天大圣,这个消息又是火上浇油,让心比天高的孙悟空一下子就热血上头了。

"桃园结义"也好,"蟠桃会"也好,结果都导向了"大战",可见桃子这个东西,真的是激发战斗值的神器,不可小觑。《神仙传》里还有一个故事:"樊夫人与夫刘纲,俱学道术,各自言胜。中庭有两大桃树,夫妻各咒其一,夫人咒者,两枝相斗击;良久,纲所咒者,桃走出篱。"一场夫妻的大战,变成了桃树的大战,最后,代表着妻子一方的桃树大胜,另外一棵桃树逃之夭夭,越篱而去!

回到桃花之芳园本身。据《本草纲目》汇合起来的记载,桃树的品种,繁杂不一:"时珍曰:桃品甚多,易于栽种,且早结实。五年宜以刀其皮,出其脂液,则多延数年。其花有红、紫、白、千叶、二色之殊,其实有红桃、绯桃、碧桃、缃桃、白桃、乌桃、金桃、银桃、胭脂桃,皆以色名者也。有绵桃、油桃、御桃、方桃、匾桃、偏核桃,皆以形名者也。有五月早桃、十月冬桃、秋桃、霜桃,皆以时名者也。并可供食。"据此记载,已可窥见桃性微妙之种种。我老家孝感,与安陆古代一起在德安府中。至今犹有一种桃子小有名气,早花,夏熟,个头不大,小而多毛,汁甜如蜜,更妙的是,用手一瓣,就可将核剥离出来,享受绵软的果肉,取出的核,也可作玩具。小时候,我们看孙悟空的故事,想着孙悟空偷吃的,就是这种桃子,现在想来,李白的桃园里,灼灼其华的桃树,结的也是这种桃子吧。

平泉山居草木记 李德裕①

予尝览贤相石泉公②家藏书目，有《园亭草木疏》，则知先哲所尚，必有意焉。予二十年间，三守吴门，一莅淮服，嘉树芳草，性之所耽，或致自同人，或得于樵客，始则盈尺，今已丰寻。因感学《诗》者多识草木之名③，为《骚》者必尽荪荃之美，乃记所出山泽，庶资博闻。

木之奇者，有天台之金松、琪树，稽山之海棠、榧、桧，剡溪之红桂、厚朴，海峤之香柽、木兰，天目之青神、凤集，钟山之月桂、青飔、杨梅，曲阿之山桂、温树，金陵之珠柏、栾荆、杜鹃，茅山之山桃、侧柏、南烛，宜春之柳柏、红豆、山樱，蓝田之栗、梨、龙柏。其水物之美者，白蘋洲之重台莲，芙蓉湖之白莲，茅山东溪之芳荪。复有日观、震泽、巫岭、罗浮、桂水、岩湍、庐阜、漏泽之石在焉。其伊、洛名园所有，今并不载。岂若潘赋《闲居》，称郁棣之藻丽④；陶归衡宇，嘉松菊之犹存⑤。爰列嘉名，书之于石。

己未岁⑥，又得番禺之山茶，宛陵之紫丁香，会稽之百叶木芙蓉、百叶蔷薇，永嘉之紫桂、簇蝶，天台之海石楠，桂林之俱那卫，台岭、茅山、八公之怪石，巫山、严湍、琅邪之水石，布于清渠之侧，仙人迹、马迹、鹿迹之石，列于佛榻之前。是岁又得钟陵之同心木芙蓉，剡中之真红桂，稽山之四时杜鹃、相思、紫苑、贞桐、山茗、重台蔷薇、黄杨，东阳之牡桂、杜石、山楠，九华山药材：天蓼、青枥、黄心樗子、朱杉、龙骨。庚申岁⑦，复得宜春之笔树、楠木、稚子、金荆、红笔、蜜蒙、勾栗、木堆。其草药又得山姜、碧百合。

《李文饶文集》

【注释】

①李德裕（787~850）：字文饶，唐代赵郡赞皇（今河北赞皇县）人，与其父李吉甫均为晚唐名相，与牛僧孺朋党争斗，后人称为"牛李党争"，延续四十余年。

②石泉公：唐武则天时宰相王綝，字方庆，封石泉县子。家多藏书，撰有《园亭草木疏》。

③《论语·阳货》："子曰：小子，何莫学夫《诗》？《诗》可以兴，可以观，可以群，可以怨。迩之事父，远之事君，多识于鸟兽草木之名。"

④潘岳《闲居赋》："梅杏郁李之属，繁荣丽藻之饰。"

⑤陶渊明《归去来兮辞》："乃瞻衡宇，载欣载奔……三径就荒，松菊犹存。"

⑥己未岁：指唐文宗开成四年，839年。

⑦庚申岁：指唐文宗开成五年，840年。

【赏读】

中唐李德裕与其父李吉甫，都是一代名相。辅助唐武宗等几代帝王，平藩镇，抑党争，出仕四海，穷尽心力。由李吉甫开始，就有在家乡河南地筑园卜居的打算，后由李德裕付诸于"平泉山居"。宰相造林园，自然比一般人来得容易，唐代康骈《剧谈录》中讲：

"李德裕东都平泉庄，去洛城三十里，卉木台榭，若造仙府，有虚槛对引，泉水萦回，疏凿像巫峡洞庭，十二峰九派迄于海门，江山景物之状，以间行径。有平石，以手磨之，皆隐隐见云霞、龙凤、草树之形。初，德裕营平泉，远方之人多以异物奉之，有题平泉诗：泷石诸侯供语鸟，日南太守送名花。"

一草一木会集于此，"始则盈尺，今已丰寻"，李德裕又有心，记成草木记，也给植物学家们研究唐代的草木留下了珍贵的资料。园既成，筑园之人，自然是宝贵非常，李德裕另外还作文《平泉山居戒子孙记》，谆谆之教，令人动容，文章其实比《平泉山居草木记》要好，兹抄录于下：

"经始平泉，追先志也。吾随侍先太师忠懿公，在外十四年，上会稽，探禹穴，历楚泽，登巫山，游沅湘，望衡峤。先公每维舟清眺，意有所感，必凄然遐想，属目伊川。尝赋诗曰：'龙门南岳尽伊原，草树人烟目所存。正是北州梨枣熟，梦魂秋日到郊园。'吾心感是诗，有退居伊洛之志。前守金陵，于龙门之西，得乔处士隐沦空谷。处士天宝末，避地远游，近废为荒榛，首阳孤岑，尚有薇蕨，山阳旧径，唯余竹木。吾乃剪荆棘，驱狐狸，始立班生之庐，渐成应叟之宅，又得江南珍木奇石，列于庭除，平生素怀，于此足矣。

"吾尝以为出处者，贵得其道，进退者，贵不失时，古来贤达，多有遗恨。至于玄祖潜身于柱史，柳惠养德于士师，汉代邴曼容官不过六百石，终无辱殆，邈难及矣。越蠡泛五湖以肥遁，留侯托黄老以辞世，亦其次焉。范雎感蔡泽一言，超然高谢，邓禹见功臣多败，委远名势，又其次也。矧如吾者处葵无卫足之智，处雁有不鸣之患，虽有泉石，杳无归期，留此林居，贻厥后代。鬻吾平泉者，非吾子孙也；以平泉一树一石与人者，非佳子弟也。吾百年后，为权势所夺，则以先人所命，泣而告之，此吾志也。

"《诗》曰：'维桑与梓，必恭敬止。'言其父所植也。昔周人之思召伯，爱其所憩之树，近代薛令君于禁省中，见先君所据之石，必泫然流涕，汝曹可不慕之？唯岸为谷，谷为陵，然后已焉，可也。"

他"剪荆棘，驱狐狸"而成的林园，自然是希望成为子孙们的"桑梓"，世代传递下去，直至"岸为谷，谷为陵"，殷殷之情，令人心折。

然而频频的战乱、朝代的更替，常令英雄们的志业成灰。大概到李德裕的孙子一辈，黄巢乱起，平泉山居已告玉碎。《五代史》记张全义受李德裕孙李延古之托，去寻回前面康骈称赏的"隐隐见云霞、龙凤、草树之形"的"平泉醒酒石"，当日人家就讲："自黄巢乱后，洛阳园地，无复能守，岂独平泉一石哉！"一块石头都很难讨回了。

到宋代的时候，张洎在《贾氏谈录》中讲："赞皇公平泉庄，周围十里，构台榭百余所，今基址犹存。天下奇花异草，珍松怪石，靡不毕致其间，故德裕自制平泉草木记。今半芜绝，唯雁翅桧、珠子柏、莲房、玉藻等盖仅有存焉。怪石名品甚众，多为洛城有力者取去。唯礼星石及狮子石，今为陶学士徙置梨园别墅。"可见百年之后，平泉山庄已是风流云散，没入荒草，重新回到"废为荒榛，首阳孤岑，尚有薇蕨，山阳旧径，唯余竹木"，那些被赞皇公赶走的狐狸，又重新回来了吧！

伐树记 欧阳修

署之东园,久芜不治①。修至,始辟之,粪瘠溉枯,为蔬圃十数畦,又植花果桐竹凡百本。春阳既浮,萌者将动。园之守②启曰:"园有樗焉,其根壮而叶大。根壮则梗地脉,耗阳气,而新植者不得滋;叶大则阴翳蒙碍,而新植者不得畅以茂。又其材拳曲臃肿,疏轻而不坚,不足养,是宜伐。"因尽薪之。明日,圃之守又曰:"圃之南有杏焉,凡其根庇之广可六七尺,其下之地最壤腴,以杏故,特不得蔬,是亦宜薪。"修曰:"噫!今杏方春且华,将待其实,若独不能损数畦之广为杏地邪?"因勿伐。既而悟且叹曰:"吁!庄周之说曰:樗、栎以不材终其天年③,桂、漆以有用而见伤夭。今樗诚不材矣,然一旦悉翦弃;杏之体最坚密,美泽可用,反见存。岂才不才各遭其时之可否邪?"

他日,客有过④修者,仆夫曳薪过堂下,因指而语客以所疑。客曰:"是何怪邪?夫以无用处无用,庄周之贵也。以无用而贼⑤有用,乌能免哉!彼杏之有华实也,以有生之具而庇其根,幸矣。若桂、漆之不能逃乎斤斧者,盖有利之者在死,势不得以生也,与乎杏实异矣。今樗之臃肿不材,而以壮大害物,其见伐,诚宜尔,与夫才者死、不才者生之说又异矣。凡物幸之与不幸,视其处之而已。"客既去,修然其言而记之。

《欧阳文忠公集》

【注释】

①茀（fú）：杂草丛生之貌。
②园之守：园丁。
③见《庄子·人间世》。
④过：探望，拜访。
⑤贼：伤害。

【赏读】

欧阳修的文章朴茂亲切，往往取材于引车卖浆之流，在日常平易里感悟与思辨，不但有儒者的蔼蔼静穆，也有文人的灵动与风流。用王安石后来怀念他的话"如公器质之深厚，智识之高远，而辅以学术之精微，故形于文章，见于议论，豪健俊伟，怪巧瑰琦"来概括最为适合，比诸苏洵"容与闲易"之评，可谓知音。这篇文章也是一个例子，它写于公元1031年，当时的文忠公不过二十出头，少年进士，放出来做"西京（河南洛阳）留守推官"，其实也是"春阳既浮，萌者将动"的年华。

他雇请园丁来开辟荒芜的东园，引水溉枯，运粪治瘠，将之变成齐整的菜地与美丽的花园，也投射了他既求实用又讲究美学的"双修"之道。但实用与美学有时候也是有冲突的，种过菜的人都知道，菜地上的树木，会挡住阳光，伸出的根须，也会与蔬菜抢夺水分与营养。园丁的两难，落实到东园，就是樗树要不要砍，杏树要不要砍。

樗树的名声不好，古已有之，庄子讲："吾有大木，人谓之樗，其本拥肿不中绳墨，小枝曲拳不中规矩。"樗树跟椿树长得很像，但是樗树低矮，盘曲，叶子与枝干都有臭气，所谓"香者名椿，臭者为樗",香椿芽在春天是一道好菜,要是将樗树芽放到锅里翻炒,大概需要名厨的料理,才能去除它的臭味。除了体臭,它的枝干也不能承受力量,如豆腐般易碎,而一般的椿树木纹细密,其实是可以入木匠的法眼的。因为气味特别,木材松软,樗树还特别招虫子,夏天里,常可看到奇形怪状的毛毛虫堆积在叶片与枝干上。在山林里,樗树也被称之为栲,李时珍猜测,之所以"考",是因为它"易长而多寿考"。

易长而多寿考,又是毛毛虫们的乐园,在山野中,当然是没有问题,进山的工匠,也会绕道,所以得庄子所贵。但离开山野,想挤进人家的菜园子,招来刀斧之灾自是不免,这就是欧阳修所说的"物幸之与不幸,视其处之"的道理。

比较起来,杏树就浑身是宝了。王祯在《农书》里讲:"北方肉杏甚佳,赤大而扁,谓之金刚拳。凡杏熟时,榨浓汁,涂盘中晒干,以手摩刮收之,可和水调食,亦五果为助之义也。""金刚拳"这个名头,好亮,大概是因为杏仁有"性热降气"的作用。据《本草纲目》里的说法:"杏仁能散能降,故解肌散风、降气润燥、消积治伤损药中用之。治疮杀虫,用其毒也。按:《医余》云:凡索面、豆粉近杏仁则烂。顷一兵官食粉成积,医师以积气丸、杏仁相半研为丸,熟水下,数服愈。又《野人闲话》云:翰林学士辛士逊,在青城山道院中,梦皇姑谓曰:可服杏仁,令汝聪明,老而健壮,心力不倦。求其方,则用杏仁一味,每盥漱毕,以七枚纳口中,良久脱去皮,细嚼和津液顿咽。日日食之,一年必换血,令人轻健。此申天师方也。又杨士瀛《直指方》云:凡人以水浸杏仁五枚,五更端坐,逐粒细嚼至尽,和津吞下。久则能润五脏,去尘滓,驱风明目,治肝肾风虚,瞳人带青,眼翳风痒之病。"比较起来,杏仁可谓是植物中的"五石散",所以李时珍特别提醒,杏仁非久服之药,"两仁者杀人,可以毒狗","半生半熟服之杀人",说明杏仁里面因有生物碱,并不适宜于作零食。

除开好吃的杏子与良药杏仁,杏花也很不错啊。与欧阳修同时代的诗人宋祁的名诗"红杏枝头春意闹",还有"一枝红杏出墙来""牧童遥指杏花村"。都说明杏树在早春二月开出的繁花是多么可亲可喜。而此时欧阳推官的东园里,杏树正"方春且华",园丁美学修养不够也还罢了,一代文宗看着繁花之树,如何下得了手!

所以山中的哲学家与隐士,你往人家才子佳人的庭院里混,难免伸头一刀,缩头也是一刀。

灵璧张氏园亭记[①] 苏 轼

道京师[②]而东，水浮浊流，陆走黄尘，陂田[③]苍莽，行者倦厌。凡八百里，始得灵璧张氏之园于汴之阳。其外修竹森然以高，乔木蓊然以深，其中因汴之余浸，以为陂池；取山之怪石，以为岩阜。蒲苇莲芡，有江湖之思。椅桐桧柏，有山林之气。奇花美草，有京洛之态。华堂厦屋，有吴蜀之巧。其深可以隐，其富可以养。果蔬可以饱邻里，鱼龟笋茹[④]可以馈四方之客。余自彭城移守吴兴，由宋[⑤]登舟，三宿而至其下。肩舆叩门，见张氏之子硕。硕求余文以记之。

维张氏世有显人，自其伯父殿中君，与其先人通判府君，始家灵璧，而为此园，作兰皋之亭以养其亲。其后出仕于朝，名闻一时。推其余力，日增治之，于今五十余年矣。其木皆十围，岸谷隐然。凡园之百物，无一不可人意者，信其用力之多且久也。

古之君子，不必仕，不必不仕。必仕则忘其身，必不仕则忘其君。譬之饮食，适于饥饱而已。然士罕能蹈其义、赴其节。处者安于故而难出，出者狃[⑥]于利而忘返。于是有违亲绝俗之讥，怀禄苟安之弊。今张氏之先君，所以为子孙之计虑者远且周，是故筑室艺园于汴、泗之间，舟车冠盖之冲。凡朝夕之奉，燕游之乐，不求而足。使其子孙开门而出仕，则跬步[⑦]市朝之上；闭门而归隐，则俯仰山林之下。于以养生治性，行义求志，无适而不可。故其子孙仕者皆有循吏良能之称，处者皆有节士廉退之行。

盖其先君子之泽也。

余为彭城二年，乐其风土。将去不忍，而彭城之父老亦莫余厌⑧也，将买田于泗水之上而老焉。南望灵璧，鸡犬之声相闻，幅巾杖履，岁时往来于张氏之园，以与其子孙游，将必有日矣。

元丰二年三月二十七日记。

《苏东坡全集》

【注释】

①灵璧：即今安徽省灵璧县；张氏园：为宋仁宗时殿中丞张次立的庄园。

②道京师：取道京师。

③陂田：池塘与农田。

④茹：蔬菜。

⑤宋：春秋战国时宋国故地，即彭城。

⑥狃（niǔ）：贪求。

⑦跬步：半步，指离朝廷很近。

⑧莫余厌：没有嫌弃我。

【赏读】

这一篇文章，与《文与可画筼筜谷偃竹记》一样，写在作者被下狱的"乌台诗案"发生之前。"乌台诗案"就像晴天中的霹雳，让少年成名的才子的前程从此变得曲折艰难，诗风与文风也因为黄州五年的挫折而为之一变。

所以，这一篇回应人家的命题作文，写得如此的圆熟爽利，花团锦簇，又富贵，又自由，其实可以当作当下资本家与有势力者的造园指南。"其深可以隐,其富可以养",一座名园安顿着主人的身心与家人,它的奥妙之处,就是要与市朝与山林,都保持微妙的距离,兼济天下的时候,很快就可以谦恭地出现在皇帝的朝堂,垂拱而治天下,等到独善其身的时候,又可以往拟就的山林里,找到心灵之所托,安然度过孤寂的光阴。掌握这里面的分寸,正是儒家的中庸之道——京洛多风尘,终南山又只能与鸟兽游,所以"山林之气"与"京洛之态"交会到一起的张氏园刚刚好。东坡一番赞叹之后,自己都情不自禁地动了与之结邻而居的心思,希望能买田泗水之上而老,与其子孙游。

所以,他挑出来称赏的草木,也恰到好处。修竹森然以高,乔木蓊然以深……蒲苇莲芡,有江湖之思。椅桐桧柏,有山林之气。奇花美草,有京洛之态。……果蔬可以饱邻里,鱼龟笋茹可以馈四方之客,在草木之中,优游、富足、清雅的退隐官员的生活,好令人向往。

狂风骤起,这个园大概也只能是东坡的一个美梦了。险些断送脑袋的诗案,将他由中庸的意淫里面,连根拔起来,扔进动荡而困顿的下半生。原来市朝并非是想去就去、想回就回的桃花源,批到它的逆鳞的时候,它的狂暴和凶残,恐怕会超出才子们的想象。玩火自焚,这样的大火,恐怕也是离京洛数百里的"张氏园"之类的地主庄园挡不住的。而只有他将理想,由"幅巾杖履,岁时往来于张氏之园"转换成"小舟从此去,沧海寄余生"之后,才会有那个真正旷达雄奇、千古风流的东坡君吧。

至于"园亭记",由石崇《游金谷序》、王羲之《兰亭集序》、庾信《小园赋》往下,经欧阳修、苏轼等人的践行,已成为古文中的一个分类。古代名匠修筑园林的经验代代相传,至明末由计成集大成,写成《园冶》一书。而名匠们的工作,倒是在文人们的"园亭记"里面,以文学的笔调保存下来。陈从周、蒋启霆两位先生曾将这些文章集成《园综》一书,"上括西晋,终于清季,凡得二百十六家,共三百二十二篇"。读者诸君由《园冶》《园综》二书中,可窥见古典林园之大概。

  而由草木来看,生于荒野山林,委诸造化,是为自然。而进入田地与菜圃,为人所耕耘管理,又完全诉诸人力。林园好像是一种中间的状态,草木在其中生长,又得到修剪与照料,有一点像苏轼在此文中讲的"古之君子,不必仕,不必不仕",所以林园多如张氏园亭一样,在城市与荒野之间,在庙堂与江湖之间。这种仕与隐之间的微妙的心理,大概也是古代名园辈出的原因吧。

记游定惠院 苏 轼

黄州定惠院东,小山上,有海棠一株,特繁茂。每岁盛开,必携客置酒,已五醉其下矣。今年复与参寥师①二三子访焉,则园已易主。主虽市井人,然以予故,稍加培治。山上多老枳,木性②瘦韧,筋脉呈露,如老人项颈。花白而圆,如大珠累累,香色皆不凡。此木不为人所喜,稍稍伐去,以予故,亦得不伐。既饮,往憩于尚氏之第。尚氏亦市井人也,而居处修洁,如吴越间人,竹林花圃皆可喜,醉卧小板阁上。稍醒,闻坐客崔成老弹雷氏琴③,作悲风晓月,铮铮然,意非人间也。晚乃步出城东,鬻④大木盆,意者谓可以注清泉,瀹⑤瓜李,遂夤缘小沟⑥,入何氏、韩氏⑦竹园。时何氏方作堂竹间,既辟地矣,遂置酒竹阴下。有刘唐年主簿者,馈油煎饵,其名为"甚酥",味极美。客尚欲饮,而予忽兴尽,乃径归。道过何氏小圃,乞其丛橘,移种雪堂之西。坐客徐君得之⑧,将适闽中,以后会未可期,请予记之,为异日拊掌⑨。时参寥独不饮,以枣汤代之。

《苏东坡全集》

【注释】

①参寥师:僧道潜,又称参寥子。苏轼贬居黄州,他曾专程来访。

②木性:树木的特性。

③崔成老：苏轼的朋友，其时由庐山来访；雷氏琴：苏轼家藏的名琴，上有"雷家记"之铭文。

④鬻（yù）：买。

⑤瀹（yuè）：浸洗。

⑥夤（yín）缘小沟：沿着小沟。

⑦何氏、韩氏：指友人何圣可与韩毅甫。

⑧徐得之：徐大正，字得之，其时黄州知府徐大受之弟。

⑨异日：他日；拊掌：拍手，回忆起当日赏心乐事而拍手称快。

【赏读】

  这一篇文章，写在元丰七年（1084）三月初三的上巳日，其时，苏轼已经知道，下一个月，他将要离开生活了四年的黄州，奉命调往汝州。黄州的苏轼，就像一个有至上武功秘籍的山洞之予名侠，其间的生活与精神的历程，有余秋雨的宏文可以参照。初来黄州的时候，他惶惶不可终日，在《与参寥子书》中讲："到黄已半年，朋游稀少……罪大责轻，谪居以来，闭门念咎而已，平生亲识，亦断往来……焚笔砚，断作诗。"可谓惊弓之鸟，噤若寒蝉。四年之后，经过了修丹道、娶朝云、往民间的"落地"，在写下了无数伟大的诗文之后，随着命运的转折，东坡成了一个"新人"，而《记游定惠院》写在这一转折点上，正好是见证。

  与数年以来习见的林园告别，繁茂的海棠下曾经"五醉其下"而虬劲的老枳，也是因他的钟爱而免乎市井商人的砍伐，朋友们的竹林花圃，老东坡曾经消遣过多少风月良辰——将何氏小圃中的佳橘，移种雪堂之西，都是要走的人了，为什么还要去栽树呢？这是一个盘桓在心中很久的念头吧。路上还买了一只大木盆，准备在夏天里浸洗瓜李——这也是无意识的行动，与栽树一样，流露出他对此地生活的留恋吧——他的生活，已经与这个城市，城中人的集市与城外的山川，这些林园，这些朋友，如此亲密地交融在一起。虽然政治上的那个"我"，因已摆脱阴晦而欢喜雀跃，可是身体的"我"，却并不太愿意离开这人生的第二故乡，佛陀不三宿于树下，信有乎哉！

东坡后来写信给苏辙的儿子苏适，在《与侄书》里，谈到他的文章，说"凡文字，少小时须令气象峥嵘，彩色绚烂，渐老渐熟，乃造平淡，其实不是平淡，绚烂之极也。……何不取旧时应制文字看，高下抑扬，如龙蛇捉不住……只书学亦然……"这一篇文章其实就是应给小苏们看的一个例子，它集"绚烂之极"与"龙蛇捉不住"在一起。文章由东坡的视角，自定惠院的海棠，经数家林园，城东街巷，而后又回到参寥子席间的枣汤，其间草木与人物交错，心绪起伏，自朝而暮，被记入数百字内，似无意，似有意，收放自如，神采勃发。这样的行文法，的确也非常像"书学"，参照他的《寒食帖》就会明白，作者的神气，是如何与字的神气，混合到一起，腾挪辗转，与造物变化，终至"龙蛇捉不住"的。

与书法的行楷交会、笔墨间的微妙变化不同的是，行文的笔法，需由情感驱动，挑选人与物这样的意象群，来抒情言志。定惠院的势利的小生意人、如吴越间人的尚氏、弹雷氏琴的坐客崔成老、何氏、韩氏、刘唐年主簿、徐得之，还有不喝酒，兴之所至，改喝枣汤的参寥子，这些人习好不一、人情冷暖不一，固然是随缘附会，"人性"不同，之外的草木，海棠之艳，老枳之韧，竹林之雅，橘树之实，枣汤之暖，也都奇妙地交会在一起，这样，作者的"意识流"，就在"人性"与"木性"之中震荡往还，互相映发，形成看起来自然而然，实则绚烂之极的好文章。

定惠院小山上，正在开花，"筋脉呈露，如老人项颈。花白而圆，如大珠累累，香色皆不凡"的老枳，也令人印象深刻，它几乎是与厚道而不能饮的参寥子对照，成为这篇文章最有神采的两个地方。所谓江南为橘,江北为枳,其实并非橘化为枳,而是柑橘科的植物在不同的风土中,转变出来的不同种类。苏颂在《唐本草》里介绍枳:"今洛西,江湖州郡皆有之,以商州者为佳,木如橘而小,高五七尺,叶如橙,多刺,春生白花,至秋成实,七月八月采者为实,九月十月采者为壳。"而黄州江湖州郡,恰恰在不南不北,中国之中,所以既有"枳",又有"橘",而东坡恰恰在这一篇文章里都提到了。

而对医家来讲,枳实与枳壳,都是消积顺气的良药,"枳实泄痰,能冲墙倒壁,滑痰破气之药也","非白术不能去湿,非枳实不能除痞"。这样去看,这一棵老枳树,就不仅是山中的盆景,它不仅说明了黄州亦南亦北的风土,而且它的"木性",也暗合着东坡的心血。四年来的积郁猛然消散,前程变得光明,他的身心,正如同饮下了"枳汤","冲墙倒壁,滑痰破气",一点怀旧意,千里快哉风!

东篱记 陆 游

　　放翁告归之三年，辟舍东莆地①，南北七十五尺，东西或十有八尺而赢，或十有三尺而缩，插竹为篱，如其地之数。埋五石瓮，潴泉为池，植千叶白芙蕖，又杂植木之品若干，草之品若干，名之曰东篱。

　　放翁日婆娑②其间，掇其香以嗅，撷其颖以玩，朝而灌，暮而锄。凡一甲坼③，一敷荣④，童子皆来报惟谨⑤。放翁于是考《本草》以见其性质，探《离骚》以得其族类，本之《诗》《尔雅》及毛氏、郭氏之传，以观其比兴，穷其训诂。又下而博取汉、魏、晋、唐以来，一篇一咏无遗者，反覆研究古今体制之变革，间亦吟讽为长谣短章、楚调唐律，酬答风月烟雨之态度。盖非独娱身目，遣暇日而已。

　　昔老子著书，末章自小国寡民，至甘其食，美其服，安其居，乐其俗，邻国相望，鸡犬之声相闻，民至老死不相往来，其意深矣。使老子而得一邑一聚，盖真足以致此。于乎！吾之东篱，又小国寡民之细者欤？

　　开禧元年四月乙卯记。

《渭南文集》

【注释】
① 莆地：杂草丛生的荒地。
② 婆娑：停留。

③甲坼（chè）：外壳裂开，发芽。
④敷荣：开花。
⑤童子皆来报惟谨：童子都小心翼翼地来向我报告。

【赏读】

"皮葛其衣，巢穴其居。烹不糁之藜羹，驾秃尾之草驴。闻鸡而起，则和宁戚之牛歌。戴星而耕，则稽氾者之农书。谓之瘁则若腴，谓之泽则若癯。虽不能草泥金之检以纪治功，其亦可挟兔园之册以教乡间者乎。"这是陆游晚年回到家乡山阴之后，写的一首《放翁自赞》，其时他已经年过八十，依然仿效他追慕的陶渊明，亲自下地劳动。

与陶渊明"采菊东篱下"不同的是，老先生的执念发作，一定要弄一个实实在在的"东篱"出来，你看他辟荒地，插竹篱，埋石瓮，筑泉池，种下各类草木，早上灌园，晚上锄草，带着童子，黄发垂髫，汗流浃背，好不辛苦。造园之余，他还要由《诗经》《楚辞》中观比兴，求训诂，吟出长谣短章，来酬答造下的东篱的"风月烟雨态度"，好不认真。

正是有这样的执着与刻苦，才会有他的九千多首诗吧，陆游自号为放翁，他何尝又"模放"起来过。他虽然有不少拟陶诗，但这一份"悠然"关乎性灵，却是模拟不来的。老子骑牛出关，神仙一般的人物，又如何会着力于一邑一聚？所以说起来，陆游也只是草木之间的劳作者与学问家，脱不掉宋儒格物致知的习性。

"于是考《本草》以见其性质，探《离骚》以得其族类，本之《诗》《尔雅》及毛氏、郭氏之传，以观其比兴，穷其训诂。又下而博取汉、魏、晋、唐以来，一篇一咏无遗者，反复研究古今体制之变革，间亦吟讽为长谣短章、楚调唐律，酬答风月烟雨之态度。"相信读者读到这里，也会明白我们这一册赏析的源流。我们做不到"悠然见南山"，就低头考本草吧。

赏心乐事并序　张　镃[①]

余扫轨林扃[②]，不知衰老。节物迁变，花鸟泉石，领会无余。每适意时，相羊[③]小园，殆觉风景与人为一。闲引客携觞，或幅巾曳杖，啸歌往来，澹然忘归。因排比十有二月燕游次序，名之曰《四并集》，授小庵主人，以备遗忘，非有故，当力行之。然为具真率，毋致劳费及暴殄沉湎，则天之所以与我者，为无负无亵。

昔贤有云："不为俗情所染，方能说法度人。"盖光明藏中，孰非游戏，若心常清净，离诸取著，于有差别境中，而能常入无差别定，则淫房酒肆，遍历道场，鼓乐音声，皆谈般若。倘情生智隔，境逐源移，如鸟黏黐[④]，动伤躯命，又乌知所谓说法度人者哉？圣朝[⑤]中兴七十余载，故家风流，沦落几尽，有闻前辈典型[⑥]，识南湖[⑦]之清狂者，必长哦曰："人生不满百，常怀千岁忧。昼短苦夜长，何不秉烛游？"[⑧]一旦相逢，不为生客。嘉泰元年[⑨]岁次辛酉十有二月，约斋居士书。

"正月孟春：岁节家宴、立春日迎春春盘、人日[⑩]煎饼会、玉照堂赏梅、天街观灯、诸馆赏灯、丛奎阁赏山茶、湖山寻梅、揽月桥看新柳、安闲堂扫雪。

"二月仲春：现乐堂赏瑞香、社日社饭、玉照堂西赏缃梅、南湖挑菜、玉照堂东赏红梅、餐霞轩看樱桃花、杏花庄赏杏花、群仙绘幅楼前打球、南湖泛舟、绮互亭赏千叶茶花、马塍看花。

"三月季春：生朝家宴、曲水修禊、花院观月季、花院观桃柳、寒食祭先扫松、清明踏青郊行、苍寒堂西赏绯碧桃、满霜亭北观棣棠、碧宇观笋、斗春堂赏牡丹芍药、芳草亭观草、宜雨亭赏千叶海棠、花苑蹴秋千、宜雨亭北观黄蔷薇、花院赏紫牡丹、艳香馆观林檎花、现乐堂观大花、花院尝煮酒、瀛峦胜处赏山茶、经寮斗新茶、群仙绘幅楼下赏芍药。

"四月孟夏：初八日亦庵早斋、随诣南湖放生、食糕糜、芳草亭斗草[11]、芙蓉池赏新荷、蕊珠洞赏荼蘼、满霜亭观橘花、玉照堂尝青梅、艳香馆赏长春花、安闲堂观紫笑、群仙绘幅楼前观玫瑰、诗禅堂观盘子山丹、餐霞轩赏樱桃、南湖观杂花、鸥渚亭观五色罂粟花。

"五月仲夏：清夏堂观鱼、听莺亭摘瓜、安闲堂解粽、重午节泛蒲[12]家宴、烟波观碧芦、夏至日鹅炙、绮互亭观大笑花、南湖观萱草、鸥渚亭观五色蜀葵、水北书院采蘋、清夏堂赏杨梅、丛奎阁前赏榴花、艳香馆尝蜜林檎、摘星轩赏枇杷。

"六月季夏：西湖泛舟、现乐堂尝花白酒、楼下避暑、苍寒堂后碧莲、碧宇竹林避暑、南湖湖心亭纳凉、芙蓉池赏荷花、约斋赏夏菊、霞川食桃、清夏堂赏新荔枝。

"七月孟秋：丛奎阁上乞巧家宴、餐霞轩观五色凤儿、立秋日秋叶宴、玉照堂赏玉簪、西湖荷花泛舟、南湖观稼、应铉斋东赏葡萄、霞川观云、珍林剥枣。

"八月仲秋：湖山寻桂、现乐堂赏秋菊、社日糕会、众妙峰赏木樨、中秋摘星楼赏月家宴、霞川观野菊、绮互亭赏千叶木櫸、浙江亭观潮、群仙绘幅楼观月、桂隐攀桂、杏花庄观鸡冠黄葵。

"九月季秋：重九家宴、九日登高把萸、把菊亭采菊、苏堤上玩芙蓉、珍林尝时果、景全轩尝金橘、满霜亭尝巨螯香橙、杏花庄笃⑬新酒、芙蓉池赏五色拒霜⑭。

"十月孟冬：旦日开炉家宴、立冬日家宴、现乐堂暖炉、满霜亭赏早霜、烟波观买市、赏小春花、杏花庄挑荠、诗禅堂试香、绘幅楼庆暖阁。

"十一月仲冬：摘星轩观枇杷花、冬至节家宴、绘幅楼食馄饨、味空亭赏腊梅、孤山探梅、苍寒堂赏南天竺、花院赏水仙、绘幅楼前赏雪、绘幅楼削雪煎茶。

"十二月季冬：绮互亭赏檀香腊梅、天街阅市、南湖赏雪、家宴试灯、湖山探梅、花院观兰花、瀛峦胜处赏雪、二十四夜饧果食、玉照堂赏梅、除夜守岁家宴、起建新岁集福功德。"

《南湖集》

【注释】

①张镃（1153～1211）：字功甫，号约斋居士，甘肃天水人，寓居临安，卜居于南湖。为南渡名将曾孙，南宋词人张炎曾祖父，著述有《南湖集》《仕学规范》等。

②扫轨：扫除车轮之迹，比喻隐逸林下，隔绝人事；林扃：林园。

③相羊：徘徊，盘桓。《楚辞·离骚》："折若木以拂日兮，聊逍遥以相羊。"

④黏鵄（nián chī）：鸟为涂了鵄胶的竿子所粘。

⑤圣朝：指南宋。

⑥典型：典范。

⑦南湖：指张镃。

⑧为《古诗十九首》之《生年不满百》中诗句。

⑨嘉泰元年：宋宁宗赵扩年号，即1201年。

⑩人日：正月初七为"人日"。

⑪斗草：唐人有斗百草，古代一种游戏。

⑫泛蒲：将菖蒲倒入酒中。

⑬笞（chōu）：滤酒。

⑭拒霜：木芙蓉。

【赏读】

  这一篇文章，与张镃的另外一篇《约斋桂隐百课》一起，被收入周密《武林旧事》结尾的第十卷。周密（1232～1298），字公谨，号草窗，山东济南人，晚年寓居湖州，居处有四条溪流，又自号四水潜夫。宋元之际的诗人、词人、散文家。一生著述四十余种，有诗《草窗韵语》，词《草窗词》，笔记《武林旧事》《齐东野语》《癸辛杂识》等。作为笔记大家，他之所以不惮将前辈的两篇文章选入自己书里，一是觉得人家文章写得好，二是因为这个"赏心乐事"写南宋中兴年间，士大夫在林园中的优游生活，与皇家相对照，是他的理想吧。周密在《齐东野语》里夸张约斋"其园池声伎服玩之丽甲天下"，并记叙了张家的"牡丹会"：

  "众宾既集，坐一虚堂，寂无所有。俄问左右云：'香已发未？'答云：'已发。'命卷帘，则异香自内出，郁然满坐。群妓以酒肴丝竹，次第而至。别有名姬十辈皆衣白，凡首饰衣领皆牡丹，首带照殿红一枝，执板奏歌侑觞。歌罢乐作乃退。复垂帘，谈论自如。良久,香起,卷帘如前。别十姬易服与花而出。大抵簪白花则衣紫,紫花则衣鹅黄,黄花则衣红,如是十杯。衣与花凡十易。所讴者皆前辈牡丹名词。酒竟,歌者、乐者,无虑数百十人,列行送客,烛光香雾,歌欢杂作,客皆恍然如仙游也。"的确是南宋显贵人家的神仙生活,难怪有诗:"山外青山楼外楼,西湖歌舞几时休。暖风熏得游人醉,直把杭州作汴州!"

一年的月令,孟元老《东京梦华录》中有,吴自牧的《梦粱录》中有,《武林旧事》卷二至卷三,走的也是岁时记的路子。张镃的"岁时记"好处是既简要又丰富,节令民俗之外,穷尽了当日的花事。人生活在富丽的林园里,风景与人为一,天之所以与我辈,能无负无衷,入无差别定,此种境界,未必就一定比陶渊明的"敝庐交悲风"为低。

好事者也可据此考证群芳,与之前李德裕平泉山居的草木记相对照,大概可以明白,唐宋风流在园林花卉这一块,具体而微,典范如何。

赏 花 周密①

禁中赏花非一，先期后苑及修内司分任排办，凡诸苑亭榭花木，妆点一新，锦帘绡幕，飞梭绣球，以至裀褥设放，器玩盆槖②，珍禽异物，各务奇丽。又命小珰、内司列肆关扑③珠翠冠朵、篦环绣段、画领花扇、官窑定器、孩儿戏具、闹竿龙船等物，及有买卖果木酒食、饼饵蔬茹之类，莫不备具，悉效西湖景物。

起自梅堂赏梅，芳春堂赏杏花，桃源观桃，粲锦堂金林檎④，照妆亭海棠，兰亭修禊，至于钟美堂赏大花为极盛。堂前三面，皆以花石为台三层，各植名品，标以象牌，覆以碧幕，台后分植玉绣球数百株，俨如镂玉屏，堂内左右各列三层雕花彩槛，护以彩色牡丹画衣，间列碾玉水晶金壶，及大食⑤玻璃、官窑等瓶，各簪奇品，如姚、魏、御衣黄、照殿红之类几千朵，别以银箔间贴大斛，分种数千百槖，分列四面，至于梁栋窗户间，亦以湘筒贮花，鳞次簇插，何啻万朵。

堂中设牡丹红锦地裀，自中殿、妃嫔以至内官，各赐翠叶牡丹、分枝铺翠牡丹、御衣画扇、龙涎金盒之类有差。下至伶官乐部应奉等人，亦沾恩赐，谓之"随花赏"。或天颜悦怿，谢恩赐予，多至数次。至春暮，则稽古堂、会瀛堂赏琼花，静侣亭紫笑⑥，净香亭采兰挑笋，则春事已在绿阴芳草间矣。

大抵内宴赏，初坐、再坐、插食盘架者，谓之"排当"，否则但谓之"进酒"。

《武林旧事》

【注释】

①周密（1232～1298）：字公谨，号草窗，祖籍山东济南，后寓居湖州、杭州等地。宋元之际的诗人、词人、散文家，著作有《草窗词》《草窗韵语》《武林旧事》《齐东野语》《癸辛杂识》等。

②盆窠（kē）：盆中栽奇花异木。窠，即"棵"。

③列肆关扑：用赌博的办法来买卖物品的游戏，有一点像现今公园里所见的套圈游戏一类。

④林檎（qín）：又称沙果、花红、来禽、文林郎果，有人认为树林里种这种果树，可招来飞鸟啄食，故称之来禽。

⑤大食：古称阿拉伯为大食。

⑥紫笑：紫色的含笑花。含笑有紫白二种，花开常不满，故称之为含笑。

【赏读】

这是皇帝赏花的排场。由先期的布置，市集的引入，到后面诸堂、诸花、各色人等，可见赏花节规模之大、耗费之繁。"梁栋窗户间，亦以湘筒贮花，鳞次簇插，何啻万朵。"此时此刻，花匠们大概是在人海之外，又造出了一个花的海洋。而且此类的活动，随着春天百花的依次盛开，还不止一次，可见官家们是何等的有钱、有闲。

群花之中，还是牡丹第一，姚黄魏紫，大富大贵，才衬得起这些富贵温柔乡里的儿女。

玉版居记 黄汝亨[①]

　　钟陵民俭，境以内山川城郭半萧瑟，绝少胜地可眺览。独城南山寺名福胜者，去城里许，径窅而僻，都无市喧。惟是苔衣树色相映，寺殿亦净敞可坐，前令于此集父老或诸生五六辈，说约讲艺。而寺以后方丈地，有修竹几百竿，古树十数株。为松、为枥、为樟、为朴、为蜡、为柞、为枫，及芭蕉细草间之。四面墙不盈尺，野林山翠，葱茜苍蔼，可攀而望。六月坐之可忘暑，清风白月，秋声夜色，摇摇堕竹树下。

　　间以吏事稀少，独与往还，觉山阴道[②]不远，亦自忘其吏之为俗。借境汰情[③]，似地其中不无小胜。因出馀锾[④]，命工筑小屋一座，围棂窗四周。窗以外长廊尺许，带以朱栏干。薙草砌石，可步可倚。最后隙地亦佳，覆树似屋，据而坐，亦近乎巢树凿坏[⑤]之民。而总之以竹居胜。即榜竹为径，题之以小淇园[⑥]，颜其居曰玉版[⑦]。里父老诸生未始不可与集，高客韵士与之俱，更益清远。间觅闲孤往，亦复自胜。

　　不佞令此地，无善状，庶几此袈裟此片居为政林下者云尔已矣。昔苏子瞻邀刘器之参玉版和尚，至则烧笋而食，器之觉笋味胜，欣然有悟，盖取诸此也。寺僧一二每见多酒态，不知此味，子瞻亦不可多得。嗟乎！情境旷视，雅俗都捐，亦乌知世无子瞻、玉版其人也。别一石刻《玉版居约》：戒杀，戒演戏，戒多滋味，戒毁墙壁篱落、斫伐摧败诸竹木，愿后来者共呵护之。有越三章者，不难现宰官身而说法。工竣为壬寅⑧秋九月。

刘大杰《明人小品选》

【注释】

①黄汝亨（1558～1626）：字贞父，钱塘（今浙江省杭州市）人，万历进士，散文家，作品有《天目记游》《廉吏传》等。

②山阴道：《世说新语》："从山阴道上行，山川自相映发，使人应接不暇。"山阴，会稽之别称。

③汰情：陶冶性情。

④镮（huán）：古代金钱计量单位，代指金钱。

⑤凿坯：古人凿穴而居。

⑥小淇园：含竹园之意。《诗·卫风·淇奥》："瞻彼淇奥，绿竹猗猗。"

⑦玉版：竹笋。

⑧壬寅：指明万历三十年（1602）。

【赏读】

钟陵即今江西省进贤县，黄汝亨时任进贤知县。现在去江西山中的朋友，还可看到一片连接一片的竹海。城郭萧瑟，吏事稀少，县令多半也如欧阳修放浪于山水之间。他看中了福胜寺后的林地，古树苍苍，绿竹猗猗，遂治玉版居，将之僻为说约讲艺之所。

淇园之笋是春天的馈赠，作者叹息寺僧好酒而不好笋，玉版和尚与东坡居士是人中龙凤，也难求得，他只好与父老诸生厮混，又担心一片清凉地，变成了打架与演戏的胜地，特别立下了《玉版居约》。这一份小心与纠结，要是被东坡居士看到，未必会愿意赴他的邀约呢，即便来，也多半是因为"为松、为枥、为樟、为朴、为蜡、为柞、为枫"的树林与吃不完的竹笋吧。

芙蓉庄诗序　　陈继儒①

吾隐市，人迹之市；隐山，人迹之山。乃转为四方名岳之游，如獐独跳，不顾后群，如狮独行，不求伴侣。然丹危翠险，梯腐藤焦，每欲飞渡而空蹳之，计莫若退隐田园，因作田园诗。

张啸翁许为同志，和以见示，并出《芙蓉庄》诗若干卷属余读之。余笑曰："今诗人集满天下，其投赠寄怀，率辇下②君子，凡通显有位望者辄字之，几与无等。至问其交情始末，或彼此不相识，即识，彼亦不能省记。而必欲胪次其姓名，以为行卷羔雁之贽③，大都一仕籍而已。"啸翁怜而唾之，凡与交游者唱和者汰不书。所作皆分梅种竹移菊艺兰莳茶采药及料理农桑渔樵之事。事真故烂漫而流便，兴率故简至而酣畅，心细故精综而修理，品洁故幽微而疏快，调高故孤直而清迥。读其诗想见其胸次，且笑且啼，且醉且醒，日混村童庄客之中，而神游于时局菀枯④向背之外。

古者罢侯种瓜⑤，逃相灌蔬⑥，庞公条桑⑦，云卿织履⑧，其意念亦若此耳。四君子密藏遵晦，并文采不少见，吊古者深以为恨。而啸翁尤幸有此集流落人间，使人名利之心顿忘，烟火之焰尽息，虽逃世，而救世之功寓矣。啸翁数招余颇切，义不忍作铁心人，终当一叩芙蓉庄，饮李公洼⑨，卧皎然桃花石枕⑩，醉呼张志和⑪，"汝曾见君家啸翁田园诗否？"

《眉公全集》

【注释】

①陈继儒（1558～1639）：字仲醇，号眉公，松江华亭（今上海松江）人。明末散文家、书法家、画家，有《眉公全集》。

②辇下：京城。帝王所乘车曰辇。

③行卷：唐时应举士人将所作诗文写成卷轴，投献朝中显贵，谓之行卷；羔雁：幼羊与雁，代指礼品；贽：初次求见所赠礼品。

④菀（wǎn）枯：荣枯。菀，茂盛之貌。

⑤罢侯种瓜：西汉召平，本为秦东陵侯，秦亡后，在长安城东种瓜，时称东陵瓜。

⑥逃相灌蔬：战国齐人陈仲子，楚王欲以为相，不就，与妻逃，为人灌园。

⑦庞公条桑：东汉庞德公与其妻躬耕岘山之南，栽桑灌园，刘表多次征召不出。

⑧云卿织履：南宋苏云卿，绍兴间客居豫章东湖，结庐独居，靠种蔬菜织履自给。年轻时与张浚为布衣交，浚为相，派人接他，不就。

⑨李公洼：唐开元中湖州别驾李适之登岘山，建亭名洼尊，"李公洼"即此。

⑩皎然桃花石枕：唐代僧人皎然有《桃花石枕歌赠康从事》《桃花石枕歌送安吉康丞》等诗。

⑪张志和：唐代诗人，字子同，肃宗时待诏翰林，后隐居江湖间，自号烟波钓徒。

【赏读】

眉公序跋之多，文集中比比皆是，他果然是隐于人迹之市，人迹之山，屐齿交错，友朋如云，倒也并不寂寞。他的序，多半也亲切风雅，特别是此文，谈田园与田园诗，都是他的本行，因此也特别入味。"事真故烂漫而流便，兴率故简至而酣畅，心细故精综而修理，品洁故幽微而疏快，调高故孤直而清迥。"这是啸翁在他的芙蓉庄里"分梅种竹移菊艺兰莳茶采药及料理农桑渔樵之事"而颐养出的格调，谈其诗，识其人，当然会怡然而起去芙蓉庄看看的心思，可惜，眉公只管作序，却没有做出芙蓉庄的游记来。

"涉江采芙蓉，将以遗所思。"这里的芙蓉，多半是指莲花。"木末芙蓉花，山中发红萼。"这里的芙蓉，多半是木芙蓉，又称木莲，十月开放，花像牡丹与芍药，差不多与菊花同时，一起迎着秋风与秋霜，所以也被称之为拒霜花。不知道啸翁的芙蓉庄，种的是水中莲，还是木莲？

寓山注（节选） 祁彪佳①

松径。园之中不少矫矫虬枝，然皆偃蹇不受约束。独此处俨然成列，如冠剑丈夫鹄立通明殿②上。余因之疏开一径，友石榭所由以达选胜亭也。劲风谡谡，入径者六月生寒。迎门一松，曲折如舞，共诧五大夫何妩媚乃尔。径旁尽植松花，红紫杂古翠间，如韦文女嫁骑驴老叟③，转觉生韵。

樱桃林。选胜之下，织竹为垣。蔓以蔷薇数种，篱外多植樱桃、蜡珠、麦英，不一其品。每至繁英散集，朱实星悬，如隔帘美人，绛唇半露。但主人方与徂徕④处士拂麈玄谈，不须几片红牙唱晓风残月⑤耳。

芙蓉渡。自草阁达瓶隐，有曲廊。俯槛临流，见奇石兀奇。石畔箐筜寒玉，瑟瑟秋声。小沼澄碧照人，如翠鸟穿弄枝叶上。吾园长于旷，短于幽，得此地一啸一咏，便可终日。廊及半，东面有小径，自此而台而屿，红英浮漾，绿水斜通，都不是主人会心处。惟是冷香数朵，想象秋江寂寞时，与远峰寒潭共作知己，遂以芙蓉字吾渡。

幽圃。让鸥池之南，有余地焉。衡可二百尺，纵不及衡者半。以五之三种桑，其二种梨、桔、桃、李、杏、栗之属。庄奴颇率职，溉壅⑥三之，芟雉⑦五之。于树下栽紫茄、白豆、甘瓜、樱粟，又从海外得红薯异种，每一本可植二三亩，每亩可收得薯一二车，足果百人腹。常咏陶靖节诗："欢然酌春酒，摘我园中疏。"有似乎烹葵剥枣之风焉。故以名吾圃。

《寓山注》

【注释】

①祁彪佳（1602~1645）：字幼文，一字虎子，号世培。山阴（今浙江省绍兴市）人。明代散文家、戏曲家、藏书家。清军入关后在杭州自沉殉国。有戏曲批评著作《远山堂曲品》《远山堂剧品》等存世。

②通明殿：天上的神殿，指皇帝的大殿。苏轼有诗："仙风吹下御炉香，侍臣鹄立通明殿。"

③韦文女嫁骑驴老叟：古代传奇故事，事见《续玄怪录·张老》。

④徂徕（cú lái）：道教的仙山之一，在山东省。

⑤红牙唱晓风残月：事见《吹剑录》："十七八岁女孩儿，执红牙拍板，唱杨柳岸晓风残月。"

⑥溉：灌溉；壅：培土。

⑦芟雉：剪除杂草。

【赏读】

《寓山注》由一篇序与十数篇美妙的短文组成。序介绍作园的缘起，作者于自己的故乡，绍兴山阴道上，曾洒过汗水的山岭中开辟此园，园外山川之丽、万壑千岩，园内花木之繁，云客宅心。序后分列各处胜景，有《水明廊》《读易居》《呼虹幌》《让鸥池》《踏香堤》《浮影台》《听止桥》《沁月泉》《溪中草阁》《茶坞》《冷云石》《友石榭》《太古亭》《小斜川》《松径》《樱桃林》《选胜亭》《虎角庵》《袖海》《瓶隐》《孤峰玉女台》《芙蓉渡》《回波屿》《妙赏亭》《小峦岫》《志归斋》《天瓢》《笛亭》《酣漱廊》《烂柯山房》《约室》《铁芝峰》《寓山堂》《通霞台》《静者轩》《远阁》《柳陌》《豳圃》《抱瓮小憩》《丰庄》《海翁梁》《试莺馆》《归云寄》《即花舍》《宛转环》《远山堂》《四负堂》《八求楼》等。

  将这些章节名罗列出来，即可管中窥豹，颇见寓山园的风范。祁彪佳所取的园林的名字，也风雅质朴，文质彬彬。据说后来曹雪芹写《红楼梦》中的大观园，即有借鉴，我们看贾宝玉为大观园题名，宛然就是祁彪佳的弟子。

  上面的四节大多与草木关联。红紫杂古翠间的松花，何等的古媚有情；花林中的樱桃如绛唇半露的美人；芙蓉渡边的木芙蓉掩映在澄静的秋江里；豳圃就是大观园中的稻香村，所种的红薯，彼时刚由国外引种，所以作者谈论到它们的时候，还乍惊乍喜。

瓶史(节选) 袁宏道[①]

夫幽人韵士,摒绝声色,其嗜好不得不钟于山水花竹。夫山水花竹者,名之所不在,奔竞之所不至也。天下之人,栖止于嚣崖利薮,目眯尘沙,心疲计算,欲有之而有所不暇。故幽人韵士,得以乘间而踞为一日之有。夫幽人韵士者,处于不争之地,而以一切让天下之人者也。唯夫山水花竹,欲以让人,而人未必乐受,故居之也安,而踞之也无祸。嗟夫,此隐者之事,决烈丈夫之所为,余生平企羡而不可得者也。幸而身居隐见之间,世间可趋可争者既不到,余遂欲欹笠[②]高岩,濯缨流水,又为卑官所绊,仅有载花莳竹一事,可以自乐。而邸居湫隘,迁徙无常,不得已乃以胆瓶贮花,随时插换。京师人家所有名卉,一旦遂为余案头物。无扦剔浇顿之苦,而有味赏之乐。取者不贪,遇者不争,是可述也。噫,此暂时快心事也,无狃[③]以为常,而忘山水之乐,石公记之。凡瓶中所有品目,条列于后,与诸好事而贫者共焉。

花目。燕京天气严寒,南中名花多不至。即有至者,率为巨珰大畹[④]所有,儒生寒士无因得发其幕,不得不取其近而易致者。夫取花如取友,山林奇逸之士,族迷于鹿豕,身蔽于丰草,吾虽欲友之而不可得。是故通邑大都之间,时流所共标共目,而指为隽士者,吾亦欲友之,取其近而易致也。余于诸花取其近而易致者:入春为梅,为海棠;夏为牡丹,为芍药,为石榴;秋为木樨，为莲、菊；冬为蜡梅。一室之内，荀香何粉⑤，迭为宾客。取之虽近，终不敢滥及凡卉，就使乏花，宁贮竹柏数枝以充之。"虽无老成人，尚有典刑。"⑥岂可使市井庸儿，溷入贤社，贻皇甫氏充隐⑦之嗤哉？

品第。汉宫三千，赵姊第一；邢、尹同幸，望而泣下。故知色之绝者，蛾眉未免俯首；物之尤者，出乎其类。将使倾城与众姬同辇，吉士与凡才并驾，谁之罪哉？梅以重叶、绿萼、玉蝶、百叶缃梅为上，海棠以西府、紫锦为上，牡丹以黄楼子、绿蝴蝶、西瓜瓤、大红、舞青霓为上，芍药以冠群芳、御衣黄、宝妆成为上，榴花深红重台为上，莲花碧台锦边为上，木樨球子、早黄为上，菊以诸色鹤翎、西施、剪绒为上，蜡梅磬口香为上。诸花皆名品，寒士斋中理不得悉致，而余独叙此数种者，要以判断群菲，不欲使常闺艳质杂诸奇卉之间耳。夫一字之褒，荣于华衮，今以蕊宫之董狐，定华林之《春秋》，安得不严且慎哉！孔子曰："其义则某窃取之矣。"

器具。养花瓶亦须精良。譬如玉环、飞燕，不可置之茅茨；又如嵇、阮、贺、李⑧，不可请之酒食店中。尝见江南人家所藏旧觚，青翠入骨，砂斑垤⑨起，可谓花之金屋。其次官、哥、象、定等窑，细媚滋润，皆花神之精舍也。大抵斋瓶宜矮而小，铜器如花觚、铜觯、尊罍、方汉壶、素温壶、匾壶，窑器如纸槌、鹅颈、茄袋、花樽、花囊、蓍草、蒲槌，皆须形制短小者，方入清供。不然，与家堂香火何异，虽旧亦俗也。然花形自有大小，如牡丹、芍药、莲花、形质既大，不在此限。尝闻古铜器入土年久，受土气深，用以养花，花色鲜明如枝头，开速而谢迟，就瓶结实，陶器亦然，故知瓶之宝古者，非独以玩。然寒微之士，无从致此，但得宣、成等窑磁瓶各一二枚，亦可谓乞儿暴富也。冬花宜用锡管，北地天寒，冻冰能裂铜，不独磁民。水中投硫磺数钱亦得。

择水。京师西山碧云寺水、裂帛湖水、龙王堂水，皆可用；一入高梁桥，便为浊品。凡瓶不须经风日者。其他如桑园水、满井水、沙窝水、王妈妈井水，味虽甘，养花多不茂。苦水尤忌，以味特咸，未若多贮梅水⑩为佳。贮水之法：初入瓮时，以烧热煤土一块投之，经年不坏。不独养花，亦可烹茶。

宜称。插花不可太繁，亦不可太瘦。多不过二种三种，高低疏密，如画苑布置方妙。置瓶忌两对，忌一律，忌成行列，忌绳束缚。夫花之所谓整齐者，正以参差不伦，意态天然，如子瞻之文随意断续。青莲之诗不拘对偶，此真整齐也。若夫枝叶相当，红白相配，以省曹墀下树⑪，墓门华表也，恶得为整齐哉？

屏俗。室中天然几一，藤床一。几宜阔厚，宜细滑。凡本地边栏漆桌，描金螺钿床，及彩花瓶架之类，皆置不用。

花祟⑫。花下不宜焚香，犹茶中不宜置果也。夫茶有真味，非甘苦也；花有真香，非烟燎也。味夺香损，俗子之过。且香气燥烈，一被其毒，旋即枯萎，故香为花之剑刃。棒香合香，尤不可用，以中有麝脐故也。昔韩熙载谓木樨宜龙脑，酴醾宜沉水，兰宜四绝，含笑宜麝，薝卜宜檀。此无异笋中夹肉，官疱排当所为，非雅士事也。至若烛气煤烟，皆能杀花，速宜摒去。谓之花崇，不亦宜哉？……

《袁宏道集》

【注释】

①袁宏道（1568～1610）：字中郎，号石公，湖广公安（今湖北省公安县）人，诗文提倡性灵，与其兄宗道、其弟中道，称"公安三袁"。有《袁宏道集》。

②欹笠：斜戴着斗笠。

③狃（niǔ）：偏见，偏执。

④巨珰大畹：指拥有很多地产的人。这里指京中权贵。珰，宦官；畹，田亩。

⑤荀香何粉：汉人荀彧，家有奇香；三国何晏，脸白如敷粉。

⑥《诗·大雅·荡》："虽无老成人，尚有典刑。"指的是虽无伊尹那样经验丰富的老成人，但还有遗下的规则可以依凭。

⑦皇甫氏充隐：《晋书·桓玄传》：桓玄见历代皆有高隐，他朝独无，遂给皇甫谧的后代皇甫华资用，命他假扮隐居，时称"充隐"。

⑧嵇：嵇康；阮：阮籍；贺：贺知章；李：李白。

⑨垤（dié）：小土堆。

⑩梅水：梅雨季节收贮的水，据说水质好，不变味。

⑪省曹：官衙。墀下树：官衙阶下排列整齐的树。

⑫花祟：花的祸害。

【赏读】

中郎《瓶史》一文，其实是山水花竹中的《离骚》，千古奇文，令人心折。文章由开头的小引，加上后面的十二篇《花目》《品第》

《器具》《择水》《宜称》《屏俗》《花祟》《洗沐》《使令》《好事》《清赏》《监戒》，是插花之法，也是赏花之意，由字里行间仔细看，也投射着中郎的处世之道，才情与识见，风雅与痴念，交织在一起，不愧他标举的"性灵"二字。

大明的京师，与当下的京师，一样的"嚣崖利薮"，一样的"风霾时作"，中郎不能为桃花洞口人，又不甘为人间尘土官，闹市中的"隐士"，有可能吗？这也像他取来的花枝，不在精微的权贵林园，也不在平畴交风的田野溪涧，而是将它们供放在文人雅士的书斋与瓶罐里——在两个极点之间，人也好，花也好，能中道而行之吗？中道，也是一种痴吧。这些都存而不论，我们读到："淡云薄日，夕阳佳月，花之晓也；狂号连雨，烈炎浓寒，花之夕也。唇檀烘日，媚体藏风，花之喜也；晕酣神敛，烟色迷离，花之愁也；欹枝困槛，如不胜风，花之梦也；嫣然流盼，光华溢目，花之醒也。晓则空庭大厦，昏则曲房奥室，愁则屏气危坐，喜则欢呼调笑，梦则垂帘下帷，醒则分膏理泽，所以悦其性情，时其起居也。浴晓者上也，浴寤者次也，浴喜者下也。若夫浴夕浴愁，直花刑耳，又何取焉。浴之之法：用泉甘而清者细微浇注，如微雨解醒，清露润甲。不可以手触花，及指尖折剔，亦不可付之庸奴猥婢。浴梅宜隐士，浴海棠宜韵致客，浴牡丹、芍药宜靓妆妙女，浴榴宜艳婢，浴木樨宜清慧儿，浴莲花宜娇媚妾，浴菊宜好古而奇者，浴蜡梅宜清瘦僧。"这样的段落，却是人性之中的一点至爱与至诚，知花、爱花、懂花、惜花，世间已无出中郎之右者！所谓"似花花解语"，由瓶中的梅兰菊莲们看来，中郎也是"人解语"，似玉玉生香吧！聪明的家伙，转头就会将这样的花道与情爱比拟，懂得了这个道理，偎红倚翠的本领，恐怕是韦小宝韦爵爷，都拍马追不上的。

文章结尾的花快意十四条与花折辱二十三条，也是非中郎莫办。只是这对花三十七条，多半已走出了书斋与瓶花，在谏议世上的看花客了。明窗净几不难,松涛与溪声却不易,座客可邀,门僧现在可少,我现在就在"手抄艺花书",可是"苏州人送酒"?中郎曾为官吴下,一定是迷上了那里的黄酒,而且有故吏老友定期送上门……至于辱花,只能说,中郎所恨,于今尤烈,这是一个采花贼如麻,花痴却难得的时代啊。

中郎还提到了张功甫,就是前文《赏心乐事并序》的作者张镃,他在《梅品》之中,提到的赏花五十八条,也是中郎知音,不同凡响,也可一并附此:

"花宜称,凡二十六条。为澹阴,为晓日,为薄寒,为细雨,为轻烟,为佳月,为夕阳,为微雪,为晚霞,为珍禽,为孤鹤,为清溪,为小桥,为竹边,为松下,为明牕,为疏篱,为苍崖,为绿苔,为铜瓶,为纸帐,为林间吹笛,为膝上横琴,为石枰下棋,为扫雪煎茶,为美人澹妆簪戴。

"花憎嫉,凡十四条。为狂风,为连雨,为烈日,为苦寒,为丑妇,为俗子,为老鸦,为恶诗,为谈时事,为论差除,为花径喝道,为对花张绯幙,为赏花动鼓板,为作诗用调羹驿使事。

"花荣宠,凡六条。为烟尘不染,为铃索护持,为除地镜净落瓣不淄,为王公旦夕留盼,为诗人阁笔评量,为妙妓澹妆雅歌。

"花屈辱,凡十二条。为主人不好事,为主人悭鄙,为种富家园内,为与粗婢命名,为蟠结作屏,为赏花命猥妓,为庸僧牕下种,为酒食店内插瓶,为树下有狗矢,为枝下晒衣裳,为青纸屏粉画,为生猥巷秽沟边。"

泊舟种花溪记 陈子壮[①]

屏居无事,挈双僮携一小榻,一琴,一箫,一茶铛[②],泛小舫于芙蓉洲畔。将寻李小湾,未数里,小湾亦驾一叶寻余,遇于五云桥下。是日风泉霁净,秋光如美人。小湾大有佳意,急命泊舟沽酒。不知所泊岸,即花人种花溪也。新菊数枝,已出篱落。兰英近水者,半为溪草所没。余命僮子采采[③]来献,小湾喜甚,为诵秋兰一篇。余曰:"时花方好,得无微觉芙蓉老乎?"盖先是读小湾生日诗,多称衰老。至是知余欲有讽也,笑执余手曰:"子芙蓉亦几几有醉色亦。"余喟然而叹:"忆李北海[④]牡丹诗:'只恐东风易摇落,一枝传向画中看。'夫人之于诗也,骨法崚嶒[⑤],少不如老,丰姿秀妩,老不如少。子少年时,锦溪桥上,曾经几调脂染碧,渼粉研青,今岂遂亡之乎?"小湾起,嚼兰擎酒,绕船而行,眉宇若有动者,遂漫书记之。

《云淙集》

【注释】

①陈子壮(1596~1647):明末抗清将领,与陈邦彦、张家玉合称"岭南三忠"。字集生,号秋涛,谥文忠。广东南海(今广东省广州市)人。万历四十七年进士。起兵攻广州,兵败,惨被锯死。著有《云淙集》《练要堂稿》《南宫集》等。

②茶铛:煮茶的诸般器具。

③采采:即采。

④李北海：李邕，唐代书法家，曾任北海太守。
⑤崚嶒（léng céng）：高峻突兀貌。

【赏读】

　　这大概是清兵南下、陈子壮举兵征战之前的闲居故事。风泉霁净、秋光如同美人的时节，泛舟芙蓉洲，去寻访好友，好友也在寻找自己的路上，这样的灵犀相通，特别让人想到雪夜访戴的王子猷，去寻张怀民步月的苏东坡。

　　在兰菊交映的种花溪上，两个人谈艺论道，相互调笑，叹息时光的消逝。李小湾能画、会书、能诗，为自己"微觉芙蓉老"而伤感，之后嚼兰擎酒，散步在或琴或箫或茶的船上。

　　真可谓真名士，自风流，后来陈子壮兵败被俘，为敌锯死，忠勇无匹，可见他"丰姿秀妩"之外，也有"骨法崚嶒"的一面，不负秋兰之韵，秋菊之节。

金乳生草花　　张　岱①

　　金乳生喜莳②草花。住宅前有空地，小河界之。乳生濒河构③小轩三间，纵其趾于北，不方而长，设竹篱经其左。北临街，筑土墙，墙内砌花栏护其趾。再前，又砌石花栏，长丈余而稍狭。栏前以螺山石垒山披数折，有画意。草木百余本，错杂莳之，浓淡疏密，俱有情致。春以罂粟、虞美人为主，而山兰、素馨、决明佐之。春老以芍药为主，而西番莲、土萱、紫兰、山矾④佐之。夏以洛阳花、建兰为主，而蜀葵、乌斯菊、望江南、茉莉、杜若、珍珠兰佐之。秋以菊为主，而剪秋纱、秋葵、僧鞋菊、万寿芙蓉、老少年、秋海棠、雁来红、矮鸡冠佐之。冬以水仙为主，而长春佐之。其木本如紫白丁香、绿萼、玉蝶、腊梅、西府、滇茶、日丹、白梨花，种之墙头屋角，以遮烈日。乳生弱质多病，早起，不盥不栉，蒲伏⑤阶下，捕菊虎，芟地蚕，花根叶底，虽千百本，一日必一周之。瘿头者火蚁，瘠枝者黑蚰，伤根者蚯蚓、蜒蚰，贼叶者象干、毛猬。火蚁，以鲨骨、鳖甲置旁引出弃之。黑蚰，以麻裹箸头捋出之。蜒蚰，以夜静持灯灭杀之。蚯蚓，以石灰水灌河水解之。毛猬，以马粪水杀之。象干虫，磨铁钱穴搜之。事必亲历，虽冰龟⑥其手，日焦其额，不顾也。青帝喜其勤，近产芝三本，以祥瑞之。

《陶庵梦忆》

【注释】

①张岱（1597~1689）：字宗子，后字石公，号陶庵，又号蝶庵。山阴（今浙江省绍兴市）人。明代散文家，有《陶庵梦忆》《西湖梦寻》《石匮书后集》等传世。

②莳（shì）：种植。

③构：建造。

④山矾：又名七里香、芸香，常绿小乔木，早春开花，花白色。

⑤蒲伏：匍匐。

⑥龟（jūn）：皲裂。

【赏读】

《陶庵梦忆》里，记载了许多"痴人"，如治玉的陆子冈、治犀的鲍天成、治嵌镶的周柱之、治梳的赵良璧、治金奶的朱碧山等吴中良匠，所谓痴，一是一往而情深，尽一生之业以之；二是技进乎道，有"上下百年保无敌手"的功业。

金乳生显然也是一个痴人，他的痴处在种花。不过是房前方圆数丈的空地，他倾尽心力，令之变成了人间的花园，数百本草木，一年四季依时开放，条条有理，纲举目张，领会下来，与一篇八股文何异哉！

因为种植花木，他显然也成了一位除虫的专家，这些前来觊觎他的乐园的菊虎、地蚕、火蚁、黑蚰、蚯蚓、蜒蚰、象干、毛猬们，都被他兵来将挡，水来土掩，周而复始，日复一日，抵挡在草木王国之外，这些三十六计，多半是要靠他自己践行出来，或者是搜书访友，征求得来的，其实不容易。

金乳生之流，大概就是《灌园叟晚逢仙女》中的灌园叟、写

《花镜》的陈淏子一类的花痴吧。这些伟大的花匠,让我倾慕不已,张岱讲:"人无癖不可与交,以其无深情也,人无痴不可与交,以其无真气也。"深情与真气所凝的草木大师们,微斯人,吾谁与归?

华 棚 傅 山①

贫道尝拟作华棚,为春郊寻芳集客之具,意中结构殊精妙。每岁华期,扶老慈,携子弟,图数日承颜于风轻云淡之野,即事令群季②赌花事,记室③随习声律,撷漱芳润,以为游艺之益。后乃要词坛昆弟,载酒限韵,以纪一年春游之胜。于今已矣!褴褛黄冠,且图敲木鱼,持瘿瓢,沿门叫化十方茶饭,以养吾老慈矣。风味似大相悬异。究竟宜然,未是落魄耶?通脱殊自佳,悲愤塞天地,饥饿皲瘃④,不分于凡。

《霜红龛集》

【注释】

①傅山(1607~1684):初名鼎臣,字青竹,后改字青主,号啬庐,山西阳曲(今山西省太原市)人。明末清初的学者、名医、散文家,著有《霜红龛集》等。

②群季:堂兄弟们。

③记室:做秘书的人。

④皲瘃(jūn zhú):手脚干裂、起冻疮。

【赏读】

春光短暂,行乐当及时,花前狂欢纵酒,吟诗作赋,固然是青春快事,傅山曾有此想,奈何世易时移,"华棚"之梦也化作春梦。但就是"敲木鱼,持瘿瓢,沿门叫化十方茶饭"的时节,傅山也并未觉得落魄而无生意,富贵之花,与贫寒之花,达人如傅山,其庶几乎?

傅青主设华棚的想法,之后李渔也有实践,在《闲情偶寄》里,李渔写道:"花时苦寒,既有妻梅之心,当筹寝处之法。否则衾枕不备,露宿为难,乘兴而来者,无不尽兴而返,即求为驴背浩然,不数得也。观梅之具有二:山游者必带帐房,实三面而虚其前,制同汤网,其中多设炉炭,既可致温,复备暖酒之用。此一法也。园居者设纸屏数扇,覆以平顶,四面设窗,尽可开闭,随花所在,撑而就之。此屏不止观梅,是花皆然,可备终岁之用。"

一年三百六十天,花开不过数日而已,寻芳客的"华棚",得其所哉!

花镜自序 陈淏子①

余生无所好,惟嗜书与花。年来虚度二万八千日,大半沉酣于断简残编,半驰情于园林花鸟,故贫无长物,只赢笔乘②书囊。枕有秘函,所载花经、药谱。世多笑余花癖,兼号书痴。噫嘻!读书乃儒家正务,何得云痴!至于锄园、艺圃、调鹤、栽花,聊以息心娱老耳。

渊明有云:"富贵非吾愿,帝乡不可期。"③余栖息一廛,快读之暇,即以课花为事。而饮食坐卧,日在锦茵香谷中。时而梅呈人艳,柳破金芽;海棠红媚,兰瑞芳夸;梨梢月浸,桃浪风斜。树头蜂抱花须,香径蝶迷林下。一庭新色,遍地繁华。则读卷纵观,岂非三春乐事乎?未几榴花烘天,葵心倾日,荷盖摇风,杨花舞雪,乔木郁蓊,群葩敛实。篁清三径之凉,槐荫两阶之粲。紫燕点波,锦鳞跃浪,则高卧北窗,听蛙鼓于草间;散步朗吟,霭薰风于泽畔,诚避炎之乐土也。至于白帝徂秋④,金风播爽,云中桂子,月下梧桐,篱边丛菊,沼上芙蓉,霞升枫柏,雪泛荻芦。晚花尚留冻蝶,短砌犹噪寒蝉。鸥瞑衰草,雁唳书空。同人雅集,满园香沁诗脾;餐秀衔杯,随托足供联咏,乃清秋佳境也。迄乎冬冥司令,于众芳摇落之时。而我圃不谢之花,尚有枇杷累玉,蜡瓣舒香。茶苞含五色之葩,月季呈四时之丽。则曝背看书,犹藉檐前碧草;登楼远眺,且喜窗外松筠,怡情适志,乐此忘疲。

要知焚香煮茗，摹榻洗花，不过文园馆课之逸事，繁剧无聊之良剂耳。痴耶？癖耶？余惟终老于斯矣。堪笑世人鹿鹿⑤，非混迹市廛，即萦情圭组⑥，昧⑦艺植之理，虽对名花，徒供一朝赏玩，转眼即成槁木耳。

客曰：唯！唯！既非花癖，何不发翁枕秘，授我《花镜》一书，以公海内，俾人人尽得种植之方，咸诵翁为花仙可乎？

康熙戊辰桂月，西湖花隐翁陈淏子漫题。

《花镜》

【注释】

①陈淏（hào）子：约明万历四十年（1612）生，卒年不详。字扶摇，自号西湖花隐翁。籍贯不详。园艺学家，康熙二十七年（1688）写成《花镜》。

②笔乘：笔记。

③见陶渊明《归去来兮辞》。

④白帝：司秋之神；徂秋：轮置秋天。

⑤鹿鹿：碌碌无为。

⑥圭组：印绶，指官位。

⑦昧：不懂得。

【赏读】

这一篇《花镜》的自序，好读好看，几乎就是另外的一篇《归去来兮辞》，作者陈淏子，活脱脱就是冯梦龙《醒世恒言》里，《灌园叟晚逢仙女》中的灌园叟。这个拟话本里，灌园叟其人的大概是："就在大宋仁宗年间，江南平江府东门外长乐村中。这村离城只去三里之远，村上有个老者，姓秋名先，原是庄家出身，有数亩田地，一所草房。妈妈水氏已故，别无儿女。那秋先从幼酷好栽花种果，把田业都撇弃了，专于其事。若偶觅得种异花，就是拾著珍宝，也没有这般欢喜。随你极紧要的事出外，路上逢著人家有树花儿，不管他家容不容，便陪著笑脸，挨进去求玩。若不常花木，或家里也在正开，还转身得快，倘然是一种名花，家中没有的，虽或有，已开过了，便将正事撇在半边，依依不舍，永日忘归。人都叫他是花痴。或遇见卖花的有株好花，不论身边有钱无钱，一定要买，无钱时便脱身上衣服去解当。也有卖花的知他僻性，故高其价，也只得忍贵买回。又有那破落户晓得他是爱花的，各处寻觅好花折来，把泥假捏个根儿哄他，少不得也买。有恁般奇事！将来种下，依然肯活。日积月累，遂成了一个大园。那园周围编竹为篱，篱上交缠蔷薇、荼䕷、木香、刺梅、木槿、棣棠、十样锦、美人蓼、山踯躅、高良姜、白蛱蝶、夜落金钱、缠枝牡丹等类，不可枚举。遇开放之时，烂如锦屏。远篱数步，尽植名花异卉。一花未谢，一花又开。向阳设两扇柴门，门内一条竹径，两边都结柏屏遮护。转过柏屏，便是三间草堂。房虽草覆，却高爽宽，窗明亮。堂中挂一幅无名小画，设一张白木卧榻。桌凳之类，色色洁净。打扫得地下无纤毫尘垢。堂后精舍数间，卧室在内。那花卉无所不有，十分繁茂。真个四时不谢，八节长春。但见：梅标清骨，兰挺幽芳。茶呈雅韵轹李谢浓妆。杏娇疏雨，菊傲严霜。水仙冰冱玉骨，牡丹国色天香。玉树亭亭阶砌，金莲冉冉池塘。芍药芳姿少比，石榴丽质无双。丹桂飘香月窟，芙蓉冷艳寒江。梨花溶溶夜月，桃花灼灼朝阳。山茶花宝珠称贵，蜡梅花磬口方香。海棠花西府为上，瑞香花金边最良。玫瑰杜鹃，烂如云锦，绣球郁李，点缀风光。说不尽千般花卉，数不了万种芬芳……"

一样的花痴，陈溟子兄无非是还多了一样书痴，不知道他有没有像秋先那样遇到花仙女,由花而成仙的好事,写出《花镜》这样的书,是理应受到这样的福报的。《花镜》书成,一共分成七卷,第一卷是《花历新栽》,是各种花木培植的逐月行事;第二卷就是有名的《课花十八法》;第三卷至第六卷以花木类、花果类、藤蔓花草类来说明各种花木的培植与利用,总计三百五十二种;第七卷为所附禽鸟虫鱼四十五种,这些大概是花木的近邻。这本书可谓详尽而优美的庭院花木栽培的指南,以便"俾人人尽得种植之方"。

陈淏子的"课花大略"是:"尝观天倾西北,地缺东南,天地尚不能无缺陷,何况附天地而生之草木乎?生草木之天地既殊,则草木之性情焉得不异?故北方属水性冷,产北者自耐严寒,南方属火性燠,产南者不惧炎威,理势然也,如榴不畏暑,愈暖愈繁,梅不畏寒,愈冷愈发,荔枝龙眼独荣于闽粤,榛松枣柏尤盛于燕齐,橘柚生于南,移之北则无液,蔓菁生于北,植之南则无头,草木不能易地而生,人岂能强之不变哉!然亦有法焉,在花主园丁,能审其燥湿,避其寒暑,使各顺其性,虽迤方异域,南北易地,人力亦可以夺天工,夭乔未尝不在吾侪掌握中也。余素性嗜花,家园数亩,除书屋、讲堂、月榭、茶寮之外,遍地皆花竹药苗,凡植之荣者,即纪其何以荣,植之而瘁者,必究其何以瘁。宜阴、宜阳、喜燥、喜湿,当瘠、当肥,无一不顺其性情,而朝夕体验之。即有一二目未之见,法未善者,多询之嗜花友,以花为事者,或卖花佣,以花生活者,多方传其秘诀,取其新论,复于昔贤花史、花谱中参酌改正而后录之。可称树艺经验良方,非徒采纸上陈言,以眩赏鉴者之耳目也。因辑课花十八法于左,以公海内同志云尔。""各顺其性",灼灼四字真言,践行起来,却也不易。十八法是:辨花性情法、种植位置法、接换神奇法、分栽有时法、扦插易生法、移花转垛法、过贴巧合法、不种及期法、收种贮子法、浇灌得宜法、培雍可否法、治诸虫蠹法、枯树活树法、变花催花法、种盆取景法、养花插瓶法、整顿删科法、花香耐久法。

  抄到这里，我们就会明白，这位陈淏子，就是花国中的"须菩提祖师"，我们这些抓耳挠腮的孙猴子，想学到一点种花养草的真本领，免乎"徒采纸上陈言，以眩赏鉴者"的空谈，就是去找到这本绘声绘色的《花镜》，拜上这位祖师，由阳台到苗圃到后园，一点一点地实践，说不定也可由"非混迹市廛，即萦情圭组"的"鹿鹿世人"，一变而成为花中仙。

菜花黄 沈 复[①]

苏城有南园、北园二处,菜花黄时,苦无酒家小饮,携盒而往,对花冷饮,殊无意味。或议就近觅饮者,或议看花归饮者,终不如对花热饮为快。众议未定,芸[②]笑曰:"明日但各出杖头钱,我自担炉火来。"众笑曰:"诺。"众去,余问曰:"卿果自往乎?"芸曰:"非也,妾见市中卖馄饨者,其担、锅、灶无不备,盍雇之而往?妾先烹调端整[③],到彼处再一下锅,茶酒两便。"余曰:"酒菜固便矣,茶乏烹具。"芸曰:"携一砂罐去,以铁叉串罐柄,去其锅,悬于行灶中,加柴火煎茶,不亦便乎?"余鼓掌称善。

街头有鲍姓者,卖馄饨为业,以百钱雇其担,约以明日午后,鲍欣然允议。明日看花者至,余告以故,众咸叹服。饭后同往,并带席垫。至南园,择柳阴下团坐。先烹茗,饮毕,然后暖酒烹肴。是日风和日丽,遍地黄金,青衫红袖[④]越阡度陌,蝶蜂乱飞,令人不饮自醉。既而酒肴俱熟,坐地大嚼,担者颇不俗,拉与同饮。游人见之莫不羡为奇想。杯盘狼藉,各已陶然,或坐或卧,或歌或啸。红日将颓,余思粥,担者即为买米煮之,果腹而归。

芸曰:"今日之游乐乎?"众曰:"非夫人之力不及此。"大笑而散。

《浮生六记》

【注释】

①沈复（1763～1822）：字三白，号梅逸，长洲（今江苏省苏州市）人。清代文学家，著有《浮生六记》。

②芸：陈芸，字淑珍，沈复的结发妻子。

③端整：准备周全。

④青衫红袖：青年男女踏青客。

【赏读】

一个四十六岁的苏州小文人，沈三白，在他人生的秋天，拿起笔，写下了一本小小的自传，来追忆他的婚姻生活、家庭变故、闲情逸记、山水游记，他将这本小册子名之为《浮生六记》。他有热爱生活的人生态度，其文字的笔调率真自然，特别是记录下来的他的发妻芸娘的音容笑貌，令人难以忘记，林语堂就曾盛赞芸娘是"中国文学上一个最可爱的女人"。

本文选自《浮生六记》的第二记《闲情记趣》，在第一记《闺房记乐》极尽了夫妇两人温柔缱绻的闺房之乐之后，三白将视角转出闺房之外，来追忆他与芸娘风雅而充满了创造力的林园生活，不自觉地流露出他们对自然、对艺术的体会与喜爱。他们的庭园在苏州沧浪亭附近，他们一起热爱养花、插瓶、做盆景、做活花屏、学画、品诗、待客、饮茶，穷亦不改其乐其志。

春天的时候，苏州的南园与北园，菜花盛开如金，芸娘献上的"馄饨担"美计，令他们与朋友一起去看花的时候，可以在油菜花海里，喝酒与饮茶，"是日风和日丽，遍地黄金，青衫红袖越阡度陌，蝶蜂乱飞，令人不饮自醉"。寥寥数语，画出这一对神仙眷侣的春日行乐图。

蜂围蝶绕的油菜花海俗艳而热闹，恐怕难入南宋张约斋的法眼，他的"赏心乐事"里，可没有"南园看菜花黄"之类的记录。这个未必就一定要怪张约斋，作为榨油用的菜籽，据宋应星的考证，由油白菜（菘）来代替蔓菁，得到大规模的种植，席卷江南春天的原野，恐怕也是在南宋以后。

关于"芸"，她的名字，也来自于一种古代有意思的中国植物。吴其濬《植物名实图考》有详细的考证："《说文解字》注：芸草，似目宿。《夏小正》：正月采芸，为庙采也。二月荣芸。《月令》：冬月芸始生。《注》云：香草。高注《淮南》《吕览》皆曰：芸，芸蒿，菜名也。《吕览》：菜之美者，阳华之芸。《注》：芸，芳菜也。贾思勰引《仓颉解诂》：芸蒿似斜蒿，可食。沈括曰：今谓之七里香者是也。叶类豌豆，其叶极芬香。古人用以藏书辟蠹，采置席下能去蚤虱。从草，云声，王分切，十三部。淮南王说：芸草可以死复生。淮南王，刘安也，可以死复生，谓可以使死者复生，盖出《万毕术》《鸿宝》等书，今失其传矣。"这种名叫牛芸草、七里香的开小黄花的普通蒿类植物，早慧而温暖，是"菜之美者"，又能够放到席下，给书生们辟蠹虫，它还是一种传说中的"不死草"……读到这些材料的时候，我就想，这个名芸字淑珍，冬夜为小夫婿留粥的女人，其实也是人如其名的。

梅尧臣有一首吟咏芸草的诗《唐书局丛莽中得芸香一本》，也一并附在后面："有芸如首蓿，生在蓬藋中。草盛芸不长，馥烈随微风。我来偶见之，乃穉彼蘙蒙。上当百雉城，南接文昌宫。借问此何地，删修多钜公。天喜书将成，不欲有蠹虫。是产兹弱本，蓨尔发荒丛。黄花三四穗，结实植无穷。岂料凤阁人，偏怜葵叶红。"结尾两句，也可看作数百年前梅圣俞为沈复妻陈芸而作吧。